양자럽학

전진명 지음

목차

1장. 우연일까요? 운명일까요? ◇ 04

2장. 모든 순간, 너와 함께 ◇ 17

3장. 눈에 보이지 않는 작은 입자들의 이동 ◇ 34

4장. 꼭 너를 찾으러 올게, 여기로 ◇ 54

5장. 로런츠 힘의 발견 ◇ 68

6장. 첫날밤 ◇ 84

7장. 과거에 대한 터치 ◇ 100

8장. 로런츠 힘과 블루문의 상관관계 ◇ 109

9장. 관찰자 효과의 부작용 ◇ 120

10장. 매서운 의심의 눈초리 ◇ 128

11장. 조금은 야릇한 이야기 ◇ 142

12장. 피에몬테산 네비올로 ◇ 152

13장. 로제 와인을 만드는 사나이 ◇ 162

14장. Rain ◇ 172

15장. 화학적 의문 ◇ 184

16장. 뫼비우스의 띠 ◇ 199

17장. 선택의 갈림길 ◇ 211

18장. Before You Exit ◇ 231

19장. Golden Hour ◇ 244

20장. 기회의 부재 ◇ 256

21장. 집이라는 공간, 그리고 그림 ◇ 270

22장. 만남과 이별 ◇ 282

1장.

우연일까요?

운명일까요?

◇

"사랑이 어떻게 생기냐고요? 문득 하나의 원자가 다른 원자에게 찾아와 화학적 반응을 계속 일으킨다면 사랑이 사라지지 않고 존재하겠죠."
"흠…. 너무 딱딱하게 사랑의 생성 과정을 표현한 것일까요? 그렇다면 조금 단어를 바꿔보죠. 크게 의미가 달라지는 건 아니니까."

양자럽학 제1 법칙: 사랑은 만남이라는 우연성을 가지고 시작하여 나는 너를 사랑한다는 선언을 지속적으로 방출함으로써 영원을 향해 나아간다.

"이렇게 정의하면 조금 더 인간의 언어로 사랑이 생기는 과정을 표현한 것일까요?"
"가끔 제 어머니가 그러시더라고요. 우리 아들은 사람들의 호기심을 자극할 순 있어도 따뜻하다는 느낌은 못 주겠다고요."
"사실 그게 꼭 나쁘지만은 않아요. 이 사람 저 사람에게 따뜻한 사람으로 각인되고 싶은 마음이 없는 것도 사실이고."
"추울 때 따뜻한 곳을 찾아 차갑게 얼은 몸을 녹이고 나면, 사람들은 다시 그 자리를 뒤돌아보지 않거든요."
"그래서 겨우내 쌓아둔 장작을 굳이 여기저기 나눠줘야 하나 싶어졌어요. 누구나 조금만 노력하면 얼어 죽지 않을 만큼의 장작은 가지고 있는데 위기에 처하면 남의 것을 써서 따뜻해지고 싶어 하죠."

반쯤 열린 창틈으로 바람이 불어왔다. 스피커에서는 'Crush - 어떻게 지내'가 흘러나왔다. 호스텔에서 처음 만난 기자와 대화를 이어가던 나는 의자에 반쯤 기대어 창밖을 쳐다봤다. 무더웠던 모로코의 여름이 끝나간다는 생각에 잠시나마 기뻤다. 이번 여름은 정처 없이 많이도 걸었고 도중에 몇몇 사람을 잃기도 했다. 또한 나의 작은 날갯짓만으로 작은 구름 조각 하나마저 옮기기 힘들다는 것도 알았다. 매일매일 해는 떴고 하늘은 다른 모습으로 지나갔다.

"괜찮다면 같이 저녁이나 할까요? 구도심으로 들어오다 보니 Yalla Yalla라는 식당이 있더라고요."

"그래요. 거기서 당신의 흥미로운 사랑학 2교시를 이어가면 되겠군요."

"흥미롭게 생각해 줘서 고마워요. 각자 조금 쉬다가 6시에 호스텔 로비에서 만나죠."

이탈리아 잡지사 Moda Sposa의 기자인 파울로는 드디어 칼럼에 쓸 주제를 정했다는 듯 만족스러운 표정을 지었다. 파울로가 방에서 나가고 나는 의자에 앉아 다른 노래를 듣기 위해 핸드폰을 들었다. 그때 띵동 소리와 함께 소니의 메시지가 도착했다.

-지미, 예전에 부탁했던 이력서 결과가 나왔어. 팀장님께서 직접 면접을 보고 싶어 하시는데 호주로 와줄 수 있을까?-

메시지를 보고 든 생각은 의외로 간단했다.

'소니가 보고 싶다.'

누군가 보고 싶으면 보러 가는 것, 그것 말고 최선은 없다. 물론 모든 것을 접고 가도 괜찮을까? 나의 갑작스런 결정이 상대방에게 부담스럽게 느껴지지 않을까? 싶었다. 이처럼 하나의 원자가 다른 곳으로 이동하면 생각보다 많은 변화를 만든다. 그런 수고로움을 감수하고서라도 소니가 보고 싶은 마음은 쉽게 참기 힘들었다.
"가야겠다. 나는 지금 무엇보다 소니가 보고 싶으니까."
저녁을 먹기 30분 전, 호주 멜버른으로 가는 비행기 편을 찾기 위해 급하게 노트북을 열었다. 내일 마라케시로 떠나야 한다는 사실은 까마득히 잊은듯했다. 예약해 둔 남은 일정들은 호주로 가는 비행기가 있는지 확인한 뒤에 정리해도 된다. 다행히 이틀 뒤 라바트에서 시드니를 거쳐 멜버른으로 가는 비행기가 있었다. 나는 부랴부랴 예약을 마쳤다. 이마에는 땀방울이 송골송골 맺혔고 심장박동은 빠르게 뛰었다. 어느새 파올로와 저녁을 먹기로 한 시간이 다가왔다. 로비에 내려가니 파올로가 새로 온 여행객들에게 말을 걸고 있었다. 새로운 이야기라면 영혼이라도 팔 것 같은 사람이다.
"파올로, 나 준비됐으니 이제 가죠. 2교시 시작하러."

해가 지고 길거리의 전등에 하나둘 불이 켜지기 시작했다. 파올로는 뭐가 그렇게 신나고 궁금한 것이 많은지 마주치는 사람마다 눈웃음을 보내며 친근함을 과시했다. 그는 피렌체에 잠시 머물 때 만났던 올리비아 할머니를 떠올리게 했다.
"지미, 저기 운하 건너편에 사는 할아버지가 어젯밤 구급차에 실려 갔대. 과로사라나 뭐라나."
"아시는 분이셨어요?"
"그건 아니지만 우리 집 창문에서 보면 그 집이 훤히 보이거든. 덜덜 떨리는 손으로 매일 화분을 옥상까지 옮긴다니까."

"아마도 할아버지가 식물들을 살리려고 그랬던 것이 아닐까요?"
"우리 집 화분들은 그냥 창가에 두면 잘 자라던데…. 자기 몸도 가누기 힘들면서 그랬을까?"
"마지막 노력을 한 것일지도 모르죠."

 식물을 키우다 보면 창가에 두고 물을 주는 것만으로 충분하지 않은 상황이 생긴다. 식물들도 원래 살던 곳이 아닌 공간으로 옮겨지면 향수병에 걸리는데 그러면 고향에 가고 싶은 마음을 달래주기 위해 해가 움직이는 방향을 따라 화분을 옮겨 줘야 한다. 그 마음을 모르고 한쪽 면만 해를 보게 두면 반대쪽은 섭섭한 마음에 생기를 잃어간다. 사람들은 그때야 놀라서 급하게 식물에 물도 주고 영양제도 준다. 하지만 자기가 원했던 것은 그런 것들이 아니라 그냥 화분을 돌려주는 것이었다며 화를 낸다. 한쪽이 마음이 식으면 나머지 쪽도 시들기 시작한다.
 올리비아 할머니가 말한 그 할아버지는 한두 해 식물을 키워본 사람이 아니었을 테다. 그렇게 덜덜 떨리는 손으로 향수병에 걸린 식물들을 달래주다 자신이 먼저 쓰러진 것이다.

"지미, 여기가 네가 말한 그 식당이야?" 파울로가 기다란 팔을 내밀며 말했다.
"맞아, 여기예요."
 블루 게이트 바로 옆에 붙어 있는 Yalla Yalla는 작고 허름한 식당이다. 붉은 글씨로 크게 쓰인 간판 때문에 구시가지로 들어오면서 뇌리에 박힌 곳이었다. 여행을 하다 보면 수많은 가게를 지나치게 되는데 가끔 걸어온 길을 되돌아가서라도 들어가 보고 싶어지는 곳이 있다. Yalla Yalla가 바로 그런 곳이었다.
"자, 이제 2교시를 시작해 볼까요. 선생님."
"뭐 선생님이랄 것까지야. 웨딩 잡지사에서 일하는 기자님이 나보다 더 많이 사랑에 대해 알지 않나요?"
"기자라고 해서 다 알 것 같으면 뭐 하러 취재하러 다니겠어. 기존에 알던 것에 치우치면 항상 새로운 기사를 쓰기 어렵거든. 그래서 기사를 쓰기 전에 찬물로 눈을 씻어내고 세상 밖으로 나오지." 파울로가 웃으며 말했다.
"흠…. 그것도 들어보니 일리가 있네요."
 음식에 까다로운 이탈리아인답게 파울로는 점원으로부터 메뉴판을 받자마자 요리 연구가로 빙의했다. 나는 너무 배가 고팠지만, 이탈리아인들이 여유롭게 저녁 식사를 즐기는 것을 알았기에 빨리 고르라고 재촉하지는 않았다. 두 사람은 한동안 메뉴판을 보다가 렌틸콩 스프와 버벌 에그를 주문했다.
"이틀 뒤에 멜버른으로 가려고 해."
"어? 아까는 마라케시로 간다고 하지 않았나?"
"그랬었는데 마라케시보다 더 가고 싶은 곳이 생겼지 말이야."
"오호, 남자가 그렇게 갑자기 일정을 바꾸는 것은 부모님이 돌아가셨거나 여자 때문이거나 둘 중 하나일 텐데 표정이 밝은 것을 보면 후자인가 보군."
"역시 기자 아니랄까 봐 눈치 하나는 빠르네."
"당연하지 이래 봬도 기자 생활 5년 차인걸. 그래서 누군데? 예뻐?"
"예전에 대학교에서 알게 된 친구인데 착해. 무엇보다 때 묻지 않은 순수함이 있달까?"

"순수함이라…. 그거참 정의하기 어려운 건데. 둘이 달아오른 상태에서 먼저 나에게 올라타지 않고 어찌할지 몰라서 눈만 굴리는 그런 건가?"

"뭐 그렇다기보다 내가 뭘 하자고 했을 때 이것저것 재지 않고 두려움 없이 가보는 거. 그럴 때 나는 그 애가 순수하다고 느꼈던 것 같아." 나는 멋쩍게 웃으며 말했다.

"그래서 그것 때문에 호주까지 간다고? 가서 뭘 어쩌려고."

"글쎄 나도 잘 모르겠네. 아직은. 그냥 그 애가 보고 싶어."

 세상에는 미지의 공간이 존재한다. 아주 가끔 밤하늘에 화성이 보이면 저기에 가볼 수 있지 않을까? 하는 막연한 생각이 든다. 화성까지 가기에는 넘어서야 할 물리적 한계가 있다. 그러나 인간은 강력한 중력과 열을 이겨내는 재료를 찾아 우주선을 쏘아 올렸다. 우리는 아직 아무것도 모른다. 화성에 갈 수 있을지 아니면 헛된 꿈을 꾸는 것인지. 단지 인간이 특출하게 가진 것이 있다면 용기이며 어쩌면 그것은 지구와 화성 간의 물리적 한계를 넘기 위한 화학적 시도다. 지구와 화성 사이에 나와 소니가 있다.

 파올로와의 대화는 밤늦게까지 이어졌다. 그는 기자라는 직업을 가져서인지 편견 없이 내가 하는 이야기들을 잘 받아쳐 주었다. 가끔 너무 쉽게 나의 성벽을 넘으려고 해서 당혹감이 들기도 했지만 그게 파올로가 여러 사람과 빨리 친해지는 비법이라 생각했다. 이탈리아 제노바 출신인 파올로는 내가 라스페치아에서 밀라노로 향하는 산악 도로 위에서 바라봤던 제노바의 풍경이 멋있었다고 했었을 때 가장 기뻐했다. 고향에 대한 애정이 남다른 이탈리아인답게 제노바에 대한 설명과 칭찬이 이어졌다. 사실 나는 이탈리아의 도시 중 피렌체를 사랑하는 사람이었고 애초에 목적지가 아니었던 제노바에 대해 별로 아는 것이 없었다. 가만히 있다가는 밤새 제노바 이야기만 들어야 할 것 같았다. 나는 반쯤 귀를 닫고 페스에 온 기념 선물로 뭘 사가면 좋을지 생각했다. 그렇게 밤늦게까지 일한 나의 페르소나는 녹초가 되어 그대로 침대 위에서 기절해 버렸다.

어젯밤 라바트로 가는 오후 비행기를 예약해 둔 덕에 아침에는 여유롭게 민트티를 마셨다. 캐리어 한구석에 자리 잡고서 오랫동안 빛을 보지 못했던 흰 셔츠도 꺼내 입었다. 뜨거운 태양 아래에서 시커멓게 타버린 팔목과 얼굴을 보고 있으니 내가 다른 사람같이 느껴졌다. 그동안 관리하지 못한 머리카락이 옷깃을 덮는다는 사실도 알게 되었다. 이런 것들이 눈에 보인다는 건 소니를 보러 가는 일이 많이 신경 쓰인다는 뜻이다. 모든 것을 오늘 하루 만에 다 챙길 수는 없으니, 우선은 소니의 선물을 사기로 했다.

페스는 금속 세공과 가죽 공예로 유명한 도시답게 구도심 어디에서나 쉽게 기념품점들을 만날 수 있다. 눈부시게 화려한 도금 쟁반과 용기를 보고 있으니 왜 그렇게 옛사람들이 금을 찾아 머나먼 길을 떠났었는지 조금은 이해가 됐다. 수 천 년 동안 가업을 이어서 하나하나 문양을 새기고 있는 장인들을 만날 때면 세상에 하나뿐인 무언가를 물건에 불어넣는 것 같다. 언제나 그렇듯 누군가에게 줄 선물을 고르는 일은 신나는 동시에 고달프다. 나는 FKJ의 Meeting Again in the void를 들으며 한 시간쯤 상인들의 유혹을

뚫고 꼬불꼬불 미로 같은 골목길을 헤맸다. 그러곤 조그만 가게의 진열장 가장 위에 놓인 노란 호리병 앞에 멈춰 섰다. 다양한 그릇과 가죽 공예품도 멋졌지만, 왠지 모르게 나의 마음을 표현하기에는 조금 부족해 보였다. 아니다, 어쩌면 정확히 그 이유를 알았다. 나는 무언가를 담고 싶었으나 넓은 그릇들은 내 마음을 다 보여주는 것만 같아서 싫었고, 가죽 공예들은 아직 확실하지 않은 일에 나의 살갗을 그대로 맞대는 것 같다. 그래서 적절하게 마음도 숨기면서 기대감 정도만 알려주는 저 노랗고 작은 호리병이 마음에 들었다. 물론 소니가 저기에 무엇을 담을 수 있을지는 잘 모르겠다. 책상에 앉아 일하는 소니를 쳐다보거나 취침등을 끄기 전에 마지막으로 보는 물건이 되겠지. 무엇이 되었든 간에 소니가 있는 공간에 자리 잡고 있다면 그만 아닐까?

 아, 이 마음은 지금 듣고 있는 음악과 닮았고 선물에 이름이 있다면 Meeting Again in the void가 될 것이다. Void는 함수에서 "아무것도 아니다." 와 "아무것도 반환하지 않는다."라는 뜻으로 쓰인다. 하지만 그렇다고 해서 아무런 기능이 없는 것은 아니다. 정말 그랬다면 굳이 사람들이 Void를 만들었을 리가 없으니까. 이 선물이 소니에게 갔을 때 나는 어떤 것을 다시 받으려고 하는 것도 아니고 나를 좋아해달라는 요구도 아니니까 그냥 부담 없이 받아주면 좋겠다는 마음을 표현할 때 쓰는 것이 바로 Void다. 조그만 호리병 하나 선물하면서 참 복잡하게 생각하는 내가 궁상맞으면서도 싫지만은 않다고 생각했다. 아무튼 나는 가장 중요한 일을 마쳤다.

나는 구름의 움직임에 관심이 많다. 그렇다고 해서 기상학자가 될 정도로 해박한 지식을 가진 건 아니다. 그냥 구름이 매일매일 다르게 움직이는 모습과 음악이 최고의 시각적, 청각적 조합이라고 생각할 뿐이다. 특히 엔니오 모리꼬네의 Olmo & Alfredo를 틀어놓고, 작은 생선 비늘 모양을 닮은 권적운을 바라보는 걸 좋아한다. 그중 가장 좋았던 적은 앨라모고도에 갔을 때다. 나는 잠시 캐리조조라는 작은 마을에 들렀었는데 얼핏 봐도 수백 미터는 되어 보이는 기차 무리가 석탄인지 암석인지 모를 화물들을 잔뜩 싣고 가고 있었다. 마치 사막 한가운데, 볼펜으로 굵은 선을 그어 놓아 이질적으로 보였다. 그날 블루투스 스피커에서 흘러나오던 음악이 Olmo & Alfredo였고 구름은 권적운이었다. 나는 그 이후로 그 조합에 병적으로 집착하기 시작했다.

갑자기 구름 이야기를 꺼낸 이유는 오늘의 구름이 그날과 같은 권적운이라서다. 권적운은 높은 하늘에서 생성되는데 대기의 불안정함을 의미한다. 땅에서 보는 권적운은 아름답지만, 하늘 위에서는 전혀 다른 이야기다. 나는 비행기가 대기권에서 진입하면 심하게 흔들릴 거란 생각에 몹시 불안했다. 우습게 들리겠지만 이제 곧 소니를 만날 수 있는데 내가 탄 비행기가 기계 오작동으로 떨어지지는 않을까? 라고 생각했다. 변동성을 극도로 싫어하는 한 인간으로서 오늘의 구름이 마음에 들지 않았다. 그러나 어떻게 하겠는가? 호주에 가야 한다는 사실에는 변함이 없는데. 오후 4시 반, 게이트 B12에서 수속이 시작되었다. 이제 모로코를 떠날 시간이다.

띵동. 소니로부터 메시지가 도착했다.

"지미, 이제 곧 비행기 타지? 안전한 비행 되길."
"응, 이제 곧 탑승하는데 구름이 조금 께름칙하네."
"구름? 구름이 어떻길래? 먹구름이야?"
"아니, 비를 머금은 구름은 아닌데…. 그보다 몹시 불안정한 구름이야."
"새로운 곳으로 오려니까 불안한가보다. 너무 걱정하지 마. 별일 없을 거야."
"그럴지도. 아무튼 도착해서 연락할게. 이제 출발한다."

 나는 자리에 앉아 무의미하게 창문을 만졌다. 우린 항상 우리의 일부를 머물렀던 곳에 남겨둔다. 그리고 다시 돌아가야만 찾을 수 있는 것들이 우리 안에 생긴다. 구름처럼 움직이는 인간은 늘 자기 자신을 찾기 위한 여행에 매료된다. 나는 이번 여정을 마치고 다시 모로코로 돌아올지도 모른다. 얼마나 걸릴지는 중요하지 않다. 나는 다시 외로움을 만나게 될 것이며, 누군가와 함께하려고 하며, 홀로 외로움을 이겨내 보려고 할 것이다. 내가 하는 모든 행동은 외로움에 대한 두려움으로부터 기인한다. 그래서 인생의 끝에서 후회할 만한 모든 일들을 미리 단념하기도 하며 그게 나를 지켜주기도 한다. 어쩌면 나중에 되돌아봤을 때 소니를 만나러 가는 선택을 한 것이 후회로 남을 수도 있다. 예전에도 그랬던 적이 있었고, 구름이 이동하는 것처럼 사람의 마음도 계속 변화를 거듭하며 돌고 돌아 다시 원래의 자리로 돌아오는 법이다. 그때의 나는 지금의 나와 많이 달라져 있겠지. 그렇게 다시 오지 않을 무색무취의 모습으로 이 순간과 눈을 마주쳤다.

 비행기를 타는 일은 언제나 색다른 경험을 선사한다. 우리는 조종사도 승무원도 아니기에 특별한 날에만 타는 비행기를 우상시하는 경향이 있어서다. 나는 비행기 안에서의 시간이 어머니의 자궁에 있었던 10개월과 비슷하게 느꼈다. 세상에 나온 뒤로 다시는 돌아갈 수 없는, 자궁 안에서의 시간을 조금이라도 회상하기 위해 만들어진 것이 수영과 비행이고 인간은 그것으로부터 대리만족한다고 믿었다. 그 두 가지가 편하기만 한 것은 아니다. 매우 좁은 공간 안에 온몸을 욱여넣는 압박감에 나는 한시도 발장구를 멈출 수 없다. 그런데도 내가 위험을 무릅쓰고 다른 공간을 탐험하는 이유는 익숙함이 나를 무기력하게 만들며, 존재 이유가 공격받게 된다는 사실 때문이었다. 자궁 안에서는 부모님과 주변 사람들로부터 축복을 받으며 나의 성장 가능성이 최대치를 찍는다. 그러나 막상 태어나고 나면 누구를 닮아서 말이 늦다느니 공부를 못 한다느니 와 같은 재단된 생각들로부터 공격을 받는다. 그래서 인간은 어머니의 자궁을 그리워하는 것 아닐까? 비슷한 느낌을 주는 수영과 비행이 불편하고 무섭기도 하지만 자꾸만 태초의 익숙함을 찾게 된다.
 비행기를 타는 것에 이토록 과도한 의미 부여를 하는 이유가 뭘까? 소니에게 느끼는 감정을 어떻게 정확히 설명하고 이름 붙여야 할지 조금 혼란스럽다. 세상은 그걸 사랑에 빠졌다고 정의한다. 하지만 사랑이라는 감정은 생각보다 복잡하기도 하며 의외로 간단하기도 하다. 이것은 인간을 어떻게 바라볼 것인가에 따라 견해가 달라지며, 닭이 먼저인가? 달걀이 먼저인가? 라는 질문과 같이 오랜 시간 동안 우리를 혼돈에 빠지게 한다. 어떤 날은 그래! 닭이 먼저 있어야 말이 되지 싶다가도 "아니야." 알에서 닭이 나오는데 알이 먼저야 싶기도 하다. 사랑을 설명할 때도 마찬가지다. 세상에서 가장 아름다웠다가 가장 추잡스러워지기도 한다. 어쩌면 두 가지 경우가 혼재된 개념이 맞을지도 모른다.

2장.

모든 순간,
너와 함께

◇

 오후 2시, 창밖을 통해 화창한 멜버른 시내가 보였다. 저기 어디쯤 소니가 있을 테다. 여름 학기가 끝나고 방학을 맞아 자신의 나라로 돌아갈 때면 나는 자주 그녀를 공항까지 데려다주었다. 우리는 가난한 학생이라 저가 항공사를 이용했고 주로 이른 아침이나 늦은 밤에 공항으로 향했다. 나는 그 고요한 시간이 좋았다. 한번은 5월쯤이었던 것 같은데 안개와 서리가 너무 심해서 도저히 운전할 수 없었던 적도 있었다. 그때 소니는 차 안에 있던 휴지로 창문을 연신 닦았다. 앞 차와 언제 박아도 이상하지 않은 상황이었다. 아…. 이대로 죽는 것은 아닐까? 하는 공포심에 나는 부들부들 떨었다. 그렇게 한참을 갔을까. 앞이 점점 보이기 시작했다. 약속이나 한 듯 서로 눈을 마주친 우리는 크게 웃고야 말았다.
"진짜 이렇게 죽는구나 싶었어."
"네가 그렇게 긴장한 표정 처음 봤어." 소니가 말했다.
"휴…. 살아서 망정이지. 만약 앞에 차와 충돌하면 어떻게 해야 하나 싶었다니까."
"그러면 뭐 둘 다 병원에 있는 거지."
 완벽한 공포감에 질렸던 나와 달리 천진난만한 소니를 보고 있자니 황당했지만, 아무런 사고가 나지 않았다는 안도감에 만족했다. 그 뒤로 시카고에서 환승 비행기를 놓친 소니가 울며불며 전화 왔던 날도 있었고, 다른 친구와 함께 공항에 마중 나갔을 때는 일부러 내가 주는 꽃은 받지 않고 그 친구가 주는 꽃만 받는 장난을 치기도 했다. 공항과 관련된 추억이 참 많구나 싶었다. 오랜만에 공항에서 소니를 만나게 되니까 옛 기억들이 스멀스멀 되살아났다. 출구를 빠져나온 나는 소니를 찾느라 눈을 바쁘게 굴렸다. 그때 왼쪽에서 익숙한 음성이 들렸다.
"지미야!"
 긴 생머리에 검은색 카디건, 하얀 블라우스, 베이지색 면바지, 슬립온을 신은 나의 익숙한 소니가 손을 흔들고 서 있다.

*

2017년 겨울이었다. 매 학기가 시작되면 새로운 교환학생들을 만날 수 있었다. 주최자가 개신교 단체라 매달 있는 정기 모임에 나가는 건 부담스러웠다. 물론 그 사람들이 나빠서가 아니다. 단지 신을 믿냐? 혹은 원죄가 있다는 걸 인정하냐고 묻는 상황이 나와 그들과의 거리를 멀게 했다. 어찌하든 그날 하루만큼은 그들의 신에게 감사를 표했다.
"지미는 항상 신입생맞이 행사에만 나오는구먼. 그동안 어떻게 지냈어?"
"음…. 그냥 그렇지 뭐." 나는 그의 눈을 피하며 말했다.
 이 모임의 리더, 앤드류는 내가 왜 여기에 왔는지 그 나름대로 아는 듯했다. 하지만 그걸 직접적으로 내게 말했던 사람은 그가 유일했다.
 '여긴 개신교 사람들이 여는 행사라 하루쯤, 같이 놀 사람들을 찾으러 왔다고 솔직하게 말할 수 없다는 걸 너도 잘 알잖아?'

흔들리는 눈동자를 그에게 보여주면 내가 하고자 하는 말을 알아들겠거니 생각했다. 그렇게 앤드류와 어색한 인사를 나눴다. 나는 곧장 누가 이번 학기에 새로 온 학생들인지 찬찬히 쳐다보기 시작했다. 내가 생각해도 나에게는 좀 뻔뻔스러운 면이 있다. 어떤 학기에는 마음에 드는 사람이 없을 때도 있었다. 지난 학기에는 일본에서 온 유키와 꽤 재밌는 시간을 보냈다. 오늘은 긴 소파에 지수와 몇몇 여자들이 앉아 있다. 지수는 초등학교에서 영어를 가르치는데 내가 이 행사에 올 때면 큰누나같이 챙겨주곤 했다.

"지미, 오랜만이네. 여기 한국에서 온 하윤, 예인, 소니야. 인사해."
지수가 활짝 웃으며 말했다.

내가 소니를 처음 본 순간이었다. 어색한 인사가 오고 가는 와중에 활달한 성격의 하윤이가 먼저 말을 걸었다. 누군가 무색, 무취의 장벽을 깨부숴야 했고 하윤이가 다음 단계로 사람들을 이끌었다.

"미국에 온 지는 얼마나 되었어요?"
"이제 한 3년쯤 됐어요. 하윤 씨는 교환학생으로 왔나 봐요?"
"네, 뭔가 다른 경험을 해보고 싶어서 지원했는데 경쟁률이 꽤 높더라고요."

하윤이와 나는 시시콜콜한 대화를 나눴다. 그때만 해도 조용한 성격의 소니와는 짧은 눈웃음 이외에 별다른 접점이 없었다. 재밌는 사실은 당시에 다른 여자들 무리도 있었다는 것이다. 수적으로 보면 그쪽에 더 많은 여자가 있었다. 단지 하윤이 무리와 가장 먼저 대화를 나눈 터라 무턱대고 다른 무리에 가면 왠지 이들을 두고 외도하는 것이 아닌가 하는 생각이 들었다. 이것은 일부일처제가 내게 주입한 죄책감의 일부분 아닐까? 물론 그 후에 다른 무리와 함께 맥주를 마시러 가기도 했다. 하지만 나는 일정 선을 넘기가 어려웠다. 이 여자 저 여자에게 치근덕거리는 모습은 양쪽에게 약점 잡히기 쉬우니까.

소니와 가까워졌던 계기는 단순했다. 교환 학생들과 함께 저녁 시간을 보내고 나면 내가 차로 데려다줘야 했었는데 그중 예인이가 나에게 호감을 보였다. 그게 부담스러웠던 나는 가장 먼저 예인이를 숙소에 내려줬다. 그러다 보니 소니가 가장 늦게 내리게 됐고 더 많은 시간을 차 안에서 함께 보냈다. 내성적인 성격의 소니는 여럿이 다 같이 있을 때는 별로 말이 없었지만 단둘이 있을 때는 편하게 말하는 편이었다. 그리고 그런 모습이 소니를 더 챙겨주고 싶어지게 만들었다. 소니도 다른 여자가 나에게 관심이 있다는 것을 눈치챘을 것이다. 그런 역학 구도가 나의 이성적 가치를 높게 만들었을까? 자신이 가장 늦게 집에 가는 상황임에도 그녀는 불만을 가지지 않았다.

남녀 간의 만남은 예측 불가능한 우연성에 의해 이뤄진다. 만남에서 로맨스로 발전하는 단계에서 남자와 여자는 세상을 다르게 이해한다. 남자는 자신의 속내를 들키지 않은 여자에게 더 많은 환상을 투영시키고, 여자는 남자의 주변 평판에 따라 점수를 부여한다. 신입생 환영회에 왔던 수많은 남녀 가운데 지미와 소니가 서로에게 호감을 느꼈던 이유는 필요조건에 부합했기 때문이다,

8월의 멜버른은 쌀쌀함이 감도는 겨울의 끝을 향해가고 있다. 지구 반대편의 여름에서 온 나의 옷차림은 달랑 바람막이 한 겹으로, 차가운 바람을 막아서고 있다. 호주의 겨울은 최저기온이 10도 내

외라 살을 에는 추위는 아니다. 하지만 겨울이라 인지한 나의 뇌는 온몸에 추위를 들이붓고 있다. 뇌라는 장기는 재밌고 자기 마음대로 나머지 장기에게 장난을 치곤 한다. 나의 뇌는 눈앞에 나타난 소니를 보자마자 또 장난을 칠 생각인가 보다.

"지미야, 너무 오랜만이다. 비행은 어땠어? 구름 어쩌고저쩌고하더니."

"뭐 생각보다 나쁘지는 않았어. 그냥 조금 덜컹거린 것뿐인데 과하게 걱정한 거지."

"그래, 그냥 별일 아닌데 너는 가끔 너무 깊이 생각하잖아. 예전에 안개 속을 운전할 때처럼."

"기억하는구나. 그땐 정말로 죽을 뻔했다니까!"

"그래. 그래. 죽을 뻔했던 그날 날 살려줘서 고맙네요. 어서 가자. 배고프겠다. 먹고 싶은 음식 있어?"

"글쎄 아무거나 다 괜찮은데."

"모로코에서 오랫동안 한국 음식 못 먹을 텐데 한식당으로 갈까?"

"응, 좋아."

공항에서 시내까지 30분 남짓 달렸을까? 버스는 Southern Cross 역 앞에 멈췄다. 얼핏 보기에도 거대한 이 역 일대가 멜버른의 중심부다. 북적이는 거리, 다양한 나라의 식당, 여기저기 붙은 각국의 언어가 Lonsdale St.에 가득했다. 나는 오리 새끼처럼 소니의 뒤꽁무니를 졸졸 따라갔다. 기분이 편하지는 않다. 지금의 나는 조심스럽게 걷고 있다. 몇백 미터 안 되는 거리쯤은 설령 처음 온 도시라한들 너스레를 떨면서 아는체할 법도 하다. 이러한 행태는 남자에게서 유독 많이 보이는 특징이다. 목표를 향한 집념이 강한 남자에게 있어 주어지는 임무는 그 임무의 난이도를 떠나서, 자신의 능력을 늘 증명해야 한다는 숙명 앞에 서게 한다. 정말 우습게도 남자와 여자를 구분 짓는 것은 비슷해 보이는 원자에 몇 가지 다른 원소만 다르게 붙인 것뿐인데 그 작은 차이가 온갖 사회적 문제를 만들어낸다. 예를 들면 수소 두 개가 붙어도 여전히 수소이지만 거기에 산소가 하나 불으면 물이 되는 것처럼. 인간에게 성기의 형태와 임신의 가능성이란 변수가 합해지면 완전히 다른 개체로서 서로를 바라보게도 하며 어떠한 목적 아래에서는 동등한 권리를 갖지 못한다고 세상이 떠나가라 외쳐댄다. 아주 기이한 현상이다. 과연 남자와 여자란 같은 동물일까? 아니면 한낱 이기적이고 모순적인 원소들의 합일까?

 주로 혼자서 여행하며 어디든 마음대로 걷던 나에게 누군가를 따라 걷는다는 것은 어색한 일이다. Wunderkammer라는 수집용품점에 들어가 보고 싶다는 생각은 잠시 접어 두어야 할까? 소니야, 잠시만 여기 둘러보고 가도 괜찮을까? 라는 말이 소니에게 방해되지 않을까? 내가 이런 고민을 하는 것은 다른 여자들과 달리 소니를 특별하게 규정하기 때문일까? 그 특별함은 잠깐의 환상일까? 계속 유지 가능한 가치일까? 조심스러운 걸음에 많은 질문이 꼬리에 꼬리를 문다. 그리고 이러한 두 사람 간의 관계를 관찰하는 것이 바로 양자럽학이다.

 아시안 식당들이 가장 많이 몰려있는 구역, 밤늦게까지 긴 줄이 이어지는 '남산'에 도착했다. 막상 해외에서 살다 보면 한국식당에 자주 가지 않는다. 생활이 빠듯하니 현지 식당보다 조금은 더 비싸게 느껴져서, 기대한 것보다 원하는 맛이 안 나서, 혼자 가기에는 뻘쭘

해서, 핑계는 다양하다. 그건 소니도 마찬가지처럼 보였다.
"한국 식당은 나도 오랜만이다. 가끔 다른 회사에 있는 친구들이랑 모일 때 아니면 잘 안 오게 되는 것 같아. 혼자 사니까 더더욱 그렇게 되는 것 같고."
"그러게, 나도 스페인에서부터 모로코까지 가면서 한국식당 찾기도 힘들었고 굳이 찾아서 갈 만큼 그리워했던 적은 없었던 것 같네."
"모로코는 어땠어? 셰프샤우엔도 갔더만. 엄청 좋지?"
"응, 많이. 아프리카 대륙에 가본 건 처음이니까 더 색달랐을 거야."
물론 내가 모로코에 간 이유가 소니 때문이라는 말은 하지 않았다. 그건 소니를 좋아한다고 대놓고 말하는 것처럼 들리니까. 이제 그런 소소한 것쯤은 알 나이였다.

남녀관계는 그림과 비슷하다. 이리저리 그려대는 습작들처럼, 되돌아보면 내가 왜 이런 그림을 그렸었지? 싶어진다. 그렇다고 해서 마구잡이식으로 이 물감 저 물감을 써서 완성 시키고자 했던 것은 아니다. 그 시기에 내가 살 수 있었던 가장 좋은 물감을 정성스레 팔레트에 짜서 이 색은 이만큼만 저 색은 이만큼만 섞어야 예쁘다는 공식이 엄연히 있었다.

나중에는 10대와 20대 초반에 그려댔던 많은 그림이 세상의 관심을 크게 끌지 못했다는 것을 알게 됐다. 나보다 더 빨리 이걸 알았던 남자들도 있었고, 현재까지도 그런 유형의 그림이 여자들의 환심을 살 것이라 믿는 남자들도 여전히 있었다. 재밌는 점은 그걸 지켜보는 주변의 여자들이 습작의 존재를 알고도 그냥 모른 체 한다는 점이다.

'네가 여자에게 잘해주지 않아서가 아니라 그냥 너한테 끌리지 않아서야. 하지만 네가 바쳐대는 관심이 싫지는 않아. 내가 이렇게 관심받는 존재란 게 너로 인해 증명되는 것 같거든.'

 이토록 냉정한 사실을 저 남자들에게 알려줘야 할까? 내가 괜히 상처 주는 것은 아닐까? 굳이 내가 말해야 할 필요는 없지 않을까? 이런 생각들이 나의 언행을 조심스럽게 만들었다. 물론 주변 여자들의 의도가 불순하다고 생각지는 않았다. 내가 여자들에게 도움을 요청했을 때 나와 같이 선물을 골라주거나 어떤 멘트로 고백하는 것이 좋을지까지 고민해 줬으니까. 단지 자신이 그리는 가장 아름다운 모습을 내가 좋아하는 여자에게 투영해서 도와줬을 뿐이다. 실연의 허탈함과 함께 내가 돌아올 때면 같이 술잔을 기울이거나 아픔을 다른 사랑으로 잊게도 해줬으니, 마냥 비난의 화살을 돌릴 수도 없는 노릇이다.

 내가 본격적으로 프레임의 미학을 깨닫기 시작한 것은 20대 중반에 들어서였다. 아마도 나만의 꿈을 가지기 시작하면서부터였던 것 같다. 꿈이 너무 추상적이거나 무모해 보이는 것 따위는 중요하지 않은 듯했다. 단지 내가 어떤 것에 진심으로 몰두하는 태도가 더 중요해 보였다. 또 한 가지 도움이 되었던 것이 있다면 내가 광대처럼 깔깔대며 웃기는 스타일이 아니었다는 점이다. 또래 남자들보다는 어른스럽게 생각하고 말하는 모습이 차별점이라면 차별점이 되었을 것이다. 몇 년이 지나서도 이 차별성은 여전히 힘을 가졌다. 모든 남자가 나이를 먹는다고 해서 성숙한 모습을 보이는 것은 아니다. 또한 처음 만났을 때 남자가 가진 프레임이 가벼웠다면 이미 상대방 여자는 불만을 토로하거나 기대치를 낮추거나 그래도 남자가 바뀌지 않으면 하대하고 있을 가능성이 컸다. 물론 최악의 상황을 해결할 방법은 그곳을 단호하게 뛰쳐나가는 것이다. 그 선택은 비도덕적이고 관례에 벗어나 보인다. 그렇기에 많은 남자가 어물쩍거리다 결혼하게 되며 종종 사랑받지 못하고 존중받지 못한다고 느끼며 살아간다. 그게 프레임을 가지지 못한 남자들의 운명이다. 나의 지인 중 몇몇은 그렇게 살아간다.

늦은 시간까지 이어진 소니와의 저녁은 둘 다 알딸딸하게 취할 때까지 계속되었다. 소주병이 하나씩 늘어갈 때마다 그동안 못다 한 이야기들에 윤활유가 되어, 붉게 물든 양 볼이 하얘지고 나서야 우리는 식당 문을 나섰다. 술을 마시기 전과 다른 점이 있다면 소니의 오른쪽 팔이 맞닿을 만큼 가까워졌다는 것이다. 내가 그녀의 손을 잡아도 거부감 없이 포개질 것 같다. 하지만 먼저 나서서 손을 잡는 사람은 없었다. 어쩌면 소니는 내가 먼저 자기 손을 잡아주길 바라지 않았을까. 어색하게 부딪히는 팔의 움직임이 길어질수록 미묘한 심리적 거리가 두 사람 사이에 생겨나는 것이 보였다. 어색한 거리감을 메꾼 것은 소니였다.
"집에 가서 맥주나 한잔 더할까?"
"좋지, 여기도 로컬 맥주 있어? 우리 미국에서 맥주 공장 투어도 가고 했었는데."
"당연하지, 칼튼 드라우트도 있고 VB도 있어, 지금은 아사히에 팔리긴 했지만."
"한번 마셔보자. 멜버른의 로컬 맥주 맛은 어떤지 궁금하니까."
소니와 내가 잘 맞는 이유 중 하나는 그 지역의 술을 맛보는데 거리낌이 없다는 것이었다. 아직 숙소를 구하지 못한 나는 며칠 동안 소니 집에서 신세를 지기로 했다. 다른 나라에서 온 친구에게 흔쾌히 자신의 공간을 내어주는 건 쉬운 일이 아니다. 더군다나 이성 친구라면 더더욱 어렵다. 나는 그날 소니의 행동에 어떤 의미가 내포되어 있는지 잘 알지 못했다. "친구한테 며칠 신세 지는 거야"라고 단순하게 생각했던 것이 실수라면 실수였다.

"지미야, 코다 라는 영화 본 적 있어?"

"사카모토 류이치? 아니, 아직 본 적은 없어."

"아 진짜? 어제 33분쯤 보다가 말았는데 같이 볼래?"

"아이러니하네, 일본회사에 팔린 로컬 맥주와 일본 뮤지션의 다큐멘터리 조합이라."

 영화가 시작된 지 13분 남짓 지났을까? 우리는 점점 무엇을 보고 있는지 망각했다. 서로의 눈을 바라보고 있지 않아도 마치 내 몸 왼쪽에 눈이 달린 듯 소니의 다리 한쪽이 내 쪽으로 가까워지는 게 보였다. 아니, 보인다기보다 몸의 세포들이 찌릿찌릿한 무언가를 맹렬히 전달해 댔다. 마침내 두 사람의 다리가 맞닿아 온기가 만들어지고 이제는 서로를 바라보아야만 하는 타이밍이다. 내가 서서히 고개를 돌렸을 때 무언가 갈망하는 눈빛과 함께 천천히 소니의 얼굴이 가까워졌다. 아주 오랜만에 소니와 나누는 키스였다. 그러나 키스는 오래가지 않았다.

"아 너 안 되겠다." 소니는 그 말과 함께 자리를 박차고 일어났다.

 그 말의 의미는 뭐였을까. 나는 아무런 말을 할 수가 없었다. 아직 사귀는 사이도 아닌데 순간적인 충동에 나눈 입맞춤이라서 문제였을까? 사카모토 류이치의 Rain이 긴장감 가득한 방안에 흘러나왔다.

'내가 이렇게까지 적극적으로 했는데, 가만히 있는 너의 손과 그저

맞대고만 있는 입술의 무심함이 나를 비참하게 만들었어.'
 그날의 우리는 육체적 거리는 가까워졌으나 심리적 거리는 멀어진 채 첫날 밤을 보냈다.

*

 아침 7시, 소니는 출근 준비로 분주했다. 전날에 비해 어두워진 표정을 보니 소니 또한 잠을 설쳤음을 말해준다. 복잡한 심경이 그대로 드러나는 검은색 니트와 정돈되지 않은 머릿결이 거울 앞에 선 그녀를 더 심란하게 만들고 있었다.
'하…. 머리는 또 왜 이래. 너무 짜증 나.'
 방문을 열고 나왔을 때 마주칠 지미에게 그다지 보이고 싶은 모습은 아니다. 지난밤의 비참함이 어떠하든 소니는 여전히 지미에게 예쁘게 보이고 싶었다.

 어두운 기운이 뿜어져 나오는 문을 힐끗 쳐다보던 지미는 인기척을 내는 것이 좋을지 아니면 소니가 나갈 때까지 자는 척을 하는 것이 좋을지 고민했다. 결국 일어나는 편이 좋겠다고 생각했다. 그대로 누워있는 모습은 소니의 심경을 더욱 날카롭게 할지도 모르니까. 아무 일도 없었던 듯 한쪽에 접어 둔 이불, 대충 물만 묻혀서 가라앉혀 둔 머리칼, 분주하게 내리고 있는 커피, 양쪽에 버터를 발라 구워지고 있는 토스트. 이만하면 지난밤에 벌어진 간격이 채워질까? 깊은숨을 두 번 내쉰 뒤에 여는 방문은 무겁다.
"어…. 소니야 잘 잤어? 혹시나 해서 빵이랑 커피 해놨는데."

"응, 너는 잘 잤어? 춥지는 않았지? 아…. 나 아침 잘 안 먹어서."
"그렇구나. 이제 출근하려고?"
"그래야지. 너는 오늘 뭐 하려고?"
"나는 오늘 주변 좀 둘러보려고. 잘 다녀와 그러면."
"그래 너도 하루 잘 보내. 나중에 보자."

꾸역꾸역 채워간 대화이긴 해도 아직 불확실한 상황, 혹은 일말의 여지를 남겨두기 위한 서로의 노력으로 아침은 무난히 지나갔다. 각자의 페르소나는 이럴 때 쓰려고 존재한다. 철없는 아이처럼 굴기에는 그동안 쌓아온 인간관계 노하우가 절대 가볍지 않았다. 이것은 일종의 질량 보존의 법칙을 따르는 어른들의 삶의 모습이다. 남녀관계의 질량은 평소에 잘 보이지 않지만 사라지지 않고 그 자리에 머물고 있다. 육체적 농도가 짙어졌던 어젯밤, 의도치 않은 전개로 우리의 감정이 기체가 되어 모조리 날아가 버린 것처럼 보이지만 이 공간 안을 아직 벗어나지 못한 감정의 입자들은 여전히 같은 질량을 가지고 있다. 그것을 확인하는 실험이 방금 두 사람에게 벌어졌다.

한숨 돌린 나는 후다닥 샤워를 마치고 거리로 나섰다. 소니의 집은 멜버른 시내에서 가장 유명한 거리인, 호시어 레인과 그리 멀지 않다. 이 거리는 '미안하다 사랑한다'라는 드라마로 인해 한국인들에게도 익숙한 곳이다. 골목 문화의 진수를 느낄 수 있는 멜버른의 길 가는 색다른 갤러리와 상점, 맛집으로 가득하다. 무엇보다 그라피티가 이 도시를 더욱 특색있게 만든다. 카메라 셔터가 깜빡이기가 무섭게 하나의 예술 작품이 되는 호시어 레인이 무척이나 마음에 들었다. 환상적인 풍경들에 취해 걷다 보니 거대한 돔 형태의 기차역이 나왔다. 플린더스 스트리트역이다. 여러 나라를 다니면서 수없이도 봐왔던 기차역이지만 이곳은 기차를 타지 않더라도 들어가 보고 싶어졌다.

아치형 입구를 들어가자마자 보이는 거대한 전광판, 그곳에는 기차 스케줄이 빽빽하게 채워져 있다. 바쁘게 오가는 사람들, 한 아름 청소도구를 들고 가는 청소부, 좌우로 시선을 돌리는 경찰관이 있는 전형적인 기차역이다. 그런데 저 멀리 낯선 오래된 기계는 뭘까? 붉은 글씨로 PHOTOS라고 쓰인 것을 보니 사진을 찍는 기계임이 틀림없다. 얼핏 보기에도 수십 년은 된 듯한 그 기계 앞에 신문을 보고 한 할아버지가 서 있다. 나는 천천히 걸음을 옮겼다.

"사진 필요한가?" 할아버지가 무심하게 물었다.

"아…. 아니요. 그냥 궁금해서 와봤어요."

"이래 보여도 멜버른에서 유명한 포토 부스라네. 1961년부터 내가 하고 있지."

"와, 정말 오래되었네요. 아직도 잘 작동하나요?"

"그럼 물론이지. 일주일에 두세 번은 나와서 직접 점검하거든. 한때는 멜버른시에 16개나 가지고 있었지만, 이제 여기 하나 남았다네. 사람들이 이제 포토 부스에서 사진을 잘 안 찍거든."

"아무래도 그렇죠. 요즘은 사진기로도 잘 안 찍고 핸드폰으로 다들 사진을 찍으니까요. 그래도 대단하시네요. 지금까지 이렇게 멋진 공간을 가지고 계신다는 게."

"나도 언제까지 할 수 있을지는 모르겠지만 죽기 전까지 지켜야 하지 않겠나. 자네는 여기 사람이 아닌 것 같은데 여행하러 온 것인가?"

"친구 만날 겸 일자리도 알아볼 겸 해서 어제 막 멜버른에 도착했어요. 아! 혹시 모르니 증명사진용으로 찍어두고 싶네요."

"좋지, 자네에게 행운을 가져다줄 것이네. 들어가서 정면을 보고 카메라 렌즈를 똑바로 응시하게. 내가 커튼은 닫아주지."

낡은 셔터음이 몇 번 울렸다.

"3분 뒤에 사진이 나올 거네. 여기서 기다려도 되고 주변을 한 바퀴 둘러보고 와도 되네."

"감사합니다. 그런데 이름이 어떻게 되시죠?"

"알랭이라네. 알랭 바디우."

나와 알랭 할아버지의 첫 만남이었다. 멜버른에서 처음으로 만나는 현지인. 나와 비슷한 모양의 안경을 쓴, 왠지 모를 친숙함이 느껴지는 그런 할아버지였다.

할아버지가 말한 3분이 지나자 철커덕 소리와 함께 네 장의 사진이 기계로부터 뱉어져 나왔다.

"자. 여기. 사진 나왔네."

"아. 감사합니다. 어…. 그런데 사진이 흑백이네요…?"

"내가 말 안 했던가? 여기 흑백사진만 된다고 적혀 있는데."

"흠…. 흑백사진도 서류용으로 제출이 될지 모르겠지만. 제가 눈앞에 있는 문구를 못 보기도 했으니 그냥 기념으로 가져가야죠. 뭐…."

노련한 할아버지의 상술에 속은 것은 아닌가 하는 찝찝함도 있었지만, 사진 자체의 문제는 아니었기에 나는 더 이상 문제 삼지 않았다. 사실 여행지의 기념품 정도로만 본다면 나쁘지 않았다. 적어도 피렌체의 포토 부스에서 찍은 사진보다는 훨씬 나았다. 지금은 어디에 넣어뒀는지 기억도 안 나고 굳이 찾아보고 싶지도 않은 우스꽝스러운 사진이라고만 말하겠다.
"알랭 할아버지 아무튼 좋은 경험이었네요. 다음에 기회가 된다면 또 뵙죠."
"그래, 좋은 하루 보내게나. 또 만나게 될 거네."

 나는 알랭 할아버지와 짧은 만남을 뒤로하고 멜버른의 유명한 시장인 퀸 빅토리아 마켓으로 향했다. 다른 숙소를 구하기 전까지 소니의 집에서 며칠 더 신세를 져야 하기에 뭐라도 보답하고 싶어졌기 때문이다. 서너 시간 뒤면 퇴근하고 올 소니에게 무엇을 해주면 좋을까 생각하다가 소박한 저녁을 대접하기로 했다. 요리를 잘하는 편은 아니지만 누군가를 위해 하나쯤은 할 수 있어야 한다는 생각에 오래전부터 연습했었다. 뭐니 뭐니 해도 내 비장의 무기, 알리오 올리오와 프로슈도 샐러드를 만들기로 했다.

 몇 년 전 처음 이탈리아에 갔을 때 파스타에 대한 기대감에 가득 차 있었던 적이 있다. 나는 베네치아의 오래된 골목에 자리 잡은 유서 깊은 레스토랑에 들어가서 알리오 올리오를 시켰었다. 그런데 높은 기대감에 비해 그곳의 알리오 올리오는 뭐랄까 조금 심심했다. 나의 입맛이 이상한 것인지 원래 알리오 올리오의 맛이 그런 것인지 조금 혼란스러웠던지라 그 뒤로 삼시세끼를 알리오 올리오만 만들어 먹었다. 그때 쌓은 경험치로 탄생한 것이 나만의 알리오 올리오와 프로슈도 샐러드다.

 퀸 빅토리아 마켓은 플린더스 스트리트 역에서 걸어서 가기에도 그리 멀지 않았다. 갖가지 과일과 채소가 펼쳐져 있는 좌판들을 둘러보는 재미가 있다. 원래 사려고 계획했던 적이 없는 꽃송이가 눈에 들어오고 수십 년은 되어 보이는 골동품들에 손길이 갔다. 마늘과 시금치가 우선순위지만 그런 것들쯤은 잠시 미뤄두고 싶어질 정도로 골동품은 사람의 마음을 홀린다. 겨우 마음을 추스르고 식탁 위에 올려둘 몇 송이의 꽃만으로 거대한 소비의 파도를 막아서야 했다. 종이백에 가득 담긴 재료들과 무심하게 꽂힌 이탈리아산 스푸만테, 노란색 튤립이 나의 걸음걸이를 행복하게 만들었다.

3장.

눈에 보이지 않는
작은 입자들의 이동

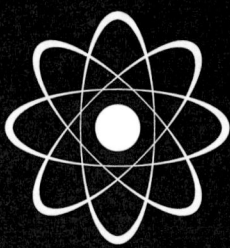

◇

 오전의 햇살과 오후의 햇살은 그 느낌이 확연히 다르다. 쾌청하고 구름 한 점 없다는 점은 비슷하지만 아주 미묘하게 짙어진 오후의 햇살은 집으로 돌아가는 나의 어깨를 짓눌렀다. 게다가 처음 가보는 길을 통해 걸으니 마라톤을 한 것도 아닌데 온몸이 쑤시기까지 했다. 본격적인 요리를 앞두고 재료를 다듬고 냉장고에 넣어두어야 할 것이 많았지만 우선은 소파에 앉아버렸다. 조금만 쉬자. 잠이 들어 소니가 나를 깨우는 불상사가 일어나고 허겁지겁 요리를 준비해야 하는 상황만 일어나지 않으면 된다.
 커튼을 거쳐 들어오는 햇살이 갈색으로 변했을 때 나의 시신경들은 신호를 보냈다. 이제는 일어나야 한다고. 소니의 주방은 단출하지만, 저녁을 만들기에 부족한 것은 없다. 물론 내가 복잡한 요리를 만들 것도 아니었다. 파스타를 만들 팬과 샐러드를 버무릴 큰 그릇만 있으면 충분했다.
 알리오 올리오를 만들 때 크고 향이 좋은 마늘과 신선한 올리브유만 있다면 크게 실패하지 않는다. 이탈리아 요리가 보여주고 싶어 하는 것은 화려한 조리 기법이라기보다 본 재료가 가지고 있는 최상의 상태를 잘 융화시키는 것이다. 그래서 프랑스에서 처음 유럽의 요리를 접한 사람들은 이탈리아의 요리가 다소 심심하게 느껴질 수도 있다. 강렬하고 다양한 양념과 조리법이 어우러진 음식을 맛본 한국 사람들에게 더더욱 그렇게 느껴질 수도 있다. 그러나 나는 간단한 재료만으로 맛있는 느낌을 만드는 이탈리아인의 실력과 자부심에 매료되어 오랫동안 그들을 흉내 내보려고 노력했다.

 맛있는 알리오 올리오를 만드는데 팁이 있다면 크고 굵은 마늘을 살짝 으깨서 한 면만 익히는 것이다. 그렇게 하면 마늘 향이 올리브유에 잘 묻어나기도 하고, 완전히 익혀버리면 마늘의 식감이 흐물흐물해져 버리고 만다. 또한 나중에 소금이 들어간 면수를 넣고 진득해질 때까지 미열과 함께 비벼야 하므로 마늘과 다른 향신료의 향이 날아가지 않게 적당히 익히는 것이 가장 중요한 기술이라면 기술이다. 집 안에 조금씩 맛있는 냄새가 퍼져갈 즈음 소니가 집에 돌아왔다.

 "어? 요리하고 있었네? 엄청 기분 좋은 냄새 난다." 소니가 활짝 웃으며 말했다.

 "왔어? 어서 손 씻고 와서 앉아. 거의 다했어. 발사믹 식초만 넣고 샐러드 버무리면 끝나."

 "오, 여행 많이 다니더니 요리 실력도 늘었나 본데. 기대된다."

 한 번에 밀어 올린 스푸만테의 코르크에서 뻥하는 소리와 함께 저녁 시간을 알렸다.

 "오늘 하루는 어땠어?"

 "이번에 컨설팅하는 회사랑 미팅하고 왔어. 근데 거기 대표로 온 사람이 되게 재밌더라. 와이너리에 오리를 풀어 놓고 같이 뛰어다닌다는 거 있지. 포도들이 온종일 서 있기만 하면 심심할까 봐 그런다나." 소니는 실없는 사람을 봤다는 듯 공기 빠진 웃음을 내뱉었다.

 "아…. 그래? 희한한 사람이네."

 "너는 오늘 뭐 했어?"

 "나는 여기저기 돌아다니다가 어느 기차역에 갔었는데 거기서 할아버지 한 분을 만났어. 뭐 그분도 희한한 사람이라면 희한한 사람이긴 하네. 증명사진용으로 사진 찍는다고 했는데 흑백사진만 되는 건 말 안 해주더라고. 나도 거기 적힌 안내문을 못 보기는 했지만."
"아 진짜? 돈 아깝겠다. 어디 보자. 사진은 잘 나왔네. 그냥 기념품으로 가져야겠다."
"아무래도 그래야 할 것 같네. 다음 주에 너희 팀장님이랑 면접인데 준비도 슬슬 해야 하고 집도 알아봐야 하는데."
"팀장님한테는 잘 말해놔서 너무 걱정 안 해도 돼. 그리고 집은 조금 천천히 알아봐도 괜찮아. 이렇게 누가 요리도 해주고 좋네."
 두 사람의 저녁 시간은 스푸만테의 기포가 뽀로록 올라오는 것처럼 작은 대화들의 연속이었다.
"어제 거실에서 잘 때 안 추웠어? 이불 방 안에 펴뒀으니까 거기서 자." 소니는 어느 때보다 더 온화하게 말했다.

 소니의 침대 옆, 어제 덮었던 침구류가 펼쳐져 있다. 이 행동에 담긴 의미는 어제의 균열에 대한 접착제일 것이다. 어쩌면 내가 만든 저녁이 얼어붙은 소니의 마음을 녹게 했을지도 모른다. '그래, 지미도 당황했을지도 모르니까. 어떻게 해야 했을지 모를 수도 있지. 나를 위해 요리도 하는 걸 보니 너무 내가 앞서서 생각했을지도 몰라.' 방안에 이불을 펼치면서 소니는 혼자 이런저런 생각을 했다.
 밤이 찾아오고 나는 소니 뒤를 따라 펼쳐진 이불 위에 누웠다. 한 시간이 가고 두 시간이 지났다. 하지만 방 안의 공기에는 큰 변화가 없다. 소니의 머리카락이 베개와 만나 사르륵거리는 소리와 내가 인중을 긁는 소리만 들릴 뿐이었다.

'하…. 얘는 나를 여자로 안보나? 어떻게 그냥 저렇게 자는 거지?'
두 번째 밤이 찾아오고 어제보다 더 큰 균열이 생겼다. 나는 크게 개의치 않았지만, 소니는 이걸 문제라고 인식했다.

 누군가는 또다시 쉽게 잠들지 못했던 밤이 지나가고 눈치 없이 아침은 밝았다. 방 안은 여전히 고요로 가득했다. 먼저 눈을 뜬 나는 이불을 반쯤 차고 누워있는 소니를 바라봤다. 짜증 묻어있는 몸짓의 흔적이 그녀에게서 보였다. 사실 나도 소니와 비슷한 생각을 하지 않은 것은 아니다. 첫날 밤과 다르게 잠옷 주머니에 몰래 넣어둔 콘돔이 증거였다. 전날 밤, 소니가 보여주었던 행동이 어떤 식으로든 나에게 변화를 일으킨 것은 분명했다. 그러나 나는 여전히 조심스러웠다. 예를 들어 온갖 핑계를 대고 침대로 올라가 자연스러운 스킨쉽의 단계를 밟았다 치자. 서로의 손이 바쁘게 움직이는 와중에 내가 주머니에서 꺼낼 콘돔은 아무리 생각해도 껄끄러운 존재다. 침대 위에서 나랑 뒹굴 걸 온종일 상상한 거야? 는 소니의 질문이 나오는 날에 난 뭐라고 답해야 할까? 아니…. 그건 아니지만, 저녁 7시부터는 그랬다고 말해야 할까? 그러면 그 몇 시간은 또 어떻게 죄책감에서 벗어날 수 있을까? 이러나저러나 확실한 연인 사이가 아닌 지금의 상황에서 어색하게 나와야 하는 콘돔은 마치 수갑처럼 느껴졌다. 나는 결국 콘돔을 이불 속에서 한번 쥐었다 그대로 두는 선택을 할 수밖에 없었다. 그렇게 밤은 지나갔다.

 잠시 뒤 소니가 잠에서 깨고 두 사람의 눈이 마주쳤다,
"아…. 회사 가기 싫다. 조금 늦게 간다고 전화할까?"
"음…. 그래도 되면 그렇게 하고."
"하…. 아니다. 오늘 또 그 와이너리 대표랑 미팅 있어서 나가야 하네."

"아…. 그렇구나. 그러면 일어나야겠다."

당연히 회사에 나가야 한다는 사실을 아는 소니지만, 나의 반응과 대답이 궁금한 듯했다. 어쩌면 "응, 가지 말고 나랑 이렇게 더 있자," 라고 말했다면 더 좋았을 테다. 그게 30분간의 애정 섞인 실랑이를 벌인 다음 출근 준비를 하는 상황으로 끝이 난다고 할지라도 말이다. 소니가 원했던 것은 자신에 대한 애정을 확인하는 것이었다. 그러나 무미건조한 나의 반응은 그녀의 기대를 채워주지 못했다.

여자들의 언어를 읽기란 다른 나라에 사는 사람과 소통하는 것처럼 쉬운 일이 아니다. 물론 자신의 니즈를 빨리빨리 알아채지 못하는 남자 또한 여자에게 답답함의 대상이 된다. 그래서 각자에게 필요한 것은 쌍방이 협의한 문법적 이해다. 이 과정에서 중요한 것은 최대한 자신을 오픈하고, 이런 모습의 나이지만 괜찮냐고 물어볼 수 있는 용기다. 여기서 절대적으로 피해야 할 것은 현재 느끼는 사랑의 크기로 추후에 다가올 협약을 결정짓는 것이다. 사랑에도 신용카드가 존재한다. 지금, 이 순간 내가 이만큼 너를 사랑하니까 12개월 치를 미리 약속해 버리는 행위. 상대적으로 남자들이 마음의 크기를 증명하기 위해서 신용카드를 많이 남발한다. 그렇게 두세 달이 지나가고 매달 다가오는 납기일에 빠져나가는 돈의 크기가 점점 부담될 즈음 여자들의 불평은 늘어간다. 왜 이전처럼 재깍재깍 할부금이 들어오지 않냐고. 누가 그렇게 해달라고 했냐고. 네가 좋아서 해준다고 약속했으면서 왜 실망하게 하냐고. 그 상황만큼 남자들에게 당황스러운 건 없다. 어쩌면 나는 소니에게 언제 신용카드를 어떻게 꺼내야 할지를 몰랐다고 볼 수 있다. 물론 내가 12개월 치를 지금 못 낸다고 할 만큼 감정의 은행 잔고가 비어 있던 것은 아니다. 누구보다 망설임 없이 감정의 신용카드를 소니에게 꺼낼 만큼 잔고는 충분했다.

*

 소니는 평소와 다르게 검은색 가죽 치마와 진주가 듬성듬성 달린 하늘색 니트를 입었다. 얼마 전 벼룩시장에서 30달러에 산 5ml 빈티지 향수도 가방 안에 챙겼다. 이 향수에는 작은 이야기가 숨어있다. 일반적으로 오래된 향수를 사는 사람은 많지 않을 것이다. 게다가 집게손가락 두 마디쯤 되는 5ml 용기에 30달러라니. 얼마든지 더 크고 트렌디한 향수를 살 수도 있는 금액이다. 소니가 이 향수를 산 이유는 브랜드가 FENDI이기 때문이기도 했지만, 시중에서 찾기 힘든 향이 났기 때문이다. 무엇인가를 쉽게 찾기 힘들다는 것은 거기에 담긴 가치가 많은 사람들에게 아직 알려지지 않았을 수도 있고, 지금 시대에서 벗어났을 수도 있다. 소니에게는 강하고 진지하며 무거운 그 향이 마음에 와닿았다. 같은 향수를 구하기는 어렵기에 아주 특별한 날에만 조금씩 손목에 입혀지길 기다리며 화장대 구석에 자리 잡고 있었다. 그녀는 오늘 이 향수를 쓰기로 했다.
 회사는 아직 조용했다. 소니의 책상에는 이번에 마케팅을 맡은 와이너리의 서류 뭉치가 올려져 있다. 평소에도 일에 대한 욕심 때문에 밤늦게까지 야근을 하기도 했지만, 이번에는 더 열심이다. 며칠 전 컨셉 회의를 위해 와이너리의 대표와 나눈 이야기가 흥미로웠기 때문이다.

"좋은 떼루아를 만들기 위해 가끔 포도밭에서 텐트를 치고 캠핑해요. 여름이 되면 불빛 하나 없는 그곳에서 조용히 숨죽이고 있죠. 긴 정적이 지나고 나면 어디 숨어있었는지 모를 반딧불이들이 하나둘씩 나타나요. 그때 포도밭에게 조용히 속삭여요. 너를 위해 준비한 디저트야." 와이너리 대표가 웃으며 말했다.

"하하, 그렇게 말하면 포도밭이 무슨 말이라도 해요?"

"물론이죠. 내 입맛이 까다로운데 너의 성의를 봐서 한입 베어 물어 볼 거라고요. 우리 와이너리의 포도종이 피노누아라서 엄청 예민하거든요."

"마치 사랑하는 여자 친구한테 말하는 것 같네요."

"그것만큼 저를 웃게 하기도 하고 심장을 도려내 버리는 존재가 없죠. 제 여자 친구가 유독 좀 그런 편이고." 대표는 입꼬리를 한쪽으로 올리며 말했다.

별종처럼 보일 수도 있는 와이너리 대표의 말은 소니에게 내재하여 있는 무언가를 건들었다. 자기 주관이 뚜렷한 사람들을 만나게 되면 사람들의 반응은 두 가지로 나뉜다. "저 사람 참 자기 일에 열정을 가지고 사네." 혹은 "자기가 뭘 안다고 저렇게 떠들어 대는 거지. 무조건 자기가 맞다고 고집부리겠군."

소니는 와이너리 대표에게서 오만함보다는 열정을 느꼈다. 와인에 관해서 저렇게 진지함을 가진 사람을 아직 본 적이 없었기 때문이다. 그의 자신감은 소니가 가지고 있던 양초에 불을 붙였다. 대표의 강렬한 열정은 손에 잡히지 않을 만큼, 눈에 보이지 않을 만큼 저 멀리 있어 보였으나 자꾸만 관심이 갔다. 가끔 그 열정이 너무 뜨거워서 자신의 살을 태울 만큼 가까이 온다고 느끼기도 했지만,

쳐다보는 것을 멈추기는 쉽지 않았다. 더군다나 어젯밤 뜨뜻미지근한 지미와의 시간을 보내고 나서였을까? 조금 아플지 몰라도 차라리 저 남자와 확 불태워버리는 것이 낫지 않나? 라고, 느끼는 소니다.

 소니가 떠난 뒤 왠지 모를 적적함이 내게 찾아왔다. 그리곤 집안에 남아 있던, 설명할 수 없는 따뜻한 빛의 입자들이 점점 옅어지는 것이 느껴졌다. 빛은 파동이기도 하고 입자이기도 하다. 그리고 그것을 관찰하려는 관찰자가 생기면 입자로 변한다. 나는 그 빛의 입자가 보고 싶어졌다. 그러나 내가 그 빛의 입자들을 관측하려고 하면 그것들은 어디론가 도망가 버리고 말았다. 양자역학에 따르면 원자가 정확히 어디로, 얼마나 빠른 속도로 갔는지 알 수가 없다고 한다. 이것을 불확정성의 원리라고 부른다. 내가 소니를 만나서 만들려고 했던 불씨 또한 수많은 빛의 입자를 파생시켰다. 빛의 입자들은 며칠간 집안을 맴돌며 주방에 내려앉기도 하고, 거실에서 음악에 따라 춤추기도 하며, 침대 위를 뜨겁게 달구기도 했다. 그러나 빛의 입자들은 점점 에너지를 잃어가고 있었다. 나는 빛을 찾기 위해 밖으로 나가야만 했다.

 나는 샤워를 마치고 근처에서 유명한 Saluministi Flinders Lane 이라는 샌드위치 가게로 향했다. 곧 점심시간이니까 샌드위치를 사서 소니의 회사로 간다면 시간이 얼추 맞을 것이다. 혹시 몰라서 팀장님 것까지 세 개를 샀다. 팀장님은 핑곗거리다. 형식적인 면접이라 할지라도 미리 얼굴을 터놓으면 좋지 않을까? 하는 행복 회로도 돌려 본다. 하지만 내가 하는 모든 생각의 기저에 깔린 것은 소니를 보기 위함이다. 그건 숨기려 해도 숨길 수가 없는 것이다. 원래 사람이란 무언가가 좋아지면 아무리 주변에서 뜯어말려도 긍정적인 부분만 보게 되는 법이다. 샌드위치 가게에서 10여 분쯤 걸어가면 소니가 다니는 회사가 있다. 7층에 하얀 페인트가 칠해진 건물, 어느 도시에나 있을 법하다. 검은 정문을 열고 들어가면 흰 셔츠를 입은 남미계 경비가 지키고 있고 그 옆에 층별로 주르륵 회사명들과 층수가 적힌 팻말이 붙어 있다.
"안녕하세요, 어디를 찾으시죠?" 경비가 내게 물었다.
"안녕하세요. 피델리티 마케팅 컴퍼니를 가려고 하는데요."
"5층 왼쪽 끝에 있습니다."
"감사합니다. 좋은 하루 보내세요."
내가 탄 엘리베이터가 5층에 도착했다. 각종 액자가 걸린 왼쪽 벽을 따라 걷다 보니 피델리티 마케팅 컴퍼니의 로고가 보였다. 나는 통유리를 넘어 소니가 어디에 있을까 열심히 고개를 돌려 찾았다. 저 멀리 회의실에 앉아 있는 소니가 보였다. 그녀는 웃고 있었다. 그리고 반대편에는 소니가 말했던 와이너리 대표로 짐작되는 한 남자가 앉아 있었다. 그녀는 행복하게 웃고 있었다. 소니의 집에서 나와 빛의 입자를 따라왔더니 저곳에는 내가 책에서만 봤던 빅뱅이 일어나고 있다. 적당히 따스한 정도의 빛이 아니라 활활 타는 태양이 있었다. 나는 그냥 "사업 파트너니까 예의상 웃어주는 웃음이겠거니." 하고 들어갈 수도 있었다. 그러나 지금껏 보지 못했던 소니의 웃음은 나의 발걸음을 꽁꽁 얼어붙게 했다. 나는 조심스럽게 손에 든 샌드위치를 들고 돌아설 수밖에 없다.

아는 사람이라곤 한 명도 없는 이 도시에서 나는 어디로 가야 할까? 헛헛한 마음을 풀어낼 곳이 단 한 곳도 떠오르지 않았다. 계단을 두세 개씩 내려왔다는 것도 까맣게 잊고 있었다. 그러다가 발목이 나가도 아픈지 모를 만큼 나는 빠르게 계단을 내려왔다. 정신이 반쯤 나간 듯했다. 눈앞에는 플린더스 스트리트 역이 보였다. 저곳에는 내가 멜버른에서 유일하게 이야기를 나눴던 알랜 할아버지가 있다. 아니, 제발 있었으면 좋겠다. 나는 숨을 참고 할아버지의 포토 부스로 발걸음을 옮겼다.

 "알랜 할아버지, 저랑 샌드위치 드실래요?" 누군가 간절히 필요한 나에게 동전을 수거하고 있는 할아버지가 보였다.

 알랜 할아버지를 보자마자 말로 설명하지 못할 감정이 차올랐다. 허탈했고 모든 것이 원망스러웠다. 나는 자괴감에 빠지기 일보 직전이었다. 분명 많은 물리학자가 양자역학을 처음 만났을 때 이렇게 느꼈을 것이다. 고전 물리학에서 어떤 물체가 움직이는 현상은 밀려 나가는 쪽 반대편에서 어떤 힘이 작용했기 때문에 발생한다. 마치 오랫동안 숨겨온 고백과 같다. 고백의 당락은 상대방에 대한 마음의 크기에 따라 수락이 이루어질지 말지, 수락에 걸리는 시간이 길어질지 짧아질지 정해진다. 나는 지금 물체를 움직이려 하고 있었다.

 "자네 왔는가. 갑자기 샌드위치라. 아직 점심을 먹기 전이긴 하다만."

 "샌드위치가 너무 맛있어 보여서 세 개나 사버린 거 있죠. 욕심을 부리다 보니 이렇게나 많이 사버렸네요. 어떤 것으로 드실래요?"

 나는 할아버지에게 샌드위치를 내밀며 말했다.

"자네가 먼저 먹고 싶은 것 고르고 내가 골라도 된다네. 먼저 고르게."
"그러면 저는 아보카도 샌드위치를 먹을게요."
"그러면 나는 이걸로 하지. 고맙게 잘 먹겠네." 알렌 할아버지가 모로코식 치킨샌드위치를 집으며 말했다.

두 사람은 아무런 대화 없이 연신 샌드위치를 베어 물고 씹기만 했다. 맛을 전혀 느끼지 못하는 사람처럼 보였다. 심지어 까끌까끌한 모래를 입 한가득 넣고 씹는 것만 같다.

"나와 샌드위치를 먹을 생각을 했다는 것이 조금 의외이긴 하네. 더군다나 3개씩이나 사서 말이야."
"아⋯. 사실 누구 전해주려고 했는데 일이 좀 생겨서요. 마침 기차역이 보였고 할아버지가 역 안에 있으면 하나 드리면 좋겠다 싶더라고요." 나는 어색하게 웃으며 말했다.
"흠⋯. 거참 고맙구먼. 실례되는 질문이 될지 모르겠는데 혹시 샌드위치를 주려고 했다는 그 사람 자네가 좋아하는 사람인가?"
"뭐 좋아한다기보다 친한 친구예요. 같이 먹으면 좋을 것 같아서 샀는데 제 생각과 다르게 됐네요."
"그래, 인생이란 게 생각처럼 항상 흘러가는 것이 아니긴 하지. 예상과 다르게 흘러가는 일 때문에 인생이 덜 지겨운 것 아니겠나."
"무슨 일이 생길 때 저도 그렇게 생각하는 편이긴 하죠."
"자네랑 친하다는 친구는 여기 사는 사람인가? 자네는 잠시 온 것 같은 사람인 것 같은데."
"네, 그 친구는 지금 멜버른에서 일해요. 다음 주에 저도 친구가 회사랑 면접 보기로 했고요. 그 친구 때문에 여기 왔다고 봐야죠."
"그래서 자네한테서 조금 급한 느낌이 풍겨 나왔었나 보구먼. 마치 뭔가에 쫓기는 사람처럼 느껴졌거든."
"정말요? 태어나서 처음 와보는 곳이다 보니 조금 긴장하고 있긴 하죠."

 알랜 할아버지와의 대화는 잠시 안정을 찾는 데 도움이 되었다. 어쩌면 인간의 여러 감정과 함께 오는 일련의 사건들은 대화로 해소되기도 한다. 그래서 신은 인간에게 닥칠 많은 일들을 염려하여 대화라는 장치를 만들어 뒀을지도 모른다. 살다 보면 대화가 필요한 순간에 친한 지인들이 옆에 아무도 없는 상황도 생기고, 낯선 이에게 속내를 털어놓는 마법 같은 순간도 만나게 된다. 어쩌면 신은 그것까지 예측했을지도 모른다. 알랜 할아버지는 내가 가져온 세 개의 샌드위치 중 하나를 말끔히 다 먹고 한껏 부풀어 오른 배를 만지고 있다.

"하나 남은 샌드위치는 어떻게 할 셈인가?" 알렌 할아버지가 말했다.
"지금 당장은 배가 불러서 더 못 먹겠어요. 혹시 모르죠, 이게 필요한 사람이 또 나타날지.."
"그래, 자네가 나에게 했던 것처럼 좋은 마음을 가지고 있다면 그 샌드위치도 어딘가로 가겠지."
"그랬으면 좋겠네요."
"그나저나 저번에 찍어 갔던 사진은 잘 가지고 있나?"
"아…. 그거요. 다이어리에 고이 넣어놨어요. 제 친구도 사진 잘 나왔다고 하더라고요."
"저 기계가 오래돼 보여도 사진은 여전히 잘 나온다네. 틈틈이 안에 있는 렌즈를 닦아주거든."
"저렇게 오래된 기계는 고장이라도 나면 부품 구하기도 힘들겠네요."

"그렇지, 덴마크에서 만든 포토 부스인데 지금은 그 회사가 문을 닫아버려서 혹시나 고장이라도 날까 봐 늘 노심초사한다네."

"할아버지는 왜 하고많은 일 중에 포토 부스를 하게 되셨어요?"

"그걸 다 얘기하려면 길어질 텐데 자네 시간은 괜찮은가?"

"네, 저는 괜찮아요. 딱히 할 일도 없고."

"벌써 50년도 더 된 일이네. 내게도 다시 오지 않을 사랑이 있었지. 대학교 신입생 때 나는 와인바에서 일하고 있었지. 그런데 맞은편 위스키를 파는 술집에서 서빙하는 여자한테 첫눈에 반한 거야."

"벌써 흥미진진한데요."

"물론이지. 저녁이 되면 자꾸만 그녀를 바라보게 되더라고. 워낙 수줍음이 많아서 먼저 말을 건다는 생각은 하지도 못한 채 말이야. 그렇게 몇 달이 흐르자 내 마음을 알아챈 동료가 나의 손을 잡고 그 술집으로 가자고 하는 거야. 그렇게 그녀를 처음으로 눈앞에서 만나게 되었다네."

"만나서 뭐라고 말했어요? 좋아한다고 말했어요?"

"말할 것도 없더라고. 내가 매일 창가에서 그 가게를 힐끔힐끔 쳐다보니까 거기서 일하는 사람들은 내가 그녀를 좋아한다는 걸 이미 눈치챈 거지. 내가 가자마자 그 사람들이 와서 하는 말이 그녀랑 잘해보라고 농담을 던질 정도였으니까."

"할아버지만 몰래 본다고 생각하셨나 보네요." 나는 단전에서 올라오는 웃음을 내뱉었다.

"그런 게지. 그렇게 나는 분위기에 휩쓸려 그녀랑 연인이 되었다네."

"그런데 그게 포토 부스랑 무슨 상관이 있어요?"

"그녀도 당시에 나처럼 대학생이었는데 모나시 대학의 방사선학과에 다니고 있었지. 어떻게 보면 방사선학과도 사진을 찍는 걸 배우는 학과 아니겠나. 그래서 나도 그녀를 따라 하고 싶어진 거야. 비슷한 것을 하면 그녀랑 더 가까워질 수 있다고 생각했거든."

"참 유별난 이유네요. 그래서 그분이랑 더 가까워졌어요?"

"꼭 그렇지만도 않더라고. 여느 커플처럼 시간이 지나면서 조금씩 세상을 보는 관점이 변하고 점점 둘 사이에 거리가 생겼어. 결국 나는 그녀를 잃어버렸다네." 알렌 할아버지의 눈썹이 축 처졌다.

"그런데도 수십 년째 이 자리에서 포토 부스를 하는 이유가 뭐예요? 저라면 진즉에 그만뒀을지도 모르겠네요."

"기다리는 거지. 누군가를 진심으로 사랑했던 기억은 세월이 흘러도 사라지지 않거든. 처음에는 1년만 기다리면 내 진심을 알아보고 그녀가 돌아올 줄 알았는데 그게 5년이 되고 10년이 됐지. 그때부터는 내가 무엇을 기다리는 건지 알 수 없었어. 그래도 기다리는 거야. 내 나이가 80이 될 도록 말이야."

막스 보른이 말했다. 상자 속에 전자가 있다면 전자는 파동성을 띠므로 전자는 상자의 모든 곳에 확률적으로 존재한다. 즉, 전자는 모든 경우의 수가 동시에 존재하는 중첩 상태에 있다. 알렌 할아버지는 지금 막스 보른이 말한 확률을 기다리는 것이다.

*

아주 특별한 순간이었다. 서로 간의 거리가 수천 킬로미터는 족히 되었는데도 내가 가진 상자 안의 공이 어떤 색인지 확인되는 순간, 그녀가 가진 상자 안의 공의 색도 동시에 정해졌다. 꿈과 같은 일이었다. 소니가 내게 온 날, 내가 느낀 감정이었다. 그녀는 나의 마음속에 강렬하게 들어왔다. 한편으론 어이가 없기도 하고 반대로 로맨틱하기까지 했다. 그것은 언제나 나의 관점에서 서술된 감정이다.

"할아버지가 저에게 조금 아플지도 모를 이야기해 주셨으니까, 저도 한 가지를 고백할 수밖에 없겠네요."

"그래, 자네의 이야기도 한번 들어보고 싶네."

"사실 제가 그 친구 좋아하는 거 같아요. 사실 돌이켜 보면 처음 만났을 때부터였던 것 같아요."

"가끔은 스스로 자신을 왜곡하기도 하지. 이상한 일은 아니라네. 그런데 그 친구의 어떤 점이 좋아 보였나?"

"음…. 처음에는 제 마음의 크기가 그리 크지 않았던 것 같은데, 분명 결정적인 순간이 있었죠. 어느 날 갑자기 그 애가 알베르 카뮈에 푹 빠진 것 같다고 하는 거예요. 그때였던 것 같아요. 갑자기 제 마음의 크기가 팽창하기 시작한 시기가." 나는 눈을 크게 뜨며 말했다.

"카뮈 하면 뭐니 뭐니해도 이방인이란 책이 걸작이지. 그런데 그녀가 카뮈에게 빠졌다고 해서 그게 왜 자네에게 영향을 미쳤나?"

"카뮈는 유명한 사람이니까 살다 보면 그의 책과 생각을 한 번쯤 접해볼 수도 있죠. 그런데 카뮈에 빠졌다는 말이 제게는 나 요즘 말 못 할 고민이 있어서 힘들다는 말로 들렸어요. 카뮈는 그런 사람에게 기댈 곳을 준다고 생각했거든요."

"마치 자네도 카뮈의 도움을 받은 적이 있었던 것처럼 이야기하는구먼. 그래."

"아니라고 할 수는 없어요. 저도 항상 행복감만 느끼면서 살았던 것은 아니니까요. 그러다가 니체를 만나고 나서 많이 바뀌게 됐죠. 어쩌면 저는 카뮈에 빠진 그 친구에게 니체가 되고 싶었던 것 같아요."
"그녀에게 무언가 소중한 것을 주고 싶었던 거구만. 그게 자네는 사랑이라 생각한 것이고."
"그랬던 것 같아요. 더 깊은 절망에 빠질지도 모를 친구를 잃고 싶지 않았어요. 어두컴컴한 방안을 더듬더듬 기어다닌 끝에, 여기 내가 찾은 한 줄기 빛이 있으니 나와 함께 가자고 말이죠."
"들어보니 자네 마음이 이해는 가는구먼그래. 그래서 수천 킬로미터가 떨어진 이곳 멜버른까지 오게 된 것이고."
"맞아요. 아무리 길을 잃고 더 이상 못 걸을 상태가 되더라도 저는 그 친구를 꼭 찾아내고 싶다는 생각이었으니까요. 그게 진정으로 사랑하는 일이라고 믿었어요."

 양자역학에서 한번 상호작용을 했던 두 입자가 서로 연결된 것처럼 똑같이 행동하는 현상을 양자얽힘이라고 한다. 나는 소니가 카뮈에게 빠졌다고 했을 때 과거의 나 자신과 만났다. 그 특이한 공감대 때문에 나는 다른 사람이 아닌 소니를 사랑의 대상으로 여겼다. 한마디로 운명의 상대로 생각했다.
 앨런 할아버지와의 허심탄회한 대화는 나에게 몇 가지 효과를 가져왔다. 약간의 안도감과 동질감, 자신감, 그리고 무엇보다 소니에 대한 마음을 확인하는 계기가 되었다. 그리고 이것은 신이 대화를 만들었을 때 그린 가장 이상적인 그림일 테다. 다른 사람과의 대화를 통해 내뱉는 단어는 무의식 속에 갇혀 그동안 만나지 못했던 또 하나의 자신이다. 비록 예전의 내가 이런 모습을 가졌었나 싶은 당혹감에 빠지기도 하겠지만, 이 또한 성숙한 인간으로 성장해 가는 일이며, 그렇지 못하게 되면 영원히 네버랜드에 사는 피터팬이 되고 만다.

"할아버지 저 이제 가볼게요. 오늘 너무 유익한 시간이었어요. 감사해요." 나는 자리에서 일어나며 말했다.

"나도 덕분에 샌드위치도 얻어먹고 재밌는 오후가 되었네. 종종 찾아오게나."

"그럴게요. 좋은 오후 되세요."

플린더스 스트리트 역을 빠져나와 집으로 돌아가는 길, 마음 한쪽에서는 다시 소니를 만났을 때 어떻게 표정을 지어야 할지 고민이 됐다. 인간관계는 가까워지기도 하고 멀어지기도 한다. 아무리 나이를 먹어도 입자 간의 거리 변화는 영원히 익숙해지지 않는다. 이불을 뒤집어쓰고 식음을 전폐하기도 하고 차오르는 감정을 주체하지 못해 연신 울음을 내뱉기도 한다. 흐르지 못하고 정체된 시간이 감정의 부스러기를 만들기 때문이다. 시간은 그냥 흐르는 것이 아니다. 우리는 절대 시간을 쉽게 봐서는 안 된다.

집으로 돌아온 나는 탁자 위 잡지들을 정리하고 바닥에 떨어진 먼지들을 닦았다. 그렇게 소니가 집으로 돌아오길 기다렸다. 청소를 마치고 나니 좀 전에 만지작거렸던 잡지들이 눈에 보였다. "ESCAPE" 어딘가로 탈출하고 싶은 사람들을 위한 잡지일까? 나는 잡지를 손에 쥐고 자세히 보기 시작했다. 이번 달 잡지의 표지는 그레이트 오션 로드다. 멜버른에서 차로 그리 멀지 않아 보였다.

'이번 주말이 가기 전에 소니와 같이 가고 싶다.'

잡지 속의 내용을 읽어보니 그레이트 오션 로드는 세계적으로 유명한 해안도로라고 한다. 그리고 이곳을 유명하게 만든 이유는 12

사도 바위 때문이다. 멜버른을 찾는 여행객들이 한 번쯤은 가본다는 그레이트 오션 로드. 나의 뇌리에 깊숙하게 박혔다. 바다는 언제나 우울한 마음을 쓸어가 주며, 설렘을 가져다주는 장소다. 나는 혼자서 기대감의 꽃을 피웠다. 그로부터 한 시간쯤 뒤에 소니가 집으로 돌아왔다.

"나 왔어."

"소니야 수고 많았어. 밥은?"

"아직 안 먹었어. 너는?"

"나도 아직, 밖에 가서 뭐 먹을까? 아까 집에 오다 보니까 전구 달린 바비큐 식당 맛있어 보이던데."

"어디 말하는 거지? 혹시 플린더스 스트리트 역 근처에 Ginger Olive 말하는 거야?"

"맞아 거기."

"오늘도 그쪽으로 갔나 보구나. 거기 유명해. 맛있기도 하고." 소니는 가방을 획 던지며 말했다.

 편한 옷을 입고 집을 나선 둘은 남쪽으로 걸었다. 거리는 조깅을 하는 사람들과 퇴근하는 사람들로 북적였다. 그들을 위해 살짝씩 비켜주다 보니 두 사람의 어깨와 팔이 닿을락 말락 했다. 벌써 식당 안의 몇몇 테이블이 채워져 있다. 다행히 오래 기다릴 정도는 아니었다.

"소니야, 여기 와봤어?"

"나는 회사 사람들이랑 회식 때문에 몇 번 와봤어. 너 한 번쯤 데려오려고 했었는데 마침 잘됐다. 2인용 플래터 하나 시키고 시저 샐러드면 충분할 거야." 익숙하게 메뉴판을 보며 소니가 말했다.

음식은 생각보다 빨리 나왔다. 정갈하게 플레이팅 된 음식들은 식욕을 돋웠다. 이 식당만의 특이점이 있다면 시저 샐러드에 구운 생선이 올라가 있다는 것이다. 다른 도시에서도 흔히 볼 수 있는 시저 샐러드지만 멜버른만의 특색이 느껴지는 요리다.

"소니야, 내일부터 주말인데 뭐 특별한 계획 있어?"

"글쎄 특별한 일은 없는데 왜?"

"아까 집에 있는 잡지를 보니까 그레이트 오션 로드라고 있더라고. 그래서 주말에 같이 갈까 했지."

"멜버른 오면 거기는 한번 가봐야지. 하긴 제대로 도시 구경도 못 시켜줬네. 그렇게 멀지 않으니까 가자."

 어딘가로 같이 떠날 계획을 세우는 것은 그저 몸만 떠나는 것이 아니다. 저 사람과 같이 갔을 때 벌어질 일까지도 다 수용하겠다는 의지의 산물이다. 인내심은 아무리 친한 사이라 해도 묵과할 수 없는 일이다. 여행은 그렇게 우리에게 그동안 생각하지 못했던 모습들을 보여줄 것이다.

4장.

꼭 너를 찾으러 올게,
여기로

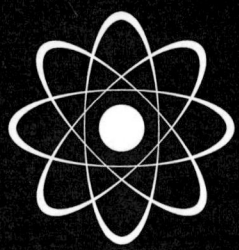

◇

세상에는 아름답고 좋은 장소들이 가득하다. 죽기 전에 단 한 곳만 다시 가볼 수 있다면 어디로 가야 할까? 예를 들어 한여름날 외할머니와 돗자리를 펴놓고 수박을 먹었던 집 앞 마당이라든지, 처음으로 "신이 존재하지 않을까?"라고, 생각했던 화이트 샌드 국립공원이라든지. 서양철학에서 말하는 인간을 구성하는 세 가지 성질(이성, 감성, 욕구)을 완벽히 채워주는 그런 곳 말이다. 나는 내심 그레이트 오션 로드가 아름답길 바랐다.

선선하게 불어오는 바람과 한 잔의 와인이 주는 행복감을 안고 집으로 돌아온 소니와 나는 소파에 앉았다. 나는 오늘 소니의 회사에 찾아갔던 것을 들키지 않으려고 조심스레 입을 열었다.

"오늘 어땠어? 미팅은 잘했어?"

"잘하고 왔어. 정식 출근하면 나랑 같이 맡아서 하게 될 거야."

"아, 그렇구나…."

"와인에 관심 많지 않나? 좋아할 것 같은데?"

"그렇지, 아무튼 늦었는데 그만 씻고 잘까? 내일 일찍 운전해서 가려면."

"그러자 그러면, 잘자."

다음 날 아침, 우리는 토스트와 커피를 챙겨 차에 올라탔다. 주말 아침이라 교통체증은 심하지 않다.

"출발해 볼까?"

"내가 운전할게. 차 타고 이렇게 가는 거 오랜만이다." 나는 운전대를 좌우로 몇 번 쓸어내리며 말했다.

"그러게, 나 교환학생으로 미국 갔을 때 네가 운전 많이 해줬었는데. 공항도 데려다주고 울적할 때 로타와나 호수도 데려가 주고. 거기 외진 곳이라 갑자기 사슴도 튀어나오고 그랬잖아."

"맞아, 그때 둘 다 놀래서 막 소리 지르고 했었지."

"참 별거 아닌데 그때는 왜 그렇게 재밌었나 몰라."

"그러게, 노래나 들으면서 갈까?"

"신나는 노래 듣자. 너 노래 선곡 잘하잖아."

"그러면 다섯이라는 밴드의 Tell Me What U Need 들으면서 갈까? 바다를 보러 가는 길에 딱 맞을 것 같은데."

'날 바꿔야 하나. 난 바뀌어야 하나. Tell me what you need. 어서 말해줘.'라는 가사는 내가 소니에게 묻고 싶은 질문과 닮았다. 우리는 예전의 기억과 음률에 맞춰 몸을 흔들며 그레이트 오션 로드를 향해 달리고 있다. 3시간 남짓 달렸을까. 어느새 그레이트 오션 로드에 접어들고 우리의 왼쪽으로 바다가 나타났다. 8월의 호주는 겨울의 끝을 향해가고 있고 바람은 여전히 차가웠다. 그래도 창문을 열고 손을 내밀어 보는 것이 바다를 더 가까이서 즐기는 방법이다. 바닷가 마을이 고향인 두 사람에게 바다의 의미는 색달랐다. 바다와 가까이 산다고 해서 바다에 자주 가는 건 아니지만, 바닷가 마을 사람들은 항상 바다를 그리워하며 살아간다. 드넓은 바다를 바라보는 것만으로도 가슴 속에 가득 찬 응어리가 풀어지는 것 같다. 유명 관광지답게 12사도 바위가 보이는 곳에는 많은 사람들이 모여 있었다. 두 사람은 바위를 조금이라도 더 가까이서 보기 위해 난간

앞에 붙어 섰다.
"소니야, 그거 알아?" 내가 소니를 쳐다보며 말했다.
"어떤 거?"
"12사도 바위라고 하지만 지금은 8개밖에 안 남아있대."
"정말?"
"그런데 이곳에 처음 왔던 사람은 12개의 바위가 있었던 것을 보고 12사도 바위라고 이름 지었을 거잖아. 하나씩 사라지는 바위를 보면서 사람들은 저게 10개가 되기 전에 다시 오자. 9개가 되기 전에 다시 오자라고 하지 않았을까?"
"이곳에 꼭 다시 오고 싶은 사람과 왔었다면 그런 말을 했겠지? 왜? 나랑 다시 오고 싶니?"
"음…. 내가 만약에 길을 잃고 헤매서 저 멀리 사라져 버려도 저 바위가 다 사라지기 전에는 다시 오자."
"뭐야. 어디 가버릴 사람처럼 왜 그런 말을 해. 또 그놈의 걱정하는 버릇 나온다." 소니는 눈을 찌푸리며 말했다.
"아름다운 것을 보니까 좋기도 하고 이 순간이 영원하길 바라는 마음이 들어서 그래."
"그러면 지금을 최대한 즐겨. 바보야. 나중에 다시 온다느니 그런 말 하지 말고. 네가 하는 것 봐서 그때 생각해 볼 거니까."
 나를 한껏 놀린 소니는 12사도 바위로 가는 계단을 향해 걸어갔다. 매우 가벼운 몸짓이었다. 누군가 좋아지기 시작하면 아주 사소한 것부터 불가능해 보이는 것들까지 자꾸만 약속하게 된다. 약속이라는 것은 지금 내가 너에게 줄 수 없지만 나중에는 줄 수 있도록 노력해 보겠다는 의미다. 세상에는 얼마나 많은 약속이 존재했었을까? 못 지키는 모습에 하나둘씩 사려져 간 수많은 약속이 우리에게 남긴 것들은 뭐였을까? 나는 앞으로도 지켜지지 않을 수많은 약속에 둘러싸여 살아갈 테다. 그러나 딱 한 가지만 지킬 수 있다면 저 바위가 다 사라지기 전에 소니와 이곳에 다시 오고 싶다.

12사도 바위를 배경으로 몇 컷의 사진을 찍은 두 사람은 잠시 벤치에 앉았다. 내가 멜버른에 오고 나서 가장 즐거운 시간이었다. 남녀 간에 오고 가는 많은 대화 중에 굳이 사랑한다는 말이 아니어도 한 사람의 심장을 꺼내 보여줄 방법이 있다면, 모든 것을 "너와 함께" 하겠다는 의지를 담아내는 것이다. 두 사람이 같은 바다를 보며 내뱉는 숨결, 서로를 바라보며 먹는 음식, 머리 위를 떠다니는 생각. 때때로 그런 것들이 사랑을 알려주는 척도가 되기도 한다. 그동안 자신의 마음을 쉽게 내비치지 못했던 나는 12사도 바위 앞에서 고해성사하듯이 자신의 사랑을 선언했다. 소니가 바랬던 것 또한 그랬다.

"계속 앉아 있으니까 슬슬 춥다. 인제 그만 갈까?" 내가 소니의 머리카락을 만지며 말했다.

"그러자. 둘 다 감기 걸리겠다. 내일 첫 출근인데." 소니가 말했다.

*

무난한 주말이 지나가고 새로운 한 주가 시작됐다. 나는 면접을 앞두고 그동안 해온 경험을 찬찬히 되새겨봤다. 면접이란 늘 긴장되는 일이다. 나도 잘 모르는 나에 관한 질문이 날아온다. 마치 아무것도 걸치지 않고 걸어 다니는 느낌이다. 인생에서 제일 처음 봤던 면접은 대학 입시 때였다. 광고홍보학과에 지원했던 날, 나는 긴장된 마음으로 내 차례를 기다렸었다. 과연 심사관은 뭘 물어볼까? 그런데 의외로 첫 질문은 간단했다.

"왜 광고홍보학과에 지원했나요?" 사실 그때까지도 나는 광고 홍보가 어떤 것인지 몰랐다. 그저 막연하게 TV에서 봤던 몇몇 광고가 전부였다. 내가 지원하는 학과가 어떻게 내 삶을 바꿀지 알고 지원하는 경우는 드물다. 보통 재밌어 보이고 더 많은 돈을 벌어다 줄 기대감에 혹해서 선택하게 되니까.

"음…. 저는 앞으로 무역 쪽 일을 하고 싶은데요. 무역이라는 것이 결국 사람과 물건이 움직이는 것이니까, 그것들이 잘 움직이게 하려면 사람과 물건에 대해서 잘 알아야 하지 않을까요? 사람의 마음을 읽고 움직이게 만드는 광고홍보학을 공부하면 무역도 잘할 수 있지 않을까요?" '이놈은 뭐지?' 싶은 생각이 세 분의 면접관 얼굴에 그려졌다.

 몇 년 뒤 나는 미국으로 유학을 떠나기 위해 자퇴서를 들고 세 분의 교수 중 한 분에게 서명을 받으러 갔었다. 교수님이 말씀하시길 그동안 수백 명의 지원자를 면접해 봤지만, 나 같이 말한 사람은 없었다고, 몇 년이 지나도 그때가 기억난다고 하셨다. 스스로 생각해 봐도 엄청난 리스크를 두고 내뱉은 똘끼 가득한 답변이었다. 나는 과거의 기억을 회상하며 또 한 번의 중요한 면접을 앞두고 있다.

"지미야, 준비됐어?" 소니는 팀장님의 방문을 두드리기 전에 나의 옷깃을 한번 여미어 줬다.
"응, 들어가면 되나?"

"아, 지미 씨 처음 뵙겠습니다. 소니 씨한테 말씀은 많이 들었습니다." 팀장님이 환하게 말했다.

"안녕하세요. 이렇게 기회를 주셔서 감사합니다." 나는 고개를 꾸벅 숙이며 말했다.

"자, 이력서는 충분히 봤고 알다시피 우리는 마케팅 회사다 보니 빠르게 적응해서 결과를 만드는 인재를 원합니다. 지미 씨는 좋은 마케팅이란 뭐라고 생각하죠?"

"좋은 마케팅이라…. 혹시 슈뢰딩거의 고양이를 아시나요? 가상의 상자 안에는 고양이와 함께 그 고양이를 죽일 수 있는 장치가 함께 들어있죠. 상자를 열기 전에는 고양이가 죽었는지 살았는지 몰라요. 좋은 마케팅이란 고양이가 살아 있길 바라면서 그 상자를 여는 거라고 봐요. 우리가 만든 마케팅 전략이 효과를 발휘할지 어떨지는 상자를 열기 전에는 아무도 알 수 없죠. 그러나 원하는 효과를 낼 거라는 믿음을 가지고 준비했다면 그렇게 될 가능성이 더 크지 않을까요?"

"그렇죠. 우리도 믿지 못하는 전략을 들고 시장에 나가서 이기기란 쉽지 않으니까. 좋은 포인트네요. 처음 맡게 될 프로젝트는 소니 씨를 도와서 와이너리를 마케팅해야 할 텐데 와인은 조금 아시나요?"

"와인이요. 전문가 수준은 아니지만, 관심사 중 하나에요. 유학 시절 와이너리 투어도 자주 갔었고요."

"잘됐네요. 아무래도 자신이 관심 있는 분야라면 처음 맡게 되는 일이라도 금방 적응할 테니까. 소니 씨 대표님은 몇 시에 온다고 하셨죠? 곧 오실 때 되지 않았나?" 팀장님이 손목시계를 보며 말했다.

"네, 곧 오실 거예요."

"자, 그러면 면접은 이걸로 마무리하고 오래된 친구인 두 분의 환상적인 팀워크를 기대해 보죠."

무난했던 면접이 끝나고 팀장님의 방을 나오자 와이너리의 대표가 회사로 들어왔다. 소니와 와이너리 대표의 눈이 마주쳤다. 나는 소니의 눈을 바라봤다.

눈빛은 많은 것을 의미한다. 굳이 말하지 않아도 보이는 신호들. 시각을 잃었다고 해서 기죽어 살 필요는 없다. 눈빛이란 마음의 창이기 때문에 숨기고 싶은 것들을 언제든 숨길 수 있는 능력을 갖추고 있다. 시각을 잃은 자들은 그 능력을 갖춘 것이다. 신은 하나를 주면 하나를 가져간다. 마치 가위바위보처럼 그에게서 무엇을 받든 자신의 선택으로 다른 것과 교환할 기회를 가진다. 어쩌면 신의 뜻을 가장 잘 반영한 놀이는 가위바위보다. 그런 것을 보면 신이란 매번 냉정하기만 한 존재는 아니라고 생각한다. 단지 신의 뜻을 알아보냐 아니냐의 차이만 존재할 뿐. 소니가 와이너리 대표를 바라보는 미묘한 눈빛은 그대로 나의 시신경을 타고 들어왔다. 조금 시리다. 아니, 눈물이 날 만큼 아프다. 계속 보고 있으면 더 큰 좌절감에 빠질 것만 같다. 그때 소니가 말했다.

"대표님 시간 맞춰 오셨네요. 회의실로 가시죠. 지미야, 같이 가자. 내가 서류는 챙겼어." 소니가 나의 옷깃을 잡으며 말했다. "그래." 회의실 안의 공기는 양분화되어 있다. 시종일관 여유가 넘치는 와이너리 대표와 그것을 찬탄하고 있는 소니, 그리고 왠지 모르게 주눅 들어있는 나.

"대표님, 여자 친구는 잘 지내고 있죠?" 소니가 위아래 치아를 다

내놓으며 말했다.

"요즘 무슨 일 때문인지 조금 토라져서 그 이유를 찾고 있어요."

"정말요? 혹시 다른 여자한테 눈길 주신 것 아니에요?"

"안 그래도 최근에 사과나무를 몇 그루 심었는데 그걸 보고 질투한 걸지도 모르겠네요. 마음이 수십 번씩 바뀌는 포도랑 같이 사는 게 익숙해질 법도 한데…. 여전히 그 마음을 다 알지는 못하겠어요."

"욕심에 끝이 있나요. 어느 날은 이래서 좋았다가 또 어떤 날은 이래서 우울해지는 법이죠."

"그래도 노력한 만큼 포도가 잘 자라서 맛있는 한병의 와인으로 완성되는 모습을 보면 보람을 느껴요. 특히 피노누아가 보여주는 그 찬란한 검은 빛이 저를 설레게 하죠."

"역시 대표님은 표현이 엄청 섬세하시네요. 포도가 부럽기는 처음이에요." 소니는 농담과 진담이 섞인 듯한 말에 능숙한 여자였다.

두 사람 간의 대화에 나는 끼어들 수가 없었다. 어쭙잖게 아는 와인 지식으로 와이너리 대표를 이길 수가 없을 테니까. 나는 소니의 관심에서 완전히 벗어나 있었다. 만약 라흐마니노프가 살아 돌아온다면 이렇게 말할 것이다.

"교향곡 제1번을 세상에 내놓았을 때 느꼈던 모멸감이구먼."

라흐마니노프는 교향곡 제1번의 초연을 대실패하고 커다란 트라우마를 가지게 됐다. 그는 아주 오랫동안 정신과 치료를 받고 살았는데 지금 내 심정이 딱 그렇다. 모든 것을 다 잃은 듯한 느낌. 어떤 말을 꺼내야 이 상황을 유리하게 만들 수 있을지 모르겠다. 라흐마니노프 교향곡 1번이 딱 이런 느낌이다. 무언가를 말하고 싶지만 어떤 말을 꺼내도 소니의 귀에 들리지 않을 것 같다. 라흐마니노프가 교향곡 1번을 초연했을 때 관객들도 비슷하게 느꼈을 것이다. 오케스트라가 뭔가 연주는 하고 있는데 두서없이 소리만 내고 있다는 막연함. 누군가 나의 이 고통을 깨줬으면 좋겠다.

"우리 이야기만 너무했네요. 이분은 누구시죠?" 와이너리 대표가 말했다.

"제 정신 좀 봐. 여기는 이번 프로젝트를 저랑 같이 맡아서 하게 된 지미에요."

"반갑습니다. 처음 뵙겠습니다." 내가 말했다.

밝게 인사를 해보려고 해도 쉽지 않았다. 눈에는 두 사람이 주고 받은 웃음만 존재한다. 차라리 시각을 잃어버리는 게 나을 것 같다. 할 수만 있다면 시간을 되돌리고 싶다. 와이너리 대표를 만나기 전에 소니의 마음을 확실히 얻었다면 뭔가 달라지지 않았을까?

물론 와이너리 대표도 지미를 전혀 의식하지 않고 있었던 건 아니다. 남자는 다른 남자를 만나면 먼저 그의 전투력을 파악하는 법이다.

"두 분은 어떻게 친구가 되셨어요?"

"미국에서 같이 학교 다니면서 친해졌어요. 소니가 우리 학교에 교환학생으로 왔었거든요."

"그러면 둘이 같이한 시간이 그렇게 길지는 않았겠군요. 한두 학기 정도?"

"아…. 뭐 그렇죠."

한두 학기 정도라는 말이 너무 거슬렸다. 마치 소니와의 시간이 부정당하는 느낌이다. 그러면 그럴수록 함께 웃고 떠들었던 순간들이 머릿속에서 떠나지 않았다. 그녀와 함께 갔던 재즈바, 식당들, 같이 더 있고 싶어서 최대한 늦게 그녀를 집에 데려다줬던 수많은 밤들. 무엇 하나도 놓치고 싶은 기억이 없다. 가능하다면 모두 품 안에 고이 안고 잠들고 싶다. 한두 학기 정도라는 그의 말은 내가 기억하는 소니의 모습을 보잘것없게 만들었다. 어느 정도 나의 기세를 확인한 와이너리 대표는 대화의 흐름을 바꿨다.

"아무튼 이번 시즌에 마케팅 의뢰를 드릴 와인은 로제 와인이에요. 우리 와이너리에서 처음 선보이는 새로운 와인이죠. 그전에는 피노누아로 만드는 레드 와인에 주력했었는데 최근에 로제 와인이 성장하고 있어서요."

"혹시 생각해 두신 와인의 이름이 있으신가요? 거기에 맞춰서 전략을 짜야 할 테니까요." 여전히 소니는 와이너리 대표의 말에만 집중하고 있다.

"La Rose de Souffle, 프랑스어로 분홍색 숨결이라는 뜻이죠. 여름날 아침 동이 틀쯤 안개에 휩싸인 포도밭은 분홍색 숨결처럼 느껴지거든요."

"어머나, 너무 낭만적인 이름이네요."

"지미 씨는 어떻게 생각하시죠?" 어디 한번 공격성을 드러내 보일 테면 보여보라는 대표의 의도가 담긴 질문이었다.

"이름과 스토리텔링은 여성 소비자층의 마음을 훔치기에 좋아 보이네요. 요즘 여자들의 와인 소비가 많이 증가했으니까. 그것을 극대화해 줄 소셜미디어 포스팅과 가능하다면 향수 브랜드와의 협업도 추진해 보면 좋겠네요."

그냥 물러설 수 없었던 나도 호락호락하지 않다는 신호를 보냈다. 마치 상대방이 멋진 홈런을 쳤을 때 나도 얼마든지 그에 걸맞은 타격을 보여주겠다는 자신감이다. 지금 상황에서 가장 머저리 같은 행동은 가만히 벤치에 앉아 있는 것이다.

"지미야, 좋은 방향이다. 그러면 신제품 출시 계획이 있는 향수 업체들과 접선을 주선해 봐야겠다. 홍보 방향은 어느 정도 정해졌으니 오늘 회의는 여기서 끝내죠." 소니가 만족한 표정으로 말했다.

서로 묵직한 한방을 주고받은 두 남자는 소니의 타임아웃에 맞춰 힘겨루기를 끝냈다. 내 옆을 스쳐 지나가는 와이너리 대표는 옅은 미소를 보였다. 다음 대결을 기대한다는 뜻이다.

"지미야, 자리 알려줄게. 이제 가자."

"그래."

싸움 뒤에 오는 피로도가 무거웠다. 나는 소니가 안내해 준 자리에 털썩 주저앉았다. 마음의 온도가 좀처럼 내려가질 않았다. 분하고 아쉬워서 이대로 가다가는 온도계가 터질 것만 같다. 나는 손에 쥔 볼펜을 선풍기처럼 이리저리 돌려댔다. 자꾸만 와이너리 대표를 바라보는 소니의 눈빛이 떠올랐다. 마치 거대한 문을 열었더니 커플이 나누는 애정행각을 본 것만 같다. 어디서부터 잘못된 것일까? 그 문을 열지 말아야 했던 것일까? 차라리 보지 않았다면 나의 흐름대로 냉정함을 유지할 수 있었을까? 수많은 물음표가 그려졌다. 책상 끄트머리 넘어 수화기를 들고 여기저기 전화하는 소니가 보였다. 아마도 좀 전에 내가 말한 향수 회사에 전화하는 모양이다. 정말로 내가 말한 마케팅 제안이 마음에 들어서 저렇게 열심히 일하는 것일까? 아니면 와이너리 대표에게 잘 보이고 싶어서일까? 잡생각들은 마음 온도계의 온도를 마구 올렸다. 나는 확실히 그에게 졌다. 그리고 잠시 떠나는 편이 낫다고 생각했다. 잠시 뒤 나는 팀장님의 방으로 걸어갔다.

"팀장님 잠시 이야기 좀 나눠도 될까요?"

"네, 지미 씨. 무슨 일이죠?"

"첫날이라 자리를 비우기는 좀 그런데…. 첫 번째 프로젝트로 와인 마케팅을 맡았으니까, 호주의 와인들을 직접 보고 싶어서 시장조사를 좀 하러 가도 될까요?"

"아, 물론이죠. 어떤 상품을 마케팅하려면 직접 써보고 느껴보는 것만큼 더 좋은 방법은 없으니까. 그렇게 하시죠."

"감사합니다. 그러면 내일 보고서 올려드릴게요."

"그러세요. 지미 씨가 이기는 전략을 찾아오길 기원해 보죠."

겉으로 보기에 팀장님의 말투는 냉정하고 차가워 보였다. 하지만 무뚝뚝한 말투보다 흔쾌히 내게 기회를 주는 것이 팀장님만의 애정 방식일지도 모른다. 때론 말보다 행동이 상대방을 아끼는 방법이기도 하니까. 나는 다시 자리로 돌아와서 짐을 챙겼다. 소니에게는 뭐라고 말해야 할까? 첫날부터 자리를 뜨는 모습을 보이면 좋을 게 없을 텐데 말이다. 무턱대고 사라지는 것보다 뭐라도 말하는 편이 낫다고 생각했다. 나는 소니에게 다가갔다.

"저기…. 소니야. 팀장님한테는 말씀드렸는데 시장조사를 좀 하고 싶어서 오늘은 좀 먼저 나가보려고."

"정말? 미리 말하지. 같이 가도 되는데."

"바빠 보여서 괜히 같이 가자고 하면 방해될까 봐. 나 혼자도 할 수 있는 일이기도 하고. 갔다 와서 저녁에 말해줄게."

"그러자 그러면. 아! 안 그래도 할 말 있었는데 저녁에 할 게 나도."

"그래, 저녁에 집에서 보자."

나는 재빠르게 뒤돌아 회사를 나갔다. 더 있다가는 소니에게 위축된 모습을 들킬 것만 같다. 그나저나 소니가 저녁에 하겠다는 말은 뭘까?

시장조사를 한다고 막상 회사를 나오기는 했으나 이 넓은 멜버른 시에서 어디를 먼저 가야 할지 모르겠다. 무작정 와인 가게에 들어가서 요즘 잘 나가는 와인이 어떤 것들인지 물어봐야 할까? 아니면 근처의 와이너리를 당일치기라도 가봐야 할까? 어디서부터 시작해야 할지 모르겠다. 점차 머리가 지끈거리고 온몸의 기운이 빠졌다. 초전도체가 초전도 현상을 유지하기 위해서는 특정 온도 이하로 유지되어야 하는데, 순간적으로 다량의 액체 헬륨이 외부로 방출되는 기분이다. 그것을 물리학에서는 퀜칭 현상이라고 부른다. 본래의 상태를 잃는 것은 언제나 슬픈 일이다. 낯선 도시에서 이런 상황을 만나니 당황스럽다. 나는 또 한없이 약해지고 누군가에게 기대고 싶어졌다. 무거운 짐을 다 들어주지 않아도 좋으니 누군가 내 앞에 나타나주면 좋겠다. 그때 알렌 할아버지가 젊었을 때 와인바에서 일하셨다는 말이 떠올랐다. 나는 또 알렌 할아버지를 찾고 있었다. 멜버른에서 오래 산 알렌 할아버지라면 해결책을 줄 수 있지 않을까? 나는 급하게 플린더스 스트리트 역으로 뛰기 시작했다.

5장.

로런츠

힘의 발견

◇

 전속력으로 10분을 달렸을까? 나는 거친 숨을 내뱉었다. 오늘도 플린더스 스트리트역은 수많은 사람의 발걸음으로 채워지고 있었다. 나는 건널목의 신호가 바뀌자마자 역 안으로 뛰어 들어갔다. 하지만 포토 부스 그 어디에서도 알렌 할아버지가 보이지 않았다. 하긴 일주일에 몇 번만 포토 부스에 나오신다고 하셨으니 내가 무턱대고 찾아간다고 할아버지가 계실 리가 없었다. 반대편 카페의 점원에게 물어봐도 돌아오는 답은 잘 모르겠다는 말뿐이다. 내가 찾던 힘은 어디로 가버린 것일까? 나는 다시 포토 부스로 돌아와 멋쩍은 듯이 기계를 만졌다. 할아버지는 도대체 어디에 계신 걸까? 아마도 집에서 화초에 물을 주며 커피 한 잔의 여유를 즐기고 있겠지. 나는 반쯤 포기한 심정으로 포토 부스 안에 있는 의자에 앉았다.

 -동전이 걸렸을 때 전화 주세요. XXX-XXX-XXXX.-

 거기에는 알렌 할아버지의 전화번호가 조그맣게 적혀 있었다. 나는 곧장 전화를 걸었다. 잔잔한 신호음이 계속됐다. '제발 받아주세요. 알렌 할아버지.' 몇 초간의 정적이 흐르고 할아버지의 음성이 들렸다.

 "여보세요, 동전이 걸렸나요?"

 "안녕하세요. 알렌 할아버지. 저예요. 지미."

 "지미? 아, 그 샌드위치 청년. 그래 무슨 일인가? 또 사진 찍으러 왔는가?"

 "그게 아니라 좀 물어볼 게 있어서요. 혹시 오늘은 여기에 나오지 않으시나요?"

"오늘은 집에서 쉬고 있다네. 물어볼 게 뭔가?" 할아버지가 너털웃음을 지으며 말했다.

"저번에 젊으셨을 때 와인바에서 일하신 적이 있다고 하셨잖아요. 이번에 와인 관련해서 일을 하나 맡았는데 도와주실 수 있을까요?"

"그런가, 그러면 주소를 알려줄 테니 우리 집으로 오게나. 여기 근처에 내가 자주 가는 와인 가게가 있다네."

"정말요? 감사합니다. 그러면 바로 갈게요."

"그래, 알겠네."

알렌 할아버지의 집은 플린더스 스트리트 역에서 크렌본 선을 타고 동쪽으로 20분쯤 가면 나오는 하기스데일 역 근처였다. 내가 초인종을 누르자 커튼 사이로 알렌 할아버지가 살며시 고개를 내밀었다.

"잘 찾아왔구먼. 어서 오게나."

"안녕하세요, 할아버지 또 뵙네요. 제가 불쑥 찾아온 게 아닌가요?"

"뭐 괜찮네. 이 나이쯤 되면 누가 나를 찾아온다는 자체만으로 기분 좋은 일이지."

할아버지의 집에는 여러 가지 장식품들로 가득 차 있었다. 특히 거실 벽에는 눈에 띄게 커다란 그림 한 점이 걸려있었다. 노란 전등을 들고 여러 사람이 서 있는 그림.

"할아버지 저 그림은 직접 그리신 거예요?"

"그림 멋지지? 맥스필드 패리쉬가 그린 그림의 복사본이라네. 미국 여행을 갔을 때 샀었지. 미국에서 꽤 유명했던 화가라네."

"굉장히 멋지네요. 뭐랄까? 기쁨으로 가득 차 보이지만 절제된 기쁨이랄까요?"
"나랑 비슷하게 느끼는구먼. 저 화가가 파란색을 기가 막히게 잘 쓰거든. 노란색이 그림에 가득해 보여도 패리쉬의 파란색이 칠해지는 순간 조화를 이루지. 그게 패리쉬를 유명하게 만든 이유일 거야. 잠시나 기다리게나. 외투만 챙겨서 와인 가게로 가보자고."
"천천히 준비하세요. 여기서 기다릴게요." 나는 의자에 앉아 외투를 가지러 방에 들어간 알렌 할아버지를 기다렸다. 거실 탁자 위에는 노란 호리병이 올려져 있었다. 내가 모로코에서 소니에게 주려고 샀던 호리병과 비슷한 모양의 호리병.

알렌 할아버지는 색이 바랜 가죽 잠바를 챙겨 나왔다. 할아버지는 거실에 걸린 거울에 자기 모습을 비춰보며 안경을 한번 쓱 올렸다.
"자, 가볼까? 와인 가게는 여기서 멀지 않다네."
"기대되네요. 할아버지에게 와인을 배울 수 있다니까. 막상 일은 맡았는데 막막했거든요."
"내가 크게 도움이 될지는 모르겠구먼."
두 사람은 할아버지의 집에서 멀지 않은 어느 와인 가게에 도착했다. 기다란 창고형 건물에 검은색과 하얀색으로 WINE, BEER, BAR라고 적힌 간판이 달려있었다. 외부에는 손님들이 앉아서 술을 마실 수 있는 테이블들이 줄지어져 있었다. 와인과 맥주를 파는 평범한 상점이라기보다 동네 사람들이 모여서 수다를 떠는 공간에 더 가까웠다.
"Wines on Poath. 웬만한 호주산 와인들은 이곳에 다 있지." 알렌 할아버지 말했다.

"와, 벌써 사람들이 꽤 많이 앉아서 술을 마시고 있네요."

"호주 사람들이 마시고 여유 부리는 걸 좋아하잖나. 다들 일 마치고 나면 여기 모여든다네."

"그러게요, 아직 3시도 안 됐는데 벌써 파티네요."

"우리도 파티를 즐겨보자고. 호주 와인을 한 병 따볼까? 수제 맥주도 8종류나 있다네."

"저도 미국에 있었을 때도 친구들이랑 탭 비어 많이 마셨었어요. 가게마다 제각기 다른 이름의 맥주가 있어서 골고루 마셔보는 재미가 있었죠."

"그래? 이러다가 오늘 술에 잔뜩 취해서 집에 가겠구먼."

"괜찮으시다면 오늘은 맥주보다 호주산 와인 몇 개만 좀 추천해 주실 수 있나요? 피노누아면 더 좋겠어요."

"피노누아라... 나도 다 마셔본 것은 아니네만 안에 들어가서 몇 가지 보여주지."

알렌 할아버지는 선반에 가득 진열된 와인 중 세 가지를 골라 왔다. Merriworth, The Bass Phillips, 그리고 Ben Haines.

"이것들이 내가 마셔본 피노 누아로 만든 호주 와인이네. 그런데 왜 피노누아여야 하나?"

"이번에 마케팅을 맡은 와이너리가 주로 피노 누아를 키우거든요. 그래서 다른 와이너리의 피노누아와 무엇이 다른지 비교해 보고 싶어서요."

"피노누아는 워낙 예민한 포도종이라 1년 내내 신경을 많이 써줘야 하지."

"맞아요. 그래서 와이너리 대표도 엄청 섬세한 사람처럼 보이더라고요."

"그런 사람의 귀를 열기란 어려운 일이지. 자네 꽤 고생하겠구먼 그래."

"어쩔 수 없죠. 최선을 다해보는 수밖에요. 그나저나 저희 세 병씩이나 마시면 집에 못 갈지도 모르겠는데요."

"그럴 각오 하고 오늘 나를 찾아온 거 아닌가? 야외 테이블로 가서 하나씩 따보자고."

두 사람은 세 병의 와인을 들고 가게 앞 테이블로 갔다. 뒤편에 있는 바에는 몇몇 손님들이 앉아 간단한 음식을 시켜 맥주를 마셨다.

"와인을 즐길 때 말이지. 꼭 잊지 말아야 할 것이 있지. 바로 첫 잔을 따를 때만 나는 소리. 나는 그걸 포도가 세상에 나오는 소리라고 부른다네. 귀를 열고 잘 들어보게나."

"포도가 세상에 나오는 소리라…."

 와인의 코르크 마개를 따고서 오로지 첫 잔을 따를 때만 나는 소리가 있다. 마치 아기가 배에서 나와 응애하고 첫울음을 터트릴 것처럼. 와인도 누군가에게 선택받아 세상에 나올 때 그동안 참았던 말을 잠깐 내뱉는다. 알렌 할아버지는 그 소리를 포도가 세상에 나오는 소리라고 불렀다.

 두 병의 와인을 비우자 두 사람의 양 볼은 불그스름해졌다. 몸에 긴장이 풀리고 테이블에 올려둔 양팔이 턱을 떠받치기도 했다. 마치 오래 알고 지낸 친구처럼 둘은 굳게 닫혀있던 속내를 내비치는 말을 시작했다.

"저번에 좋아한다고 말했던 친구와는 어떻게 되어가고 있나?" 알렌 할아버지가 물었다.

"잘 모르겠어요. 이미 돌아오기 힘든 강을 건넌 듯한 느낌이 들어요. 더 이상 그녀가 보내는 호의가 전혀 좋게 느껴지지 않고요. 심하게 말하면 그녀는 철저하게 자기 옷에 어떤 먼지도 묻히지 않으려는 것만 같아요."

"괜한 것을 물어봤구먼."

"아니에요, 차라리 이렇게 털어 넣고 나면 덜 괴로워질 것 같아요. 아무 말도 하지 않고 있으면 계속 제가 작아지는 느낌이 들거든요. 아시다시피 멜버른에 할아버지 말고는 아는 사람이 아무도 없잖아요."

"나를 찾아온 게 단지 와인에 관한 질문만 하려고 온 것만은 아니구먼."

"혼자서 꾹 참고 있으려고 했는데 쉽지는 않네요. 어디서부터 잘못된 건지 잘 모르겠어요. 그녀가 와이너리 대표와 주고받는 눈빛을 본 이후로 앞으로 나아가기 어렵네요. 이렇게 포기해야 할까요?"

"포기하라고 하면 포기할 수 있겠나? 그것도 지금의 자네에게 쉽지 않아 보이는데. 너무 낙담하지는 말게나. 세상에 영원한 감정은 존재하지 않으니. 계속 누군가를 생각하는 마음을 가지고 있다면 자네가 원하는 방향으로 전달될 거네."

"그 시간이 너무 길어져서 할아버지처럼 수십 년을 기다려야 된다고 해도요?"

"자네는 말이야. 아직 사랑에 대한 너무 큰 환상을 가지고 있는 걸지도 몰라."

"무슨 말이죠? 누군가를 좋아하면 그 사람과 평생을 함께하고 싶어지고 싶어지는 게 정상이잖아요."

"그것도 사랑이 만들 수 있는 모습 중 하나겠지. 그런데 말이야. 이 나이쯤 되면 사랑의 최종목적지가 반드시 함께하는 것만도 아니란 걸 알게 되지."

"그러면 도대체 어떤 목적지가 있다는 말이죠?"

"이미 자네도 겪었을 텐데. 사랑이 자네에게 가져다줄 수 있는 세 가지 즐거움 말이야."

"도저히 무슨 말씀인지 잘 모르겠어요."

"먼저 이걸 물어보지. 자네는 그녀를 여전히 사랑하나?"

"그럼요. 그래서 이렇게 고민하는 것 아니겠어요?"

"그렇다면 이미 자네는 사랑을 즐길 준비가 된 것이네. 누군가 사랑을 하게 되면 첫째로 혼자만의 상상을 통해 그 사람과 나눌 모든 순간을 미리 즐기게 되지. 그리고 운 좋게 그 사람과 가까워지면서 실제적인 행동을 통해 즐거움을 느끼고. 마지막으로 지금 우리처럼 타인과 대화를 통해 그 사람과 있었던 일을 회상하면서 즐거움을 느끼지. 자네는 이 과정을 다 거쳐오지 않았나?"

"그렇다고 봐야죠."

"이미 자네는 사랑을 충분히 즐기고 있는 것이네. 내가 여전히 한 여자를 잊지 못해서 포토 부스를 유지하는 것도 사랑의 즐거움을 잊어버리고 싶지 않기 때문이지. 이제는 새로운 즐거움이랄게 별로 없거든. 과거를 찬찬히 돌아보니 그녀와 함께하기 위해 애쓰고 노력했던 시간이 제일 기억에 남더라고. 그래서 나 혼자 사랑을 선언하는 중이지. 계속해서 내가 사랑을 선언한다면 나는 여전히 그때의 감정을 즐기면서 살 수 있거든."

"마치 사랑이란 꼭 두 사람이 만드는 것이 아니라는 말처럼 들리네요."

"물론 가능하다면 상대방과의 실질적인 관계를 통해서 계속 유지하는 것만큼 좋은 것도 없겠지. 그러나 그 빛나는 순간을 만들기 위해 수없이 참아야 할 고통도 잊지 말라는 게야. 때론 같이 만들어야 할 고통이 너무 무거워서 차라리 혼자 하는 짝사랑이 쉽다고 느껴지거든. 그러니 사랑이 가지고 있는 하나의 모습에 너무 자신을 가둬두지는 말게나. 무조건 그 사람이어야 한다는 마음이 커지면 상대방이 부담을 느끼니까."

"그건 맞는 말 같아요. 어쩌면 순간순간을 조금 더 편하게 즐겼다면 그녀의 마음이 멀리 가지 않았을 거니까. 잘하고 싶은 마음에 괜한 걱정까지 사서 했었거든요."

"자연스러운 일이지. 누구를 좋아하면서 어떻게 될 대로 되란 마음을 먹겠나? 적어도 자네가 그녀를 하루쯤 놀다가 치울 상대로 생각하지 않았다면 말이야. 그러니 조금 여유를 가져보게나."

"그래야겠네요. 쉽지 않겠지만."

"이제 마지막 병도 끝나가는데 어떻게 호주 와인에 대해서 조금 아는 바가 생겼는가?"

"하루 만에 다 알았다고 하기는 어렵지만, 내일 보고서를 쓸 만큼은 안 것 같아요. 특히 포도가 세상에 나오는 소리는 흥미로웠어요. 이번 마케팅 전략과도 잘 어울려 보이고요. 소비자가 더 와인을 즐길 수 있도록 런칭 행사를 짜는 데 도움이 될 것 같아요."

"다행이구먼. 오늘은 이만 끝내고 집에 가자고."

"그러죠. 감사합니다. 오늘 시간 내주셔서."

세 시간에 걸친 두 사람의 대화는 막을 내렸다. 나는 알렌 할아버지와 인사를 나누고 집으로 돌아가기 위해 지하철역으로 향했다.

 알렌 할아버지의 시간은 큰 여운을 남겼다. 여전히 풀지 못한 문제들은 그대로 남아있었지만, 다시 한번 문제를 풀어보려는 용기가 생겼다. 한산한 지하철 안으로 보라색 하늘이 스며들어왔다. 밤이 되기 직전의 하늘은 처절하고 슬프다. 밤은 세상의 모든 활기를 흡수하여 인간이 만든 네온사인에 빛을 투사한다. 자연이 허락하지 않은 인공적인 시간, 인간이 지나친 욕심을 부리는 건 아닐까? 끊임없이 행복해지고 싶은 인간의 욕심은 밤을 밝힌다. 나는 소니가 낮에 했던 말을 떠올렸다. 집에 가서 하겠다던 말은 뭘까? 나는 문 앞에 서서 몇 초간 깊은숨을 들이마셨다. 열쇠를 가지고 있지만, 나는 일부러 초인종을 눌렀다.
"누구세요? 지미야?" 소니의 목소리가 스피커를 통해 들렸다.
"소니야. 문 좀 열어줘. 열쇠를 회사에 두고 온 것 같아."
"그래. 알겠어." 문이 열리고 소니가 나왔다. "늦었네, 어디 많이 갔다 왔나 보다."
"여기저기 와인도 보고 몇 잔 마시느라 좀 늦었어."
"피곤하겠다. 새로운 아이디어는 많이 찾았어?"
"내일 보고서 낼 정도는 찾은 것 같아. 너는 저녁에 뭐 했어?"
"나도 집에 와서 일하고 있었지. 피곤할 텐데 어서 쉬어."
"그래."
 어쩌면 그녀가 내게 할 말이란 그렇게 심각한 것이 아닐지도 모른다는 생각이 들었다. 알렌 할아버지의 말처럼 여유를 가져도 되지 않을까 싶어졌다. 나는 잠옷을 입고 거실로 나왔다. 소니는 여전히 일에 집중하고 있었다.

"소니야, 저녁은 먹었어?" 나는 소니 옆에 앉아 말했다.

"간단하게 샐러드 먹었어. 요즘 살찐 거 같아서."

"그렇구나, 향수 회사들은 전화해 봤어?"

"몇 군데 돌려봤는데 두 군데에서 미팅해 보자고 해서 지금 작업 중이야. 너는 오늘 어떤 거 찾았는데?"

"와인의 청각적인 효과를 광고에 넣으면 좋겠다 싶더라고. 와인을 열고 첫 잔을 따를 때만 들을 수 있는 소리가 있는데 그걸 핑크색 숨결과 연결 지으면 어떨까?"

"괜찮은데? 탄산음료 CF처럼 분홍색이 여기저기서 터져 나오는 느낌이면 좋겠다."

"그래."

"다음 미팅 전에 시안 만들어서 한번 회의해 보자. 그리고 지미야, 집은 알아보고 있어?"

"어?" 나는 당황스러운 표정으로 말했다.

"이제 시간도 좀 많이 지났고 회사도 정해졌는데 계속 이렇게 같이 살 수만은 없지 않나 해서. 지금 당장 나가달라는 뜻은 아닌데 어떻게 돼가고 있나 해서 물어보는 거야."

"아, 더 빨리 알아볼게."

소니가 저녁에 집에 가서 하겠다는 말의 정체였다. 이미 답이 정해진 그녀의 질문. 나는 아무런 반박도 할 수가 없었다. 할 수 있는 대답이라곤 "그래, 빨리 나가줄게." 였다. 두 사람 간의 거리가 다시 수천 킬로미터 밖으로 멀어지는 말이었다. 우주 밖 어디가 끝인지 모르는 채로 한없이 떠내려가는 기분이 들었다. 나는 아무 말 없이 연신 키보드를 눌러대는 소니의 손가락만 쳐다봤다. 키보드 소리가 차갑게만 느껴졌다. 나에게 남은 선택지는 두 개다. 알렌 할아버지가 말한 것처럼 그저 소니 주변을 맴돌며 언제 다시 올지 모를 기회를 하염없이 기다리거나 포기해 버리거나. 처음부터 다시 시작할 수는 없을까? 소니는 오늘 해야 할 일을 마쳤다는 표정을 짓고 자신의 방으로 들어갔다. 나는 소니의 집에 있는 것이 전혀 즐겁지 않다.

 긴 밤을 꼬박 지새웠다. 창문을 통해 보이는 밤은 천천히 옷을 갈아입었다. 소니의 방에서는 아무런 소리도 들리지 않았다. 나는 무거운 몸을 일으켜 출근 준비를 했다. 내가 준비를 마쳤을 때 소니가 방에서 눈을 비비며 나왔다.
"일찍 일어났네? 먼저 가려고?"
"응, 오늘 낼 보고서 좀 마무리하려고."
"그렇구나, 어제 내가 한 말 때문에 기분 나쁜 건 아니지? 네가 싫어서 그러는 게 아니라 회사 사람들한테도 같이 산다고 하기도 그렇고 해서…. 우리 여전히 좋은 친구인 건 변함없어." 소니가 머리카락을 묶으며 말했다.
"무슨 말인지 알아…. 나중에 회사에서 보자."
 그렇게 나는 적막감 가득한 집에서 터벅터벅 걸어 나왔다. 곧 비가 올 것처럼 하늘이 흐렸다. 거리의 꽃들조차 자신의 빛깔을 내지 못했다. 더 이상 소니의 집에는 빛의 입자들이 존재하지 않았다. 나는 처음으로 멜버른에 온 것을 후회했다. 어쩌면 오지 말아야 할 곳에 온 것은 아닐까? 혼자만의 사랑을 간직하며 모로코 여행을 계속했어야 하는 걸까? 라고 생각했다.

 회사에 들어가니 팀장님 방에 불이 켜져 있었다. 늘 그렇듯 그는 가장 먼저 회사에 출근해서 쳇 베이커의 음악을 틀었다. 깔끔하게 정돈된 책상은 평소 그의 성격이 어떤지 보여줬다. 하얀 벽에는 사진이나 그림 하나 걸려있지 않았다. 커피포트에 담긴 물이 보글보글 끓기 시작하자 팀장님이 방에서 나왔다.

"지미 씨 일찍 나왔네요. 어제는 어떻게 새로운 아이디어 좀 많이 찾았나요?"

"네, 금방 보고서 올려드릴게요."

"그래요, 소니 씨는?"

"보고서 때문에 저 먼저 나왔어요. 소니도 곧 올 거예요."

"그렇군요. 많이 피곤해 보이네요."

"어제 이것저것 와인 좀 마셔본다고 숙취가 남았나 봐요." 나는 일부러 눈을 비비며 말했다.

"커피 끓여놨는데 한잔해요. 열심히 하려는 건 좋은데 너무 무리하지는 말고. 물론 첫 프로젝트라서 의욕이 넘치는 건 이해하지만."

"감사합니다. 잘 해내고 싶어서요."

 하나둘씩 직원들이 출근하고 평범한 하루가 흘러갔다. 첫 번째 보고서는 팀장님의 피드백을 받고 별문제 없이 통과됐다. 그러나 도통 채워지지 않는 허전함이 남았다. 이곳에 오면 소니와 더 많은 시간을 보낼 수 있을 거란 나의 기대는 산산조각 났다. 말 그대로 혼자만의 상상이었을지도 모른다. 이렇게 반복되는 나날들을 버틸 수 있을까? 나는 이미 결과가 나온 게임을 계속하려는 건지도 모른다. 만약 돌아갈 수만 있다면 나는 다른 이야기를 만들 수 있을까?

뭐라도 결정을 내려야 한다. 나는 알렌 할아버지와 다시 한번 이야기를 해보고 싶어졌다. 그렇게 나는 다시 할아버지에게 전화를 걸었다.

"할아버지, 혹시 지금 포토 부스에 계세요?"

"그래, 어제 집에는 잘 들어갔나? 오늘은 동전도 수거해야 해서 나갈 거라네."

"그러면 그곳으로 갈게요."

"또 무슨 할 말이 있나 보는구먼."

퇴근하자마자 나는 플린더스 스트리트역으로 달렸다. 소니는 뛰쳐나가는 나를 보고 의아해했다. 하지만 자신과 아무런 상관도 없다는 듯이 나를 쳐다만 봤다. 대신 그녀는 와이너리 대표와 저녁 약속을 잡기 위해 메시지를 보냈다.

나는 가슴이 터질 듯 역 안으로 뛰어 들어간다. 아직 알렌 할아버지는 도착하지 않은 것 같다. 나는 거친 숨을 내뱉었다. 몇 분이 지나고 저 멀리서 알렌 할아버지가 돈을 담을 때 쓰는 작은 가방을 들고 역으로 들어왔다.

"할아버지 오셨네요."

"무슨 일인가? 급해도 보이는구먼."

"너무 답답해서요. 이제 아무것도 기대할 수가 없어요. 다 끝난 것 같아요."

"왜? 그녀와 싸우기라도 했나?"

"아니요, 차라리 싸우는 게 더 나을 것 같아요. 어디서부터 잘못된 건진 모르겠지만 제가 완전히 졌어요. 할아버지가 해주신 말씀처럼 여유를 가지고 기다려보려고도 했고요. 그런데도 달라질 건 아무엇도 없어 보여요.”

“그래서 그녀를 그렇게 포기하려고?”

“다른 방법이 없잖아요. 처음부터 다시 하는 게 아니라면.”

“자네는 정말로 다시 돌아간다면 지금과 다른 결말을 맞이할 거로 생각하나?”

“당연하죠. 며칠 동안 생각해 봤어요. 어디서부터 잘못된 것인지. 제가 멜버른에 도착해서 그녀가 보낸 신호들을 빨리 알아차리고 반응했다면 달라졌을 거예요. 그랬다면 소니는 와이너리 대표가 아닌 저를 택했을 테니까요.”

“자네가 그렇게 자신 있다면. 내가 샌드위치 값을 갚아주지.”

“네? 갑자기 무슨 말씀이세요. 저는 지금 샌드위치 값을 돌려달라고 하는 게 아니에요.”

“저기 포토 부스 안에 들어가서 앉아보게. 어서.”

“저기는 왜요?”

“말이 참 많구먼그래. 일단 앉아보게. 내 말을 잘 들어. 시간을 거슬러 간다는 것은 가볍게 생각할 일이 아니네. 어쩌면 지금보다 더 나쁜 상황을 만들지도 모른다는 뜻이지. 그렇게 된다 해도 책임질 수 있겠나?”

“물론이죠. 지금보다 어떻게 더 나빠질 수가 있겠어요? 그럴 일은 절대 없어요.”

“흠…. 자네가 다시 한번 해볼 수 있도록 내가 이번 한 번만 도와주지. 돌아가고 싶은 순간을 생각하고 사진찍기 버튼을 누르게나. 여기 이 동전을 넣고.”

“무슨 말도 안 되는 소리를 하세요. 그게 어떻게 가능해요.”

"거참 젊은이가 말이 많구먼. 다시 가기 싫으면 그냥 나오게나."

"괜히 사진이나 한번 공짜로 찍어주고 제 기분 풀어주시려고 하는 것 아니죠?"

"내가 그런 헛소리를 하겠나? 커튼 닫아줄 테니 집중해서 다시 돌아가고 싶은 순간을 똑똑히 기억하게. 기회는 단 한 번이네." 할아버지는 아무도 보지 못하게 검은 커튼을 닫았다. 나는 반신반의하며 할아버지가 주신 동전을 투입구에 넣고 화면을 쳐다봤다.

-사진 찍기 버튼을 눌러주세요.- 알림음이 들렸다.

나는 멜버른의 첫날을 떠올렸다. 그리고 그 순간을 생각하며 사진 찍기 버튼을 눌렀다. 찰칵 소리와 함께 눈앞이 하얗게 변했다.

6장.

첫날밤

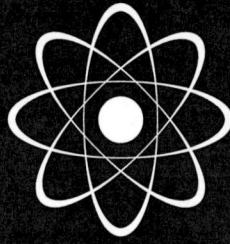

◇

 나는 몇 번 눈을 깜박였다. 익숙한 노래가 귀에 들렸다. 희미하게 보이는 것은 소니가 보자고 했던 류이치 사카모토의 다큐멘터리 영화였다. 지금 나의 뇌리를 스치는 게 맞다면 멜버른에서 보냈던 첫날밤이다. 소니와 저녁을 먹고 로컬 맥주를 몇 병 사서 집에 왔던 그날 밤. 그때가 아니라면 나는 저 영화를 본 기억이 없다. 영화는 19분 50초를 지나가고 있다. 대략 10초가 더 지나면 소니와 눈이 마주칠 테다. 소니의 한쪽 다리가 가까워지고 두 사람이 첫 입맞춤을 나눴던 그 순간, 내가 생각기에 첫 단추를 잘못 끼운 그날이다. 그날 내가 어떻게 했었길래 소니는 자리를 박차고 일어났을까. 그렇다. 이것저것 생각을 하느라 내가 그냥 입술을 대고만 있었기 때문이다. 살짝 고개를 돌리자, 소니의 시선이 나의 입술을 향하고 있다. 나는 망설이지 않고 소니의 한쪽 볼에 손을 대고 키스를 했다. 소니의 눈은 자연스레 감겼다. 두 사람은 연신 거친 숨을 주고받았다. 소니의 반응이 궁금해진 나는 입술의 움직임을 멈추고 소니보다 먼저 눈을 떠 그녀의 반응을 살폈다. 잠시 뒤 소니가 눈을 떴다. 무슨 말을 먼저 꺼내야 할지 모르겠다. 그때 소니가 옅은 미소와 함께 먼저 말을 내민다.
 "우리 이렇게 해도 돼?"
 짧지만 수많은 대답을 요구하는 말이었다. 내가 그때와 다르게 적극적인 모습을 보여준다면 모든 것이 해결될 것이다. 그러나 다르게 열어본 문 뒤편에 서서 나는 말했다.

"내가 잘못한 건 아니지?"
"그건 아닌데 너 나 좋아해?"
"소니야. 나 너 많이 좋아해. 사실 여기 너 때문에 온 거야. 너 보고 싶어서."
"그렇구나. 뭐라고 답해야 할지 모르겠네. 나도 너 예전부터 괜찮게 생각하고 있긴 했어."
"아, 정말? 나는 너 처음 미국에서 만났을 때부터 좋아했었어. 그리고 모로코에 간 것도 네가 예전에 갔다고 해서야. 거기에서 네가 찍은 사진을 나한테 보내준 게 기억이 나서."
"그렇게까지 생각해 줘서 고마워."
"맞다. 너 주려고 선물 사 왔는데. 잠시만."
 나는 가방 안에서 깨지기라도 할 까봐 여러 겹의 옷으로 둘둘 말아뒀던 노란 호리병을 꺼냈다. 다행히 호리병은 그대로 있었다.
"여기, 네 선물이야."
"예쁘다. 근데 왜 이걸 샀어? 모로코 하면 가죽 공예나 금속공예가 유명하지 않아?"
"안 그래도 그것들도 봤었는데 너도 이미 하나쯤 샀을 것 같아서."
"고마워, 예상치 못한 선물이네. 가끔 모로코 여행 생각났었는데. 침대맡에 잘 둘게."
 소니가 웃는다. 저번에 자리를 박차고 나갔던 소니가 아니라 오늘의 그녀는 웃는다. 이번엔 잘한 걸까? 정말로 이번엔 첫 단추를 잘 끼운 것일까?
 그나저나 알렌 할아버지는 어떻게 됐을까? 소니의 웃음을 확인하자 문득 그게 궁금해졌다. 여전히 플린더스 스트리트 역에 가면 할아버지를 볼 수 있을까? 환하게 웃으며 호리병을 만지작거리는 소니가 보이는데도 나는 왜 자꾸만 다른 생각이 날까. 그녀가 웃는다. 그게 내가 원했던 일 아니었던가?

커튼 틈 사이로 카시오페이아자리가 30번쯤 반짝였다. 저 별자리는 나에게 익숙하다. 북쪽 하늘에 항상 떠 있는 카시오페이아자리는 내가 길을 잃을 때면 나타났다. 스페인 순례길을 걸었을 때, 아이오와의 옥수수밭 옆을 운전하다가 전자기기 신호를 잃었을 때도. 소니와 로타와나 호숫가에 앉아서 밤하늘을 바라볼 때도 좋은 이야깃거리가 되어주었다. 주변 고급 주택에서 뿜어져 나오는 불빛 때문에 다른 별자리가 잘 보이지 않았던 와중에도 카시오페이아자리는 밝았다. 멜버른의 카시오페이아자리도 밝게 빛났다.

곤히 잠든 소니가 보였다. 내가 덮을 이불을 거실에 펼쳐두고 자기 방으로 들어갔던 소니가 아니라 "침대가 좁아서 같이 자기 불편할 텐데 괜찮아?"라고 말하는 소니로 변해있다. 그날도 소니는 내가 자기를 어떻게 생각하는지 듣고 싶었을 테다. 나는 얼마나 멍청한 행동을 했던 걸까. 소니가 나에 관한 관심과 애정이 없었다면 멜버른으로 부르지도 않았을 테다. 친구로서 나를 도와주기 위해 같은 제안을 했을지도 모르지만 적어도 자기 집으로 부르지는 않았을 테다. 적당한 위치에 있는 값싼 숙소를 알아봐 주기는 했을지는 몰라도 말이다. 소니가 고개를 내 쪽으로 돌렸다. 이렇게 가까이서 소니의 얼굴을 본 적은 처음이다. 특별한 날이 아니면 소니는 화장을 진하게 하지 않았다. 아무런 색조 화장도 덧칠해지지 않은 순백의 얼굴은 아름다웠다. 좀 전에 샤워를 마치고 새로 산 화장품 뚜껑을 열어달라고 내게 칭얼거릴 때는 귀엽기도 했다. 침대 근처를 총총거리며 다닐 때마다 풍겨 나오는 화장품 냄새가 내 코를 간질이면 뒤에서 와락 안아버리고 싶었다. 성공적으로 키스를 끝낸 나에게 주어지는 보상이었다. 나는 조심스레 소니의 볼을 쓰다듬었다. 자기 얼굴에서 제일 맘에 드는 부분이 좋은 피부라고 너스레를 떨었던 것처럼 그녀의 볼은 한없이 부드러웠다. 나는 손에 있을지도 모를 세균이 뾰루지를 만들까 봐 손바닥이 아닌 손등으로 그녀의 피부를 느꼈다. 오랫동안 나는 이 순간을 꿈꿔왔다. 남녀가 한 침대에 누워서 찍는 한 편의 영화 말이다. 내일의 우리는 또 어떤 장면을 찍게 될지 모르지만, 지금의 나는 그녀를 안았다.

다음날 반쯤 열린 창문 사이로 아침 공기가 쏟아져 들어왔다. 같이 타고 들어온 새들의 지저귐에 소니와 나는 눈을 떴다. 미처 빠져나가지 못한 한 줌의 별이 소니의 눈가에 남아있다.
"눈곱 꼈어?"
"아니, 그냥 네 눈을 만져보고 싶어서."
"뭐야 뜬금없이."
후다닥 일어나 거울 앞으로 달려간 소니는 치켜 올라간 몇 가닥의 머리카락을 검지로 눌렀다. 머리칼이 마치 용수철처럼 휘어져 있다.
"지미야, 이거 봐. 내 머리카락 너무 웃기지 않아?" 소니가 머리카락을 움켜쥐며 말했다.
"난 잘 모르겠는데."
가끔 이상한 포인트에 웃는 소니를 볼 때면 우린 참 많이 다른 사람이구나 싶었다. 내가 보기엔 그냥 자다가 일어나서 붕 뜬 머리칼이다. 소니는 미국에 있었을 때도 자주 웃긴 동영상 링크를 보냈다. 그때의 나는 그게 소니가 보내는 관심의 표현이었다는 걸 몰랐다. 5년이 지난 뒤에 다시 만난 둘은 그때처럼 웃고 있다.

"아침 뭐 먹을래?" 소니가 말했다.

"글쎄…. 뭐가 좋으려나?"

"아, 어제 사둔 버섯 있는데 버섯볶음 해줄까?"

"버섯볶음? 그래."

"잠시만 기다려봐. 금방 해줄게."

 소니는 도마를 꺼내 버섯을 썰었다. 그리고 프라이팬에 기름을 살짝 둘러 버섯을 볶았다. 일찍 어머니를 잃은 소니는 몇 가지 밑반찬 정도는 할 줄 아는 여자였다. 언젠가 어떻게 어머니가 돌아가셨는지 내게 말해줬을 때, 소니는 그다지 슬퍼 보이지 않았다. 두 분의 부모님이 모두 살아계시고 부족함 없는 사랑을 받으며 자란 나는 소니의 슬픔과 평생 만나지 못할 테다. 어쩌면 소니는 과거를 잊었는지도 모른다. 그저 현재를 즐기며 과거에 내게 그런 이야기를 했었는지조차 잊은 것 같았다.

"다 됐다. 맛봐봐." 소니는 버섯볶음을 한 젓가락 가득 집어 내 입 속으로 넣었다.

"맛있는데 우리 엄마가 더 잘하는 것 같아."

"에이, 그러면 다음부터는 너희 엄마한테 해달라고 해. 이제 난 안 해줄 거야." 소니가 심술이 나서 국자를 던지며 말했다.

 MBTI 검사를 한다면 나는 분명히 T 유형일 테다. 둘 다 맛있지만, 어떤 것이 더 낫다고 말해야 직성이 풀리는 사람이다. 예전에도 종종 소니와 이런 말다툼이 있었다. 여자에게 어떤 식으로 말해야 하는지 몰랐던 나는 도저히 거짓말은 못 하겠다며 있는 그대로 내뱉기 일쑤였다. 소니는 내가 그럴 때마다 토라져서 빈 강의실을 뛰쳐나가곤 했다. 길도 잘 모르면서 어딜 그렇게 가냐고 수십 번을 말리고 나서야 소니는 걸음을 멈췄다. 감정적인 소니는 나에게 어려운 존재였다. 이번에도 버섯볶음을 만들다가 토라진 소니는 방문을 쾅 닫고 자신의 방으로 들어가 버렸다.

"소니야, 미안해. 맛있어 진짜로. 문 좀 열어봐."

아무리 불러도 대답이 없다. 나는 제풀에 지쳐 소니가 들어간 방문 앞에서 쭈그려 앉아 하염없이 기다렸다. 그렇게 한 20여 분쯤 지났을까. 화가 풀린 소니는 조용히 방문을 열고 나와 쭈그려 앉아 있던 나에게 말했다.

"아, 미쳤나. 다시 그렇게 말하면 진짜로 안 해줄 줄 알아."

"알겠어, 안 그럴게."

이럴 때마다 먼저 손을 내민 것은 소니였다. 늘 진지하고 딱딱한 사고를 하는 내가 마음에 들지는 않았겠지만, 자기를 묵묵히 기다리는 나의 인내심은 봐줄 만했나 보다. 소니가 화를 낸다고 같이 화내는 게 아니라 나는 그냥 석상처럼 그 자리에 서 있었다. 소니는 화가 났다가도 괜스레 미안해져서 자신이 할 수 있는 유일한 상스러운 말, "미쳤나"를 외치며 나를 받아주었다. 그게 우리만의 열쇠였다.

 나는 금세 알렌 할아버지의 존재를 잊었다. 당장 눈앞에 보이는 소니와의 시간이 더 중요했다. 그게 나와 알렌 할아버지가 내린 선택이다. 소니가 과거를 기억하지 못하는 것을 보면 알렌 할아버지도 마찬가질 테다. 모두 다 잊고 늘 있던 자리에서 신문을 보고, 안경을 몇 번씩 올렸다 내렸다를 반복하실 테다. 할아버지가 포토 부스에 나와 계실지 전화라도 해봐야 할까? 할아버지 덕분에 과거로 돌아와서 첫 단추를 잘 끼우고 있다고 말해야 할까?
 "지미야, 나 이제 출근할게."
 "그래, 소니야. 좋은 하루 보내고. 나중에 저녁에 보자."
 "그래, 너는 뭐 하려고?"
 "나는 간단하게 짐 정리만 해두고 잠시 밖에 나가려고."
 "그래, 조심해서 다니고."
 소니가 문을 닫고 나가자마자 나는 외투를 챙겼다. 지금처럼 가벼운 마음이라면 그전에 쫓기듯이 다녔던 멜버른이 아닐 것만 같다. 집안의 공기도 무겁지 않다. 그전의 공기가 아주 천천히 한 뼘씩 움직였다면 지금의 공기는 훨씬 빠르게 움직인다. 어느 정도가 가장 좋은 속도인지 나는 여전히 모른다. 매번 상황은 변하고 지나치게 빠른 공기의 움직임은 나를 두려움에 떨게 한다. 나는 그저 조금 여유로워진 흐름만 확인했다. 여유가 생기니 보이지 않던 작은 것들이 눈에 들어왔다. 식당 창문에 먼지가 묻어있지는 않을까 싶어서 검지를 쓱 한번 대본다든지, 나뭇가지에 몇 개의 마디가 있는지 세본다든지. 이런 행동은 일상의 여유를 가지고 있는 사람들이 보이는 특징이다. 사물의 흐름을 따라가다 보니 나는 어느새 플린더스 스트리트 역에 도착했다. 아직 알렌 할아버지가 역에 나오기에는 이른 시간이다. 나는 커피를 사러 맡은 편 커피숍에 갔다. 직원의 이름표에 엘리스라고 적혀 있었다. 과거와 달리 작은 것들이 눈에 보였다.

"엘리스 씨, 뜨거운 커피 한 잔만 주세요. 큰 걸로." 내가 말했다.

"이름 불러주셔서 감사해요. 기분 좋네요. 보통 다른 손님들은 저기요 라고 저를 부르거든요." 엘리스가 말했다.

"그랬군요. 엘리스라는 이름 예뻐요. 마치 공주 이름처럼."

엘리스에게 커피를 받은 나는 의자에 앉아 알렌 할아버지를 기다렸다. 할아버지에게 전화를 걸어볼 수도 있었지만, 그렇게 하고 싶지는 않았다. 이렇게 할아버지가 오실 때까지 기다리는 시간조차 좋았다.

엘리스는 벌써 50잔 넘게 커피를 만들고 있다. 아침이라 그런지 쉴 틈 없이 커피 가루를 누르고 착즙하고 털기를 반복했다. 그녀의 손에서는 커피향 핸드크림을 바른 듯 고소한 냄새가 났다. 지금 그녀와 악수한다면 온종일 커피 생각이 나지 않을 정도다. 나는 커피 대신 다른 음료 한 잔을 주문했다.

"엘리스 씨, 루이보스 허브차 하나만 주세요."

"스팀 밀크 올려 드릴까요? 아! 이건 제가 좋아하는 방법인데 아몬드 시럽으로 마무리해 드려도 될까요? 떨떠름한 맛을 살짝 눌러줄 거예요."

커피를 내리는 와중에도 엘리스는 나를 유심히 쳐다봤다. 오랜 기간 커피를 만들다 보면 저 사람은 무엇을 위해 기다리는지 알게 된다. 엘리스 또한 이곳에서 1년 넘게 커피를 만들며 자연스럽게 그런 노하우를 터득했다.

"그렇게 해주세요. 그런데 여기 포토 부스 운영하시는 할아버지는 보통 몇 시에 나오시는지 아시나요?"

"알렌 할아버지요? 글쎄요. 어떨 때는 점심쯤 나오시기도 하고 해 질 녘에 나와서 한참을 계시다가 가는 일도 있어서 언제라고 딱 말하기가 어렵네요. 할아버지랑 아는 사이예요?" 엘리스가 붓으로 커피 가루를 털며 말했다.

"어떤 사이라기보다 할아버지에게 할 말이 있어서요. 아무튼 감사해요. 조금 더 기다려볼게요."

나는 그렇게 엘리스가 만들어 준 루이보스 차를 받아 들고 다시 자리로 돌아왔다. 공기의 흐름이 조금 느려졌다. 애매하긴 해도 아침에 비해서 확실히 느려졌다. 가끔 이런 생각이 들었다. 정말로 어딘가에서 불어오는 다른 공기 입자에 의해서 내 주변의 공기가 느려진 것인지, 아니면 피붓결에 난 털들이 게을러져서 그 흐름을 천천히 받아들이는 것인지. 혹시나 후자라면 팔뚝을 몇 번 쓰다듬어 털들을 일으켜 세우면 제 속도를 측정할 수 있지 않을까? 궁금해졌다. 그래서 사람이 긴장하면 괜히 자기 몸을 터는 것일까? 공기의 흐름과 털들을 마찰시키면 자고 있던 털들이 잠에서 깨어난다고 믿는 것일까? 털들은 정말로 자고 있었던 것일까?

어느새 3시간이 흘렀다. 예전에 할아버지가 나타났었던 시간은 훌쩍 지나가 버렸다. 나는 살짝 불안했다. 이 불안함을 해소할 유일한 방법은 포토 부스에 적힌 할아버지의 전화번호로 연락을 해보는 것이다. 할아버지의 전화번호는 일종의 치트키다. 어렸을 적 불법 다운로드로 받은 게임이 떠올랐다. 당시 정품을 사기에는 돈이 넉넉지 않아서 해버린 선택이지만 확실히 복사본은 기능이 제한되어 있었다. 특히 다른 사람들과 실시간으로 게임을 할 수가 없었다. 정품 인증을 받지 않은 게임은 결국 나 혼자서 가상의 적들과 싸우는 재미, 그 이상을 주지는 못했다. 정품을 산 다른 친구들은 몇 시에 이쪽 서버에서 만나자고 대화를 주고받았지만, 불법 다운로드를 받은 나는 거기에 낄 수 없었다. 포토 부스에 적힌 번호가 불법 다운받은 게임처럼 느껴졌다. 나는 할아버지와 같이 게임을 하기 위해 전화를 걸지 않았다. 또다시 3시간이 흘렀다. 기차역 안에서 바라보는 하늘색이 검붉게 변했다. 아마도 할아버지는 오늘 역에 오시지 않으려나 보다. 할아버지는 어디 계신 걸까? 스멀스멀 두려움이 올라왔다.

　오후 6시. 나는 엘리스가 퇴근하기 전에 주고 간 치아바타 샌드위치를 한입 베어 물었다. 바게트와 비슷하게 생긴 치아바타는 이탈리아에서 만들어졌다. 치아바타가 처음 만들어진 연도는 1982년으로 생각보다 그리 오래되지 않았다. 내가 베네치아 여행 중 치아바타를 처음 개발한 아르날도 카발라리 씨를 수상택시 정류장에서 만났었을지 누가 알겠는가. 입안에서 바사삭 치아바타가 씹히는 소리가 났다. 온종일 알렌 할아버지를 기다리는 나를 보고 엘리스가 말했다. "지미, 나 이제 가볼게요. 내일도 있으니까, 오늘은 이만 하고 돌아가요."
　마치 게임에 중독된 사람처럼 앉아 있는 나에게 그만하라는 신호처럼 들렸다. 때때로 귀에 들리는 음성보다 눈빛을 통한 무언의 신호가 더 가슴에 와닿기도 한다. 크게 몇 번 베어 문 치아바타 샌드위치는 손에서 사라졌다. 결국 엘리스의 뜻을 받아들이기로 했다. 나는 쓱쓱 입 주변을 털고 자리에서 일어났다.

역에 걸린 오래된 시계를 보니 벌써 소니는 퇴근하고 집에 와있을 시간이다. 시간을 되돌아온 뒤에 다시 만나게 된 소니의 시간에서는 집에 돌아오지 않는 내가 걱정될지도 모른다. 하루 동안 나의 머릿속에는 소니가 차지하는 부분이 적었다. 그렇다고 해서 나의 감정이 변한 것은 아니다. 고작 한번 그녀와 같은 침대에 누워봤다고 해서 식어버릴 감정의 크기는 아니었다. 만약 그랬다면 5년을 기다리지도 않았을 거고, 다 퍼즐을 맞추기 위해 도전하지도 않았을 테다. 나는 뻐근한 허리를 쭉 펴고 집으로 돌아갈 결심을 내렸다. 나는 완전히 플린더스 스트리트 역을 완전히 빠져나가기 전에 플랫폼 쪽을 한번 응시했다. 알렌 할아버지의 집이 있는 동쪽으로 향하는 지하철에 마음을 담아봤다. 가능하다면 그 마음이 할아버지의 집과 가까운 역에 잠시 정차할 때 슬며시 빠져나와 어딘가에 계실 할아버지에게 전해졌으면 한다.

"저는 여기에 내일 다시 올 테니까, 제 눈앞에 나타나 주세요. 보고 싶어요."

어딘가 모르게 헛헛한 마음이 들 때는 Musiq Soulchild의 노래를 듣는다. 내가 갓 스무 살 되던 해, 우연히 발을 들인 음악 세계에는 전설이라고 부를 만한 뮤지션들이 넘쳐났다. 내가 그들을 손쉽게 만날 수 있었던 이유는 매체의 발전을 한 단계 높여준 유튜브가 있었기 때문이다. 나는 강의가 비는 시간이 생기면 대학교에서 누구보다 음악에 대한 열정이 넘쳐흘렀던 사람들이 모인 작은 방으로 향했다. 물론 그 방을 들락날락할 수 있는 권한을 가지려면 자신의 목소리를 연주하는 시험을 쳐야 했다. 나는 외할머니가 물려주신 악기를 가져갔다. 나의 어머니와 이모들도 비음이 적절하게 섞인 그 악기를 가지고 있었다. 나는 어렸을 때부터 외갓집에 가면 들을 수 있는 그 음색들을 좋아했다. 그 집안의 일원이라는 게 증명되기 때문이었다. 지금은 외할머니가 가진 소리를 더 이상 들을 수 없지만, 가장 웅장한 음색을 가진 큰이모가 그 빈자리를 대신했다. 큰이모의 목소리는 마치 콘트라베이스를 닮아있었다. 오케스트라를 구성하는 현악기 중에 가장 큰 악기 말이다. 신기하게도 외할머니는 세 명의 딸에게 순서대로 비슷하면서도 조금씩 다른 음색을 물려주셨다. 나의 외할머니는 악기를 만드는 장인이셨다. 그 피를 물려받은 나는 음악적 영혼을 가진 아이로 태어났다. 그걸 영어로 하면 Musiq Soulchild가 아닐까? 그래서 나는 그의 음악을 좋아하는 것일까?

 한동안 아무 말 없이 귀에 꽂힌 이어폰에 집중했다. 거리마다 켜진 가로등 불빛이 반짝거렸다. 그렇게 오로지 흘러나오는 음악에만 귀를 기울였다. 자연스레 나의 목과 어깨는 그루브를 탔다. 플레이리스트의 5번째에 자리한 <Say I do>가 흘러나왔다. 두둥둥탁 두두둥탁. 경쾌한 드럼 박자에 1옥타브 라로 추정되는 피아노 소리가 반복된다. 그리고 내가 어릴 때 가장 닮고 싶었던 목소리, Music Soulchild가 노래를 시작 다. 마치 그가 하루종일 수고한 나에게 주는 위로처럼 느껴졌다. 우리가 유명하든 그렇지 않든 상관없다는 가사가 마음에 와닿았다. 오늘 알렌 할아버지를 만나서 회포를 나눴든 그러지 못했든 각자의 자리에서 하루를 보냈다면 괜찮은 것 아닌가 싶어졌다. 그때 노래가 끊기고 소니로부터 전화가 왔다.

"지미야, 어디야? 늦게 올 거야?"

"소니야. 안 그래도 지금 집에 가는 중이야. 저녁은?"

"곧 오겠지 싶어서 기다리다가 늦게 올 거면 먼저 먹으려고 전화했지. 어디를 그렇게 혼자 다녀. 길도 잘 모르면서."

"금방 갈게. 기다리게 해서 미안해. 뭐 사 갈까?" 나는 웃으며 말했다.

"흠... 라자냐 할까 하는데 화이트 와인 한 병만 사 와줘. 그러면."

"그래, 알겠어. 뛰어갈게."

하루의 끝에는 소니가 있었다. 다시 공기의 흐름이 빨라졌다. 나는 등 뒤에서 불어오는 바람에 몸을 맡겼다.

나는 집으로 돌아오는 길에 소니가 부탁한 와인을 사기 위해 주류점에 들어갔다. 독특하게 에스컬레이터 옆에 있는 출입구가 와인병 모양이었다. 와인을 사러 갔던 주류점 중에 가장 특이한 입구였다. 기대를 가득 안고 안에 들어가니 목재로 만든 수납장에 갖가지 와인들이 진열되어 있었다. 천장은 마치 건조되고 있는 선박을 닮아있어서 내가 와인을 가득 싣고 전 세계를 항해하는 선원이 된 느낌이었다.

"어서 오세요, 와인 찾으시나요?" 점원이 말했다.

"화이트 와인을 한 병 사고 싶은데요. 혹시 추천해주실 수 있나요?"

"물론이죠. 특별히 좋아하는 와인 생산지가 있나요? 프랑스?"

"음... 이탈리아면 좋겠네요." 나는 머리를 긁적이며 말했다.

"화이트 와인은 이탈리아가 프랑스보다 한 수 위긴 하죠."

"아마도 삼면이 바다로 둘러싸여 있고 길쭉하게 생겨서 더 생기

있는 포도를 만드는 게 아닐까 싶네요."

"그렇죠, 더군다나 이탈리아에는 산이 많아서 비탈진 언덕에 포도를 키우기에 아주 적합하죠. 역경을 이겨내면 뭐든 더 달콤해지니까요."

"그런 것 같네요. 저도 지금 한번 그런 역경을 겪고 나니 훨씬 성장한 느낌이 들더라고요."

"손님의 이야기를 듣고 딱 떠오르는 와인이 하나 있어요. 혹시 로마에서 동쪽으로 80km를 가면 나오는 아부르초라는 동네를 아시나요?"

"흠... 글쎄요. 이탈리아는 가봤지만 그렇게 많은 도시를 알지는 못해서요. 아름다운 곳인가요?"

"오, 물론이죠. 와이너리 탐방을 위해 저도 가봤었는데 멜버른으로 돌아오기 싫을 만큼 완전 사랑에 빠졌었죠. 그곳에 라바스코라는 와이너리가 있어요. 해발 450미터를 올라가면 작은 포도밭이 나오는데 아주 환상적인 곳이죠."

"듣기만 해도 멋진 곳이네요. 그곳에서 나오는 화이트 와인이 있나 보죠?"

"맞아요, 칸첼리노라고 40년 이상 된 포도나무에서 그해 처음 수확한 트레비아노 종으로 만든 와인이에요."

"그렇게 설명해 주시니 안 살 수가 없네요. 그걸로 할게요." 나는 점원의 말에 완전히 설득된 채로 대답했다.

"분명 좋아하실 거예요."

나는 옅은 금빛을 띠는 한병의 와인을 손에 들고 집으로 돌아갔다. 상술이 뛰어난 점원을 만난 것인지 모르겠지만 나는 그의 이야기에 푹 빠져들었다. 저렇게 사랑이 가득한 눈빛으로 설명하는데 어떻게 그 와인을 사랑하지 않을 수 있을까 싶었다. 하긴 세상에 사랑스럽지 않은 와인이 어디 있을까? 그러나 생산자의 손을 떠난 와인들은 전 세계로 퍼져나가 누군가의 말에 의해 선택받고 선택받지 못한다. 그게 아무리 대단한 와인이라도 말이다. 라바스코 와이너리는 멜버른에서 좋은 판매자를 만난 것이다.

7장.

과거에 대한
터치

◇

아침 공기를 맞이하며 나갔던 소니의 집, 나는 늦은 저녁이 다 돼서야 돌아왔다. 도어락 비밀번호를 눌렀다. 그 소리에 소니가 뛰쳐나왔다.

"지미야 왔네. 근데 비밀번호 어떻게 알았어? 내가 말해줬던가?"

"어?... 아... 그게 어제같이 집에 들어올 때 본 게 맞나 싶어서 혹시나 눌러봤더니 맞았네. 0315. 너 생일이잖아." 나는 멋쩍게 웃으며 말했다.

"아, 그랬구나. 놀랬잖아. 너 그런 눈썰미는 엄청 빠르다. 언제 그건 또 봤었니. 어서 손 씻고 와. 밥 먹자."

그렇다. 소니는 나에게 도어락 비밀번호를 말해주지 않았었다. 첫날은 공항에서 집에 오기까지 함께 있었기 때문에 알려줄 필요가 없었다. 오늘 아침에 소니는 출근 준비를 하느라 정신이 없었고 비밀번호가 필요하다면 내가 메시지를 보낼 거라는 생각에 알려주지 않았던 것 같았다. 나는 순간적으로 당황했지만 재빠르게 기지를 발휘했다. 하마터면 나만 알고 있는 비밀을 들킬 뻔했다. 나는 후다닥 신발을 벗고 화장실로 들어가 물을 틀었다.

"우와 냄새 좋다. 소니가 만든 거야?"

"그냥 재료 사다가 소스만 붓고 차곡차곡 쌓으면 되는데 뭘."

"그래도 엄청 맛있어 보이는데? 아. 여기 와인 사 왔어."

"어디 보자. 어떤 걸 사 왔는지."

"와인 사러 갔는데 점원인지 사장님인지 모르겠지만 엄청나게 설명을 잘하시는 거 있지. 안 살 수가 없더라니까."

"비싸 보이는데? 그냥 싼 거 사와도 되는데 어휴. 순진한 양 한 마리가 늑대한테 걸려들었구먼."

"같이 마시는 건데 좀 비싸면 어때. 그리고 이탈리아에서 만들었다고 하면 내가 또 끔뻑 죽잖아."

"그놈의 이탈리아 타령. 누가 들으면 부모님이 계신 고향인 줄 알겠다."

"그랬으면 좋겠네. 비싼 비행기랑 숙소비 내고 안 가도 되고. 너랑 꼭 같이 가고 싶다." 나는 너털웃음을 지으며 말했다.

"참나, 넌 뭐 하나에 빠지면 징글징글하게 그거만 좋아하는 성격이야. 어서 와인잔이나 꺼내 와."

"네, 알겠습니다요." 나는 능글맞은 표정을 하며 온몸을 배배 꼬며 찬장을 열어 입구가 좁은 와인잔 두 개를 한 손에 쥐고 식탁으로 돌아왔다.

"평소에 와인 자주 마시나 보다. 화이트 와인 전용 잔도 있는 거 보면." 내가 말했다.

"아, 평소에는 그렇게 자주 안 마시는데, 이번에 마케팅 맡기로 한 회사가 와이너리라서 마셔본다고 샀어."

"그렇구나, 아직 거기 담당자랑 만나지는 않았고?"

"응, 아직. 다음 주 중으로 미팅 약속 있어. 너도 다음 주에 팀장님이랑 면접 봐야 하니까 준비 좀 해야지."

"그래야지. 뭐 자신 있어서 크게 걱정 안 해."

"어디서 그런 자신감이 나온대? 팀장님 엄청 깐깐한 분이신데? 쉽게 보다가 큰코다쳐."

"뭐랄까? 만나보지 않아도 이미 한번 만나본 느낌이 든달까? 그나저나 아버지는 잘 계셔?"

"아빠는 갑자기 왜? 자기 일하면서 지내고 있겠지. 우리 그렇게 자주 연락 안 해서."

"그냥, 너는 멜버른에 와있고 아버지는 멀리 계시니까 혼자 밥은 잘 챙겨 드시나 해서. 네가 통 가족 이야기는 안 하니까."

"같이 사는 것도 아니고 오랜만에 집에 가도 다 큰 딸이랑 아빠랑 크게 할 말이 뭐가 있겠어." 소니가 고개를 접시에 박고 말했다.

"그래도 가끔 안부 인사드려. 아버지가 말은 안 해도 네 소식 궁금해하실지도 모르잖아. 하나뿐인 딸인데."

"너도 가끔 보면 우리 아빠처럼 고상한 소리 해. 자기만 어른인 척. 나도 나름대로 최선을 다하는 중이니까 그런 말 하지 마. 이제 다 각자 알아서 사는 거지. 내가 애도 아니고."

　소니는 가족에 관한 이야기만 나오면 조금 예민해졌다. 물론 소니의 아버지가 잘못해서 그런 반응을 보이는 것은 아니었다. 자세한 사정을 알 수는 없었지만, 소니의 어머니가 돌아가시고 난 후 두 사람 사이에는 설명하지 못할 거리감이 생겼다. 아마도 서로에 대한 미안함이 그 공간을 채워가다가 딱딱하게 굳은 것 같았다. 소니의 이야기를 들어보면 아버지는 크게 말이 없는 분이셨다. 소니의 어머니가 돌아가시고 나서 더 말이 없어지셨다고 했다. 부녀는 가족을 잃은 슬픔을 고요함으로 채웠다. 마치 잠을 자던 와중에 하늘로 올라가신 소니의 어머니처럼.

　소니의 날이 선 표현들은 잠시 식탁 분위기를 얼어붙게 했다. 그리고 몇 번의 소리 없는 포크 질이 오고 갔다. 물론 내가 그런 말을 꺼내지 않았다면 소니는 웃음을 잃지 않았을 테다. 하지만 두 사람의 모든 순간에 듣기 좋은 말만 존재한다면 뭐가 문제일까? 마치 동전의 한쪽 면만 계속 보여주는 마술사라면 그렇게 보이도록 할 수 있을 테다. 당연히 나도 소니에게 그런 말만 골라서 할 수가 있었다. 굳이 문제를 만들고 싶지 않았다면 말이다. 어쩌면 그 순간 소니에게 더 깊은 사이가 되고 싶은 나의 욕심이 튀어나왔을지도 모른다. 나는 네가 기분이 좋든 좋지 않던 네 옆에 붙어 있을 거야 하고. 네가 웃지 않을 것 같으면 슬그머니 자리를 피해 눈치만 보고 있지는 않을 거야 하고.

"소니야, 내일은 뭐 할 거야? 이제 주말인데." 내가 말했다.

"글쎄 미팅 자료나 좀 볼까 하는데. 왜? 뭐 하고 싶은 일 있어?"

"예전부터 너랑 가보고 싶었던 곳이 있어. 여행 잡지에서 봤던 것 같은데 멜버른에서 그렇게 안 멀더라고."

"어딘데?"

"그레이트 오션 로드. 세상에서 가장 아름다운 바닷길이래. 거기 가자. 소니야."

"그래. 근데 거기 엄청 길잖아. 그냥 그 도로 위를 달리 싶은 거야?"

"음... 아니. 거기 12사도 바위라고 있는데 이제 8개밖에 안 남았대. 파도가 너무 세서 점점 사라지는 중이래. 더 늦기 전에 너랑 가고 싶어."

"가보기라도 한 것처럼 잘 아네. 네가 그렇게 나랑 가고 싶다면 가주는 게 인지상정 아니겠어?" 소니가 말했다.

"좋아, 네가 저녁 했으니까 내가 설거지할게. 다 먹은 거지?"

"응, 그러면 나는 미팅 자료 좀 보고 있을게."

 나는 눌어붙은 냄비에 따뜻한 물을 한가득 부어두고 와인잔과 접시를 먼저 씻어냈다. 문득 이런 생각이 들었다. 소니와 계속 이런 나날들을 보내고 싶다고. 이 정도의 보살핌만 있다면 이번 생에 우리 둘의 관계는, 적어도 12사도 바위가 8개에서 7개로 변하기 전까지는 유지될 수 있지 않을까. 그렇게 세차게 바위를 때려대는 파도가 하루에도 수만 번은 몰아칠 텐데 오늘과 같은 하루라면, 둘 중에 누군가 먼저 눈 감는 순간까지는 남아있지 않을까. 물론 두 사람의 애정은 매년 조금씩 파도에 휩쓸려 나가 그 형체의 변화는 있겠지만 꿋꿋이 곁에 남아있는 나머지 바위들을 보며 이렇게 말할 수 있지 않을까? 잘 버텼다고. 먼저 바다의 품에 안겨 더 좋은, 더 아름다운 해변에 안착한 한 줌의 모래가 될 수도 있었지만 그렇게 먼저 가버리지 않아서 고맙다고. 같이 우리만의 파라다이스로 가보기로 했으니까 그 약속을 저버리지 않아 줘서 감사하다고. 고생 많았다고. 폭우가 몰아치고 땡볕에 가만히 서 있어야 했던 나날들을 묵묵히 기다려줘서. 그 와중에도 선선한 봄바람을 타고 몸에서 떨어져 나간 바위 조각들을 조금이라도 서로에게 붙여주려 해서 든든했다고. 네가 옆에 있지 않았다면 불가능한 일이었다고. 그렇게 말할 수 있는 순간을 소니와 맞이하고 싶다. 나는 그런 곳이 파라다이스가 아닐까 하는 생각이 들었다. 지금 소니와 나는 그런 관계에 있다. 어쩌면 모든 남녀가 그런 관계에 있다. 파라다이스를 찾아간다는 것이 쉬운 일이 아니지만 불가능하다고 생각하지 않았다. 나는 고무장갑을 끼고 잠시 멈춰 섰다. 여전히 소니는 서류를 쳐다보고 있다. 나는 그녀에게 천천히 걸어간다. 그리고 그녀의 뒤에서 꼭 안았다. 오래도 걸린 포옹이었다.
"뭐해, 종이에 물 다 떨어지는데."
"알아. 근데 잠시만 이러고 있자. 아주 잠시만."
 소니와 나는 한동안 아무런 말 없이 그대로 하나의 바위처럼 붙어 있었다. 소니는 떨어지는 물방울에 젖어가는 서류를 더 이상 쳐다보지 않았다. 대신 창밖에 뜬 블루문이 그녀의 시야에 들어왔다. 블루문이란 한 달에 보름달이 두 번 뜨는 현상을 말하며, 여기서 두 번째로 뜨는 달을 블루문이라고 한다. 이름은 블루문이지만 실제로 파란빛이 나는 달을 보기는 어렵다. 아주 특별한 조건이 갖추어지지 않는다면 말이다.
 최근에 일어난 큰 산불로 인해 호주의 드넓은 대지는 불바다로 뒤덮였다. 자연은 때때로 유에서 무로 무에서 유로 가는 일을 행하지만, 거룩한 그 뜻은 슬픔을 내포하고 있다. 자신의 명을 다하지 못한 수많은 생명체는 거무튀튀한 땅속으로 들어갔다. 그리고 저 멀리 있는 지구의 위성, 달은 조화와 진혼곡을 보냈다. 그럴 때 지구에서는 푸르스름한 달을 볼 수 있다. 실제로 달이 푸른빛을 띠려면 대기 중의 연기나 먼지의 농도가 짙어지는 경우 붉은빛이 산란되어 푸르게 보인다. 호주에서 일어난 산불은 오늘 블루문을 감상할 수 있게 했다.
"지미야, 달 봐봐. 엄청 푸르지 않아?"
"그렇네. 무슨 몇십 년 만에 오는 특별한 날인가? 검색해 볼까?"
"그때 생각난다. 우리 미국에 있을 때 개기일식 보려고 특수필름 붙인 선글라스 사러 갔던 날."
"맨눈으로 태양 보면 시력 잃을지도 모른다고 그래서, 엄청나게 겁먹고 선글라스 산다고 마트를 몇 군데나 갔었는지." 나는 웃으며 말했다.

"평소에는 사지도 않는 그런 후줄근한 선글라스를 다들 사려고 난리였지. 결국 못 구해서 서로 손으로 눈 가려줬잖아."

"신기하긴 했어. 대낮이었는데 갑자기 세상의 모든 전구가 꺼진 것처럼 어두컴컴해져서 실눈 뜨고 태양 쳐다봤잖아."

"그러니까. 그 선글라스 안 끼고 태양 봤는데도 아직 시력 안 잃었네."

"검색해 보니까 오늘 33년 만에 오는 블루문이래. 그런데 갑자기 블루문 하니까 블루문 맥주 마시고 싶지 않아?"

"응? 아재 개그하는 거야?" 소니가 어이없다는 투로 말했다.

"나 원래 이런 거 좋아하잖아. 블루문이 뜬 날에 블루문 맥주 마셔 줘야 느낌 있지 않아?"

"참나. 그러면 맥주사서 옥상 갈까?"

"그래,"

두 사람은 예전에 함께 샀던 후드티와 모자를 맞춰 쓰고 맥주를 사기 위해 집을 나왔다. 몇 년 전에 샀던 옷이지만 두 사람은 약속이라도 한 듯 아직 옷장 한구석에 고이 접어놓고 있었다. 자주 입지 않는 옷이지만 의미가 담긴 옷은 쉽게 버리지 못하는 법이다. 예를 들면 시카고 미술관에서 열렸던, 르네 마그리트 특별전 기념품점에서 샀던 반팔 티나 혼네의 미국 투에서 팔던 검은색 긴팔 티셔츠처럼, 그 순간이 아니면 구할 수 없는 물건 말이다. 보통 검은색과 하얀색의 옷만 입는 내가 거의 처음으로 초록색의 옷을 샀던 적이 있다. 노랑, 빨강, 분홍, 파랑, 초록 등 원색으로 가득한 선택지 중에서 소니가 파랑을 선택하자, 그나마 나의 신경을 덜 건드리는 초록색을 선택했다. 색상보다도 소니와 같은 옷을 입고 싶다는 마음이 더 컸었다. 물론 나는 소니가 그 후드티를 입을 때 말고는 초록색 후드티를 입지 않았다. 나는 거의 몇 년 만에 그 후드티를 입었다. 어쩌면 나는 자신의 의지와 소신을 보여주고 싶었다. 무의식에서 뿜어져 나오는 색상에 대한 불안장애를 소니에게 만큼은 허용하는 것. 그게 소니가 나에게 특별한 이유였다. 극복하지 못할 것만 같던 심리적 기제를 소니와 함께하는 순간만큼은 잊을 수 있었다. 그게 소니가 대단한 이유였다. 소니를 제외하고는 나의 심리적 불안을 잠재울 수 있는 사람이 없었다. 그녀는 특별한 조건에서만 보이는 푸른색 블루문 같은 존재였다.

8장.

로런츠 힘과 블루문의 상관관계

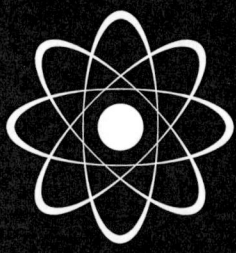

◇

 지구와 달의 거리는 384,400km다. 어느 정도 먼 거리인지 감이 오지 않지만 하나의 행성과 하나의 위성 간에 거리는 존재한다. 그리고 태평양같이 넓은 태양계에서 지구라는 행성은 달이라는 위성을 계속 잡아당기고 있다. 긴 세월 동안 서로의 존재가 고마워질 만큼만 적절한 거리를 유지하고 있었다.
 블루문 맥주 몇 캔과 오렌지 두 개를 산 소니와 나는 엘리베이터를 타고 옥상으로 올라갔다. 둥그런 오렌지 두 개가 마치 지구와 달을 닮았다. 어떤 음식이든 술이든 많이 먹어본 사람들은 "아 이렇게 먹어야 최고의 조합이지."라는 철칙을 만든다. 블루문 맥주 또한 수없이 많이 마셔본 사람들이 만든 철칙에 따라 누군가의 귀, 눈, 입과 코에 전해진다. 알다시피 블루문 맥주는 오렌지 슬라이스와 조합을 같이한다. 그 때문에 캔이나 병으로 된 블루문을 취급하는 곳은 오렌지를 같이 팔아야 한다. 물론 다른 조합을 따라도 전혀 문제가 되지 않는다. 다만 많은 사람이 만든 철칙을 따랐을 때 느낄 수 있는 동질감이 블루문의 맛을 최대치로 올려줬다.
 "오렌지 좀 그만 주물럭거려. 그러다 터지겠다." 소니가 말했다.
 "소니야, 온종일 선반에 앉아만 있었을 텐데 오렌지도 심심하지 않았겠어? 이제 곧 우리 입속으로 들어갈 텐데 좀 만져주면 어때."
 "그러면 어디 하나 줘 봐. 나도 좀 만져보게."
 "그래, 자 받아."
 나의 손을 떠난 오렌지는 허공을 갈라서 소니의 손바닥에 안착했다. 마치 인간이 최초로 달에 착륙한 그날의 비행처럼. 소니의 손바닥에서 Cath Kidston의 핸드크림 냄새가 났다. 그래서 소니가 가까이 올 때면 나는 계속 그녀의 손을 보게 됐다. 소니가 머리칼을 쓸어 올리기 위해서 몇 번의 손짓을 하면 머리칼이 만드는 공기의 이동이 나에게 불어왔다. 이상한 기분이 들었다. 몸이 붕 뜬 기분이었다. 나는 그렇게 384,400km를 떠서 달 위를 걸었다. 지구에서 달까지 가는 길은 추웠으나 달에 도착해 첫걸음을 떼자 그 추위는 물러가고 따뜻한 자스민 향에 온몸이 녹았다. 잠시 뒤 자스민 향이 지나간 자리에 신선한 과일 향이 잔잔하게 남았다. 그게 소니가 나에게 다가와서 부리는 마법이었다. 누구나 사서 쓸 수 있는 핸드크림이지만 소니가 쓰면 특별한 능력이 생겼다. 마치 로렌츠 힘이 영하의 온도에서 물체를 띄우는 것과 같았다.

"어휴, 오렌지 물렁물렁해진 거 봐. 어지간히도 주물럭거렸다." 소니가 말했다.

"귤 가족들은 자꾸 만져줘야 더 맛있어지는 거야. 예쁘다 예쁘다 해주면 사람도 예뻐지는 것처럼."

"말을 못 하면 진짜. 저 능글맞은 건 변함이 없네." 소니의 입꼬리가 올라갔다.

"소니도 오늘 좀 더 예쁘네. 조명발인가?"

"아, 미쳤나."

기분이 아주 좋거나 아주 나쁠 때 소니는 표현의 최대치, 미쳤나를 외쳤다. 푸른 빛을 발하는 블루문 아래에서 두 사람은 맥주를 꺼내고 오렌지의 껍질을 까기 시작했다. 나는 골동품 가게에서 산 담요를 소니에게 덮어주었다. 작은 가죽 가방처럼 여행용으로 제작

된 담요 세트였다. 기존에 같이 있던 담요는 어디로 갔는지 사라지고 가죽끈만 남아 새로운 담요와 세트를 이루고 있었다. 내심 마음에 걸리긴 했지만 새로 장만한 체크무늬 담요도 갈색 가죽끈과 괜찮은 조합이었다. 종종 내가 만났던 여자들이 그 담요 세트를 가지고 싶어 했지만 다른 것은 줘도 그것만큼은 사수했다.

나에게는 그런 물건들이 몇 개 있었다. 시간이 걸리더라도 꼭 특별한 사람을 만나게 되면 주고 싶었던 것들이다. 예를 들면 호피족의 오래된 절벽 마을에 사는 마이크 씨가 만든 나무 목걸이. 가격은 그리 비싸지 않았지만, 전기와 물도 들어오지 않는 오래된 유적에 홀로 남아 사는 그 남자의 손길을 탄 물건은 욕심났다. 그 절벽 마을에서 아래를 내려다보면 작은 건물들이 보였다. 마이크 씨는 언제든 그 아래로 내려가 정부 보조금을 받으며 최소한의 생계를 유지할 수 있었지만, 삭막한 사막에 홀로 남겨진 나무 조각들을 주워 공예품을 만들었다. 그게 마이크 씨의 유일한 소득원이었다. 그는 타원형으로 나무를 다듬어 그 위에 그림을 그렸다. 푸른 바탕 위에 달이 떠 있는 그림이었다. 그저 돈을 벌기 위해 공예품을 만드는 것이 아니었기에 내가 살 수 있는 거라곤 한 개뿐이었다. 그래서 더 좋았다. 조금만 운전해서 내려가면 도로에 좌판을 펴고 갖가지 공예품을 파는 사람들은 얼마든지 있었다. 그러나 나는 그런 물건들에 크게 관심을 가지지 않았다. 물론 그 물건들 또한 공장에서 찍어내듯 만든 물건은 아니었다. 그 물건들도 어떤 사람이 만들었는지 조그만 간이 설명서가 하나씩 끼워져 있었다. 다들 멋진 공예품이었다. 그러나 나와의 연결고리는 없었다. 내가 마이크씨의 공예품에 큰 애정을 느꼈던 이유는 미국 가족 중 한 명인 루비 할머니와의 연결

고리 때문이었다. 루비 할머니가 내게 특별한 장소를 소개해 준 이유는 내가 그날 할머니의 흥을 돋워 주었기 때문이다.

"오, 지미. 이 절벽 마을에 머스탱을 끌고 온 것은 네가 처음이야."
"하하. 할머니, 머스탱은 뚜껑 열고 달려야 하는데 잠시 열었더니 모래바람이 세게 불어서 눈이 너무 따가운 거 있죠. 500m도 못 달리고 닫아버렸어요." 내가 웃으며 말했다.
"절벽 위에까지 올라가려면 그 정도는 운전해야 할 텐데…. 뚜껑 열고 올라가 보고 싶구먼."
"할머니가 원하신다면 그렇게 해요. 대신 뒷자리는 모래가 더 들어올 거예요. 눈 꼭 감으세요."

루비 할머니는 호피족 자치구에서 오랫동안 수의사로 일하고 계셨다. 그래서인지 절벽 아래에 있는 호피족 관공서에 할머니와 들어가니 모든 직원이 반겨주었다. 출입 허가증을 끊어주는 직원 한 분이 말하길 원래 투어가 되지 않는 날이지만 자기와 함께 가면 된다고 했고 우리는 절벽 마을로 갈 수 있었다. 그렇게 세 사람은 뚜껑을 연 머스탱을 타고 마이크 씨만 사는 그곳으로 올라갔다. 모래는 조금 들어왔지만, 뒷좌석에 탄 두 명의 여자는 행복해 보였다. 그들은 이미 모래바람에 익숙한 사람들이었다. 그날 마이크 씨에게서 산 나무 목걸이는 나에게 특별한 추억이 담긴 물건이었다. 오랜 시간 붉은 천에 싸여서 나의 짐 속에 있던 그 목걸이는 소니에게 전해졌다.

"이거 뭐야? 갑자기 웬 목걸이?" 소니가 말했다.
"아, 예전에 애리조나 여행했을 때 샀던 목걸이인데 너 주려고 가지고 있었어."

"애가 또 이런 감동을 주네. 고마워. 너무 예쁘다."

"시간이 오래되어 물감이 조금 지워지긴 한 것 같은데 그래도 푸른 달인 건 알아볼 수 있을 거야."

"응, 그렇게 보여. 아마 그림이 다 지워졌다고 해도 네가 그랬었다고 말하면 그렇게 보일 거고."

"그렇게 말해줘서 고마워. 소니야."

 남녀 간에 지나간 시간을 의미 있게 만드는 재료는 조금씩 다르다. 남자는 의리로, 여자는 믿음으로 그 시간을 아름답게 추억하고, 한 단계 더 나아간 미래로 걸어간다.

 인간이 살아가는 순간들에 빠지지 않는 요소가 있다면 음악과 음식이다. 무미건조한 인생에서 남녀 간의 사랑이 관여하는 순간은 평소보다 눈, 코, 입, 귀, 촉감이 더 활성화되는 구간이다. 그리고 두 사람이 나누는 음악과 음식이 있기에 그 시간은 더 특별하다. 모든 분위기의 시작과 끝에는 음악과 음식이 있었다. 당연히 맛있고 귀가 즐거운 음식과 음악이 가장 기억에 남지만, 꼭 그렇기만 한 것은 아니다. 때론 손가락 사이로 새어 나오는 신음소리를 덮기 위한 음악도 있었고, 자신이 좋아하지 않는 음식이지만 잘 먹는 상대방의 입에 넣어 주기 위한 음식도 있었다. 어느 것 하나 이유 없이 흘러갔던 음악과 음식은 없었다. 마치 간을 맞추기 위해 적든 많든 들어가야 하는 향신료처럼. 나와 소니도 그런 향신료들을 서로의 입에 넣고 있었다.

"지미야, 노래 좀 틀어봐. 산뜻한 거로."

"산뜻한 거? 흠... 그러면 오랜만에 Jamiroquai - Virtual Insanity

들을까?"

"나 Jason Kay 완전 팬이잖아." 소니가 신이 나서 말했다.

"나는 초창기 세 개의 앨범은 Jason Kay가 애시드 재즈를 충실하게 따라서 좋아했는데 그 뒤로는 너무 스타일이 변해서 잘 안 들었어."

"진짜? 나는 다섯 번째 앨범에 있는 Little L을 제일 좋아하는데."

"흠... 나는 그때부터 Jamiroquai 음악이 별로라고 생각했는데…. 너무 펑키해져서."

"뭐... 그럴수도 있지. 각자 취향이 있으니까."

소니는 내가 향이 강한 향신료를 집어넣었다고 생각했다. 물론 못 먹을 정도로 쓴맛은 아니었지만, 한 번에 삼키기에는 조금 무리가 있었다. 씹으면 씹을수록 쓴맛이 뿜어져 나왔다. 그렇게 소니는 가만히 입을 닫았다. Jamiroquai의 음악은 계속되었지만, 정적이 동시에 흘렀다. 아무리 강한 향신료라 할지라도 미각을 잃은 사람에게는 아무 맛도 나지 않는다. 소니의 입맛은 사라졌다.

"이제 그만 내려가자. 계속 있으니까 추워." 소니가 말했다.

긴 정적이 끝나고 소니의 입에서 나온 말은 차가웠다. 나는 소니의 기분이 조금 변했다는 것은 느꼈다. 그러나 이미 넣어버린 향신료를 음식에서 빼기란 쉽지 않다. 감정이 먼저 상하고 이성적 프로세스를 거쳐서 나온 소니의 말은 마치 조리되어 나온 음식을 다시 만들어오라는 것과 같았다. 보통 남자들은 음식이 마음에 들지 않아도 군말 없이 먹고 다시는 그 식당에 가지 않는다. 그러나 여자들의 메커니즘은 조금 달랐다. 그 자리에서 같이 간 남자친구에게 음식에 대한 불만을 한가득 내뱉고 여차하면 사장님을 불러 음식이 이상하다고 따지기까지 했다. 음식이 다시 마음에 들게 나오거나 추가적인 서비스가 나와야 기분이 풀렸다. 재밌는 것은 나중에 다시 그 식당을 찾아 언제 그랬냐는 듯 활짝 웃으며 잘 지내셨냐고 너무 맛있어서 다시 온다고 하는 것이다.
"아, 소니야 추워? 그래. 내려가자 그러면."
소니는 여전히 아무 말이 없었다. 나는 계속 소니의 눈치를 살폈다. 딱히 어떤 말을 해야 할지 모르겠다. 괜히 Jamiroquai의 음악에 대해 말했다가는 "아, 알겠다고. 너 좋아하는 노래 들어."라는 말만 듣게 될 것 같다. 그냥 먼저 가는 소니의 뒤를 따라 쓰레기를 들고 집으로 내려갔다. 소니는 오늘 내가 넣은 음악적 향신료가 마음에 들지 않았다. 물론 향신료 본연의 문제는 아니었다. 세계적으로 유명한 그 향신료가 뭐가 잘못이겠는가. 단지 요리사가 눈치 없이 더 많이 넣어버린 게 잘못이었다. 남녀 사이에 종종 일어나는 일이었다.

*

달콤한 분위기는 그리 오래가지 않았다. 주문을 많이 하여 얼핏 보기에 풍요롭게 차려진 식탁이었으나 젓가락이 별로 갈 곳이 없는 그런 상차림이었다. 괜히 블루문이 서양에서 불길한 징조로 여겨지는 것이 아니었다. 소니는 그대로 방으로 들어가 침대 옆에 있는 긴 소파에 누웠다. 그녀에게는 시간이 필요해 보였다. 성향의 차이긴 했으나 소니는 기분이 상했다고 해서 그 즉시 모든 감정의 생채기를 다 뜯어내는 사람은 아니었다. 나는 그런 소니의 성향을 어느 정도는 알고 있었다. 괜히 옆에서 눈치를 보며 괜찮냐고 미안하다고 거드는 쪽이 상황을 더욱 악화시킨다는 것쯤은 알고 있었다. 물론 반대로 해야 상황이 나아지는 사람도 있다. 그러나 나는 그런 사람들과는 별로 관계를 맺고 싶어 하지 않았다. 살다 보면 누구나 실수는 할 수 있기에, 상대방의 작은 흠을 보고 전력으로 싸우러 나오는 사람은 도통 상대해 주기가 어려웠기 때문이다. 또한 그런 사람들의 특징은 딱히 자신이 내세울 만한 것이 없는 사람들이기도 했다.

"소니야, 불 꺼줄게." 내가 말했다.

 깜깜한 방에 아무 말이 없는 소니가 있다. 어떻게 보면 정말 별것 아닌 일이다. 내가 조금 부정적으로 들리는 말을 했다고 한들 자신이 좋아하는 방향대로 즐겼으면 됐고, 눈치껏 "그 노래도 괜찮지" 정도로 반응했으면 됐을 일이었다. 알게 모르게 사랑이라는 감정 아래 남녀는 너무 많은 것을 획일화하려고 했다. 내가 이걸 좋아하니 너도 무조건 이걸 같이 좋아해야 한다는 욕심. 물론 그런 순간이 주는 짜릿함은 너무 크고 자극적이다. 운명의 상대를 만난 것만 같은 설렘은 오만가지 상상을 다 하게 한다. 그리고 상상을 좋아하는 인간은 그 상상의 한계를 맞이할 때 변곡점을 만나게 된다.

 나는 거실로 나와 소파에 앉았다. 다시 한번 Jamiroquai의 음악을 찬찬히 듣기 시작했다. Virtual Insanity는 정말로 명곡이다. 그리고 Little L은 다시 들어봐도 나의 취향이 아니다. 어이없게도 그 생각에는 변화가 없었다. 인생을 살다 보면 변곡점을 만나게 될 때, 몇 가지 선택지가 주어진다. 나는 그 선택지들을 쭉 읽어보는 중이다. 표기는 되어 있지 않지만 희미하게 이렇게 적혀 있다. "선택은 또 다른 선택을 만듭니다." 아직 나는 그 글씨를 보지 못했다. 그저 어떤 선택지를 골라야 소니가 침묵을 깨고 돌아왔을 때, 최선의 대응일지만 생각하고 있었다. 나는 전체적인 그림을 그리지 못하고 있다. 시간을 한번 거슬러 왔다 할지라도.

방문을 조심스럽게 열어보니 소니는 잠이 들었다. 그녀는 내가 가져온 여행용 담요를 덮고 있다. 침대는 그대로 비어 있다. 나는 담요를 거두고 침대에 있는 이불을 소니에게 덮어주었다. 그리고 나는 그 담요를 덮고 잠을 청했다. 그렇게 또 하루는 끝이 났다.

다음 날 아침은 빠르게 찾아왔다. 거의 비슷하게 잠에서 깬 두 사람은 서로를 쳐다보고 있다. 먼저 말을 꺼낸 쪽은 나였다.

"소니야, 잘 잤어?"

"나 왜 여기서 자고 있어. 들어서 침대에 눕혔어야지. 목 아파 죽겠다."

"자는데 깨우기 싫어서 그냥 자게 뒀지. 목 주물러 줄까?"

"됐거든, 흥. 나 물이나 갖다줘."

잠을 자고 난 소니는 어제의 앙금과 이미 헤어진 것 같이 보였다. 그러나 쉽게 다 용서해 주지는 않겠다는 의지를 내비치고 있었다. 이럴 때 나는 빠르게 움직여야 한다. 거실로 가서 물 한 컵을 가득 떠 온 다음 누워있는 소니에게 먹여준다. 마치 아기에게 먹이를 주는 어머니의 심정으로. 입술을 쭉 내밀고 컵에 담긴 물을 마시는 소니다.

"아! 다 흐르잖아." 소니가 말했다.

"하하, 옷 다 젖었다."

"아씨, 천천히 줘야지. 축축해졌잖아."

이런 투정을 부리는 소니를 볼 때면 한없이 귀엽게 느껴졌다. 마치 과거에 보지 못한 소니의 어릴 적 모습을 보는 것 같았다. 손으로 쓱쓱 물을 닦아낸 소니는 이제 자리에서 일어나고 싶어 했다.

"나 일으켜줘 지미야. 이제 씻고 나갈 준비 할래."

양팔을 쭉 내민 소니는 나에게 손을 잡아달라고 했다. 고개를 뒤로 젖히고 장난꾸러기가 된 소니는 어젯밤에 생긴 마지막 생채기를 치유했다. 조그만 감정의 상처쯤은 겁내지 않는 소니가 의연하게 일어났다. 나는 그런 소니의 모습이 좋았다. 자정작용이 원활하게 돌아가는 사람은 어디서나 귀염을 받게 된다.

9장.

관찰자 효과의 부작용

◇

한 대의 자동차가 긴 터널을 지나가고 있다. 차 안에는 한 손에 장난감을 든 아이가 타고 있다. 그것이 어떤 장난감인지는 모르겠다. 터널 안에 조명이 있기는 하지만 너무 간격이 멀어서 빛이 충분히 차 안으로 스며들지 못했다. 운전하는 남자와 조수석에 탄 여자가 있다. 아마도 그들은 아이의 부모일 테다. 뒷좌석에서는 정확히 그들의 얼굴을 보기 어렵다. 그러나 남자와 여자라는 것은 분명히 알 수 있었다. 아이는 얼굴을 보기 위해 발버둥 쳤다. 울고 떼쓰고 의자를 아무리 쳐봐도 그들은 고개를 돌리지 않았다. 이상한 꿈이었다. 알렌 할아버지는 며칠 만에 잠에서 깨어났다. 언제 잠이 들어서 언제 깨어났는지 전혀 느끼지 못할 만큼 깊은 잠이었다. 온몸에 식은땀이 흘렀다. 그리고 자기 집이라는 사실에 안도감을 느꼈다. 알렌 할아버지는 힘겹게 몸을 일으켜 핸드폰에 표시되는 날짜를 봤다. 벌써 3일이 흘렀다. 모르는 번호로 부재중 전화가 몇 통 와있다. 늘 그렇듯 동전이 걸렸다는 전화일 테다.

-엘리스로부터 온 부재중 전화 2통- 유일하게 번호가 저장된 부재중 전화다. 알렌 할아버지는 통화 버튼을 눌렀다.

"여보세요, 엘리스?" 알렌 할아버지가 말했다.

"어머나, 알렌 할아버지 왜 이렇게 연락이 안 돼요. 며칠째 포토부스에 나오지 않으시고. 무슨 일 있으세요?"

"아, 그게 나도 잘 모르겠구먼. 마치 큰 병을 앓은 것처럼 꼬박 며칠을 잠이 들었네. 살면서 이런 적은 처음이야."

"아휴, 이제 조금 괜찮으세요? 911 불러드릴까요?"
"아니네, 몸은 움직일 만하네. 도움이 필요하면 따로 연락하지."
"아! 맞다. 어떤 남자가 할아버지를 포토부스에서 기다리던데요. 약속이라도 하셨어요?"
"누가 나를 기다린다고? 동전이 걸려서 그런 것이겠지."
"글쎄요. 동전이 걸렸다고 하루 종일 기다리는 사람이 있나요? 그런 것은 아니었던 것 같아요. 무슨 할 말이 있어 보였어요."
"그래? 기억이 나지 않는데. 몸 좀 추스르고 나가보겠네."
"그래요. 할아버지 곧 봬요."

알렌 할아버지가 잠이 든 사이에 많은 일들이 많이 벌어져 있었다. 몹시 당황스러웠다. 아무리 고령이라도 해도 전에 이랬던 적은 없었다. 정기검진을 받아도 치매 소견은 없었기 때문이다. 마지막으로 포토부스에 갔던 날은 또렷이 기억났다. 그 뒤로 자신이 어떻게 집으로 돌아온 것인지는 모르겠다. 아까 엘리스가 말한 청년이 혹시 자신을 해치기라도 한 것일까? 포토부스의 동전이 탐이 나서? 아니면 자신만 아는 포토부스의 비밀을 그 청년이 눈치채기라도 한 것일까? 그렇다면 자신이 위험에 처했다는 생각이 들었다. 기력이 없는 몸이지만 창문 틈 사이로 주변을 살폈다. 지나가는 사람은 없었다. 알렌 할아버지는 주변이 어두컴컴해질 때까지 밖을 쳐다봤다.

1961년 6월 6일 하나의 별이 사라졌다. 우주에 몇 개의 별이 있는지 가늠하기조차 어렵지만 또 하나의 별이 사라졌다. 그 별의 이름은 칼 융이었다. 아주 아름다운 별이었다. 그리고 그가 만든 빛이 알렌 할아버지의 꿈속에서 깜빡였다. 빛이 보일 때마다 차에 타고 있던 남자와 여자의 형상이 어렴풋하게 보였다.

　나와 소니는 각자의 칫솔을 들고 양치질을 시작했다. 그리고 거울에 비치는 서로의 입을 쳐다봤다. 치아를 보여주는 행동은 왠지 모를 유대감을 형성했다. 보통 심리적으로 가깝지 않다고 느끼면 입을 꼭 다물기 마련이다. 입은 설명하기 어려운 비밀을 간직하는 기관이다. 서로의 치아와 치약의 거품을 보여주는데도 큰 망설임이 없다는 건 두 남녀가 서로의 내면을 볼 준비가 되었다고 볼 수 있다. 나는 소니의 작은 치아가 마음에 들었다. 사실 어떤 사람의 치아가 작다 크다고 말하기는 어렵다. 그럼에도 치아의 크기를 알고자 한다면 미세한 감각기관으로 측정해야 한다. 그 측정은 아무에게나 허락되지 않는다. 우리는 그것을 키스라고 부른다.

　시간을 돌아와 소니와 나눈 키스는 분명히 달랐다. 그게 소니라서 달랐는지 그날의 측정 방식이 달랐는지는 사실 지금도 모르겠다. 아무튼 그날 나의 혀는 소니의 치아 뒷면을 만지작거렸다. 나의 치아가 아니라 타인의 치아에 혀가 닿은 것은 그때가 처음이었다. 새로운 경험이었다. 누군가는 그게 뭐 대수냐고 할지도 모른다. 그러나 소니의 치아를 측정한 날 나의 마음은 더 커졌다. 마치 미지의 존재를 찾은 듯한 느낌을 줬기 때문이다. 그 작고 귀여운 소니의 치아가 소중하게 느껴졌다. 직설적이고 고집이 센 소니의 모습 중에서 내가 처음 발견한 나약함이라 생각했다. 그리고 내가 보듬어줄 것이 있다는 사실에 기뻤다.

　"소니야, 아, 해봐." 내가 말했다.

　"양치하는데 무슨 갑자기 아를 해보래. 더럽게."

"괜찮아, 이빨 좀 보게."
"아, 싫어. 내 이빨을 왜 본다는 거야."
"그냥 네 이빨이 귀여워서 그래." 나는 웃으며 말했다.
"아, 미쳤나. 귀여워할 게 따로 있지. 무슨 이빨이 귀엽대."
 소니는 결국 자기의 이빨을 쉽게 보여주지 않았다. 앙다문 입술이 그녀의 작은 이빨들을 덮고 있었다. 내가 소니의 이빨에 집착했던 이유는 그게 내가 가지고 있는 아니마였기 때문이다. 아니마는 남성의 무의식에서 한 부분을 구성하고 있는 여성적 심상이다.
 칼 융은 한 개인이 남성성과 여성성을 동시에 가지고 있다고 주장했다. 단지 남자는 남성성을 더 강하게 가지고 태어나며 여자는 여성성을 주된 내면의 심상으로 표출한다. 그러나 칼 융은 개인화를 거쳐 아니마와 아니무스를 포용해야 자기 이해를 할 수 있다고 생각했다. 나는 소니의 이빨을 통해 내면의 아니마, 즉 여성성의 존재를 발견한 것이다. 정신분석학자들은 자신의 아니마를 발달시킨 남성은 부드럽고 인내심이 강하며, 타인에 대한 이해와 배려 그리고 동정심을 보인다고 보았다.

*

 준비를 마친 소니와 나는 그레이트 오션 로드로 향했다. 두 번째로 가는 길이지만 여전히 첫 번째와 비슷하게 설 다. 소니는 무료한 일상에 찾아온 나와 함께 바다로 가는 것이 좋았고, 나는 지난번보다 더 나은 대답을 들을 수 있을지도 모른다는 기대감에 차 있었다. 나는 지금까지 소니와 나눴던 감정의 크기라면 적어도 이전보다는 더 나은 대답을 들을 수 있겠다고 생각했다. 이런 생각은 어디까지나 나의 의식에서 파생된 사고와 지각으로부터 왔다. 멜버른 시가지를 벗어나니 바다가 보인다. 바다는 빛이 투과되는 정도에 따라 그 빛깔을 달리했다. 해변과 가까운 쪽일수록 바다의 색깔은 옅은 에메랄드를 닮았다. 그리고 옅어진 만큼 그 밑에 어떤 것이 있는지 잘 보였다.

"오늘 날씨도 좋고 바다도 너무 예쁘다." 내가 말했다.

"어쩜 저렇게 같은 바다인데 색깔이 다양할까? 수평선과 가까운 쪽은 짙은 파란색이고 우리랑 가까워질수록 연해지다니."

"그러게, 저 깊은 바닷속에는 뭐가 있을까? 크고 무서운 물고기들이 살고 있겠지?"

"평소에 만날 수 있는 작고 예쁜 물고기가 아니라 상어나 기괴한 생명체가 있을지도 모르지."

"그래도 다들 저 바닷속에서 고요하게 살아가는 것 보면 조화를 이루고 있을 거야."

"저 안에 있는 미지의 존재를 만나게 돼도 아, 너는 이렇게 살고 있었구나. 나는 그동안 네가 이렇게 살고 있는지 몰랐어. 이렇게 말하면서 다가가면 나를 헤치는 일은 일어나지 않을지도 몰라."

"그래, 생김새는 조금 낯설어도 다 그렇게 생긴 이유가 있을 거 아냐. 더 깊은 바닷속에 살기 위해서는 그렇게 만들어져야 했을 거야."

"이런 이야기 좋아. 그냥 쟤는 왜 저래? 하고 넘어가는 것보다 더 서로를 이해하는 것 같아서." 소니가 말했다.

"누구나 다 그렇게 살고 싶을 거야. 그 내면을 바라볼 용기만 있다면."

"그렇지, 보통 자기 내면을 들여다보기 어렵잖아. 더 나아가 상대방의 내면을 보고 이해를 한다는 건 더 어렵겠지."

"쉽지 않지. 그래서 오해도 생기고 서로를 증오하는 마음도 들곤 하잖아. 그런 것들이 다 귀찮아지면 아예 사람과의 대화를 피하게 되고."

"그렇게 점점 혼자만의 동굴로 들어가게 되는 거지. 우리는 그러지 말자. 소니야."

"이 정도라면 한번 시도해 볼 수는 있을 것 같아. 아직 잘할 수 있다고 말은 못 하겠지만."

"그래, 당장 잘할 필요는 없어. 나는 그냥 너랑 같이 계속 시도해 보고 싶은 것뿐이야." 내가 말했다.

"혹시나 그게 잘 안되면? 그때는 어떻게 되는 건데? 내가 너를 지치게 할지도 모르잖아."

대답하기 어렵고 날카로운 질문이었다. 머릿속으로는 "계속 너랑 함께 갈 거야."라고 말해야 했으나 마음 깊은 곳에서는 "그렇게 쉽게 내뱉으면 안 돼."라고 말하고 싶은 질문이었다. 뭐라고 답해야 좋을까? 사고의 시간이 길어질수록 소니의 표정은 점점 굳어져 갔다. 소니가 듣고 싶은 답은 하나였다. 그렇다면 그 대답을 하는 것이 맞지 않을까?

"그래도 계속 잘해보려고 해야지. 조금 지친다고 너를 포기할 수는 없잖아." 내가 말했다.

"치, 엄청나게 고민하는 눈치였거든. 내가 마음에 안 들면 가라, 그래." 소니는 내 대답이 마음에 차지 않는다는 표정을 지으며 말했다.

"에이, 뭘 또 그렇게 말을 해. 가긴 어딜 간다고. 끝까지 네 옆에 있어야지."

"끝까지는 무슨. 나도 다른 사람 만나면 되지."
 역시 어려운 질문이었다. 그냥 뇌를 거치면 안 되는 질문이었다. 이런 질문은 생각할 시간도 없이 일단은 내지르고 봐야 하는 질문이었다. 계속 확신이 필요한 여자들이 자주 보이는 무의식적 행동이었다. 그리고 바다 깊은 곳에 사는 생명체의 신호가 들렸다.

10장.

매서운 의심의
눈초리

◇

 여전히 집 밖은 고요했다. 원래도 사람이 많이 지나다니지 않는 거리였다. 가끔 아이들의 웃음소리와 유모차를 끌고 가는 엄마들의 말소리가 들렸다. 알렌 할아버지는 아직도 밖에 나가지 못하고 있었다. 커튼 틈 사이로 한 마리의 맹수처럼 밖을 예의주시하고 있었다. 사람을 가장 불안하게 만드는 순간은 어떤 상대가 나를 위협하는지 특징짓지 못할 때다. 알렌 할아버지는 청년이라고 하면 모조리 수상하게 생각하고 있었다. 그것은 엘리스와 전화를 했을 때 다른 부가적인 설명도 없이 어떤 청년이 자신을 기다린다고만 했기 때문이다. 정보의 부재는 알렌 할아버지를 어제부터 집 밖으로 나오지 못하게 했다. 하지만 거리를 걸어 다니는 사람 대부분은 그저 자신의 목적을 가지고 걸어갈 뿐이었다. 당연히 포토부스의 비밀 따위는 그들에게 크게 중요하지 않다. 그게 자신들의 인생에 전혀 영향을 미치지 못하기 때문이다. 결국 문밖을 걸어 나와 세상과 마주해야 하는 것은 알렌 할아버지 자신이다.
 아직 해가 떠 있다. 그리고 문 앞에 세워둔 지팡이가 보였다. 저거라면 혹시 모를 상황에 도움이 될지도 모른다. 할아버지는 지팡이 아래에 붙은 고무를 떼어내고 뭉툭한 나무를 뾰족하게 만들기 시작했다. 그리고 나서는 다시 고무를 테이프로 붙여두었다. 그 청년이란 자가 다가올 때 언제든지 꺼내 그의 몸 어딘가에 상흔을 남기기 위해서다.
 "이 정도면 포토부스를 확인하러 나가봐도 되겠구먼."

끝을 날카롭게 만든 지팡이는 할아버지가 지금 믿을 수 있는 유일한 무기였다. 할아버지는 지금 정체를 모르는 청년에 대한 두려움에 떨고 있다. 평소보다 두꺼운 점퍼를 입고 조심히 문을 열었다. 며칠 만에 바깥 공기를 폐로 집어넣는지 모르겠다. 한 걸음 한 걸음이 가볍지 않다. 지하철역으로 가는 길에는 익숙한 와인 가게, Wines on Poath가 있다. 그리고 그곳의 주인인 알버트 씨는 오랜만에 보는 알렌 할아버지를 보고 반가워했다.

"알렌 할아버지, 며칠 안 보이시더군요, 어디 다녀오셨어요?" 알버트 씨가 말했다.

"아니네, 그냥 깊은 잠이 들었나 보네."

"깨어나고 싶지 않은 꿈이라도 꾸셨나 보네요. 마치 첫사랑과의 재회 같은?" 알버트 씨가 웃으며 말했다.

"글쎄, 그런 거였으면 차라리 나을지 모르겠구먼. 기억이 흐릿하긴 하지만. 혹시 수상한 청년이 이 동네를 다니는 걸 본 적이 없나?" 알렌 할아버지가 말했다.

"이 동네에 수상한 사람이 어딨어요. 다들 아는 사람들인데. 포토부스 나가려고 하시나 보네요?"

"그래야지. 며칠 못 가봤으니. 동전도 수거해야 하고."

"그래요, 조심해서 다녀오세요. 저녁에 와인 한잔하러 오시고요. 네비올로로 만든 좋은 와인 하나 들어왔으니까."

알버트 씨와의 대화는 세상이 변하지 않았다는 것을 느끼게 해주었다. 평소와 다르게 지하철은 한산했다. 며칠 깊은 잠이 들었다는 것뿐인데 알렌 할아버지는 세상과의 단절을 맛보고 온 것 같다고 생각했다. 손가락에 만져지는 의자의 촉감이 좋았다. 눈에 보이는 것을 보고, 코로 들어오는 냄새를 맡을 수 있다는 사실이 좋았다. 무엇이 알렌 할아버지를 두려움에 떨게 했었는지 모를 만큼 플린더스 스트리트로 가는 30여 분이 좋았다. 그리고 역에 도착하자 정체 모를 청년이 지금도 나를 기다리고 있을까? 라는 생각이 들었다. 알렌 할아버지는 주변을 살피고 지팡이를 꼭 쥐었다. 할아버지가 수십 년간 지켜온 포토부스를 지금 만나러 가야 한다. 누구도 그것을 훼손시키는 일을 하게 둘 수는 없다. 나이는 많이 먹었지만, 여전히 할아버지는 추억을 지키고 싶다는 의지가 있다. 포토부스에 점점 가까워질수록 온몸에 힘이 들어갔다. 어딘가에서 그 청년이 나타날 것만 같다.

"알렌 할아버지."

"어어. 누구야!" 알렌 할아버지는 가지고 있던 지팡이를 휘두를 겨를도 없이 그 자리에 주저앉고 말았다.

"할아버지 괜찮아요? 저예요. 앨리스." 놀란 앨리스는 할아버지의 팔을 잡고 일으켜 세웠다.

"아, 앨리스구먼. 갑자기 누가 뒤에서 말을 걸길래 나도 모르게 놀랐구먼."

"갑자기 주저앉으셔서 제가 더 놀랐어요. 마치 귀신을 본 것처럼 그러셔서."

"놀랐다면 미안하네. 잘 지냈는가? 전화 남겨줘서 고마웠네."

"그럼요, 저야 잘 지냈죠. 며칠 동안 역에 안 나오셔서 걱정 많이 했어요. 무슨 일이 있으셨던 거예요?"

"그냥 자고 일어났더니 며칠이 지나갔더군. 가끔 자고 일어났을 때 휴대폰에 나오는 시간을 보고 오전 오후가 헷갈려서 깜짝 놀랐던 적은 있었는데 이번처럼 깊이 잠이 들었던 적은 처음이구먼. 나이가 점점 더 들어간다는 뜻인지도 모르지."

"어휴, 약한 소리 하지 마세요. 할아버지가 안 계시면 우리 역의 자랑인 포토부스는 누가 관리해요. 자, 일어나세요. 제가 커피 한 잔 드릴게요."

"그러겠나?"

커피콩이 갈리는 소리와 함께 진한 고소함이 역 안에 퍼져나갔다. 그리웠던 소리와 냄새다. 평소에는 너무 익숙한 풍경이라 소중한지 몰랐던 그 작은 삶의 흐름이 따뜻하게 다가왔다. 갓 뽑아낸 커피 한 잔이 그렇게 향긋한지 몰랐다.

"할아버지, 여기요. 다시 돌아온 기념으로 제가 정성 들여 만들었어요." 엘리스가 커피를 건네며 말했다.

"고맙네, 앨리스. 그나저나 그때 말한 그 청년은 지금 여기 안 보이는구먼."

"그러게요. 어디 갔는지 오늘은 안 보이네요. 누군지 모르세요?"

"누군지 모르겠는데 말이야. 험상궂게 생겼나?"

"아니요, 그냥 평범하게 생겼었어요. 그냥 할 말이 있어서 왔다고만 했어요. 그 이외에 다른 목적은 없어 보였어요."

"그렇구먼. 나에게 무슨 할 말이 있길래 그러는 건지 참. 사실 좀 두려웠었다네."

"그래서 아까 그렇게 놀라셨었구나. 너무 걱정하지 마세요. 무슨 해코지 할 사람처럼은 안 보였어요."

"아무튼 고맙네. 앨리스 나는 동전이나 수거하고 다시 집으로 가 봐야겠구먼. 혹시나 그 청년이 다시 찾아오면 전화해 주게나."

"네, 그럴게요. 할아버지. 다시 만나서 반가웠어요."

앨리스와의 대화를 통해 할아버지가 가졌던 두려움은 대부분 사라졌다. 인간은 직관을 통해 위험 요소를 하나씩 제거해 나가고 안정감을 얻는다. 그것은 우리가 돈을 주고 물건을 사는 것과 비슷했다. 빈 곳에 채워진 물건이 무엇이든, 위험하지 않다고 생각되면 만족스러웠다. 인간이 계속 물건을 사는 이유였다.

*

소니는 바다에 집중하는 것처럼 보였다. 조금 전 대화가 신경이 쓰였던 나는 힐끗힐끗 그녀를 쳐다봤다. 두세 번 정도 고개를 돌린 나는 운전대를 잡았다. 가끔은 하고 싶은 말이 있더라도 하지 않는 편이 좋았다. 물론 그 문제가 말끔히 해결된 것은 아니었다. 바다 저 아래에는 그 크기를 가늠하기 어려운 생명체가 살고 있고, 호기심이 강한 나는 그 존재를 확인하고 싶어 했다. 그것이 나를 위협하는 생명체가 될지 아니면 유사시에 식량으로 사용될지 알고 싶었다. 재밌게도 소니는 그 생명체가 무엇인지 알고 있었다. 그래서 굳이 그것이 무엇인지 알고 싶어 하지 않았다. 소니 앞에서 그 생명체의 움직임은 한없이 고요했다. 수면으로 자주 올라오지 않는 그 생명체는 햇살이 그리울 때면 올라왔다. 깊은 바닷속에도 빛은 들어오지만, 쨍한 햇살이 주는 짜릿함은 달랐다. 고요한 바다를 가장 좋아하는 그 생명체는 자신의 터전에 만족하며 살아가지만, 분명히 알고 있었다. 거센 물결이 깊은 곳까지 한번 휘몰고 나가야 자기의 터전이 풍요로워진다는 것을. 그래서 수면에 나와 햇살을 한 움큼 쥐고 다시 바다로 들어가는 것이다. 그리고 그 생명체가 올라올 때 생긴 물결은 소니와 나를 집어삼켰다.

 두 번째 오는 그레이트 오션 로드는 여전히 아름다웠다. 도로의 끝에 무엇이 있는지 알 수 없지만, 계속 달려보는 것만으로도 충분히 가치 있었다. 적어도 나는 그렇게 생각했다. 조금 바뀐 상황이 있을 뿐 여전히 나는 도로 위를 달리고 있다. 시간을 돌아와 가장 기분이 좋은 이유는 다시 이 도로를 달릴 수 있다는 사실이었다.

"지미야, 라이스 크리스피 먹을래?" 소니가 말했다.

"그거 여전히 좋아하는구나? 예전에 우리 미국에 있을 때 많이 먹었는데."

"내가 이거 알려주고 나서 많이 먹었잖아. 하루에 한 통씩 먹고 그러길래 내가 그만 먹으라고 했지."

"너무 맛있지 않아? 입에서 막 녹잖아. 미국 과자 너무 짠데 이건 유일하게 맛있었던 것 같아." 내가 말했다.

"맛있긴 하지. 예전에 너 베키 아주머니랑 같이 살 때 생각난다. 캑터스가 우리가 사둔 라이스 크리스피 다 먹었던 거. 베키 아주머니는 설탕이 건강에 안 좋다고 아이들한테 단것 안 사주니까 캑터스가 이때다 싶어서 와그작와그작 먹었던 것 귀여웠는데."

"아, 그때 베키 아주머니가 애들이 우리 과자 먹어서 미안하다고 했었는데. 네가 괜찮다고 그냥 과자일 뿐이라고. 그때 좀 멋있어 보였어. 뭐랄까? 마음이 커 보였달까?" 내가 말했다.

"그래, 과자인데. 애들이 먹고 싶어 하는 것도 당연하고. 물론 너 먹으라고 사둔 거긴 한데 우리야 또 사면 되니까. 무엇보다 너랑 코스트코 가서 장보고 하는 게 재밌었어."

"나는 네가 혼자 내 코스트코 카드 들고 가서 사과 한 박스 사 왔을 때가 제일 신기했어. 캐딜락 딜러 하시는 분 차를 얻어 타고 돌아올 줄 누가 알았겠어."

"여자 혼자 사과 박스 들고 가니까 도와주고 싶었겠지." 소니가 크게 웃으며 말했다.

"옆에서 사장님은 대단하다고 신이 나셨는데 나는 솔직히 심장이 철렁했었거든. 길도 잘 모르는 애가 웬 낯선 사람 차를 타고 왔다고 하니까."

"참나, 내가 아무 사람 차나 탔겠니? 다 보고 괜찮아 보이니까 타고 왔지. 그리고 내가 어디 가든 이쁨받는 스타일이잖아." 소니는 특유의 능청스러운 표정을 지으며 말했다.

나는 소니의 너스레에 무슨 말을 해야 할지 생각이 나지 않았다. 그날의 기분이 떠올라서였다. 내가 일을 하던 가게에 소니가 놀러 왔을 때 누구보다 기뻤지만, 그녀가 정체 모를 남자의 차를 타고 왔다고 했을 때 웬지 모르게 화가 났었다. 조금 복합적인 감정이었다. 걱정 한 숟가락과 불안함 세 숟가락, 그리고 시기심 두 숟가락이 섞인 양념은 나의 미각을 예민하게 했었다. 그래서 쓴웃음과 함께 입을 열 수가 없었다. 그때의 맛은 5년이 지난 지금도 기분이 좋지 않은 맛이었다.

바다의 향이 눈썹을 스치고 지나갔다. 조금은 습한 그 향이 눈가에 와닿아서 눈을 깜빡이게 했다. 한번 눈을 깜빡이자, 소니를 처음 만났던 그날이 한 장의 사진처럼 떠올랐다가 사라졌다. 두 번째 눈을 깜빡이자, 로타와 나 호수에 둘이 앉아 별을 보던 뒷모습이 아른거렸다. 그날의 공기는 이리저리 떠돌다 오늘에서야 바다의 향에 업혀 왔다. 그러고는 잔향도 남기지 않고 사라졌다. 냄새는 계속 콧잔등에 머물렀고 후각세포는 익숙해진 그 향을 더 이상 새롭다고 생각하지 않았다. 좋은 향이든 나쁜 향이든 익숙해지면 무덤덤해진다. 다시 그 향이 그리워 찾으려 하면 오랜 시간 숨을 참고 기다려야 한다. 그렇게 얼마 동안의 시간이 흘러야 한다. 향에 따라 그 시간은 다르게 책정됐다. 소니가 내게 전해준 향들은 족히 5년이란 시간을 참게 했다. 미국에서 만들어진 향이 호주까지 오는 데 걸리는 시간이었다.

 12사도 바위에 도착한 두 사람은 주차장에 차를 두고 기지개를 켰다. 3시간을 꼬박 달리는 운전은 아무래도 몸을 뻣뻣하게 했다.
"운전한다고 고생했어. 지미야."
"오랜만에 운전하고 좋네. 풍경이 너무 좋아서 운전할 맛도 나고."
"운전하니까 예전에 너 처음 차 샀을 때 기억난다. 운전면허도 없는데 차부터 무턱대고 사서 몇 달을 집 앞에 세워뒀잖아."
"나도 운전면허 따는 데 그렇게 오래 걸릴 줄은 몰랐지. 실기시험 칠 때마다 같이 간 지오반니가 한숨을 푹푹 쉬었지. 왜 스쿨버스가 있는데 갔냐고." 내가 웃으며 말했다.
"뭐라고 했는데 넌?"
"나는 스쿨버스가 뭉그적거리길래 먼저 가도 되는 줄 알아서 아주 천천히 액셀을 밟았을 뿐이라고. 내 딴에는 스쿨버스를 배려해서 굼벵이 기어가듯이 갔는데 말이야. 감독관이 눈이 뒤집혀서 탈락이라고 하는 거 있지."
"미치겠다 진짜. 평상시면 몰라도 운전면허 시험 치러 가서 그랬다는 사람은 처음 봐"

"뭐 어때 이제 운전 잘하는데. 가고 싶은 곳 있으면 어디든 너 데려다줄 수 있잖아."

"그래, 시험은 여러 번 떨어졌어도 지금까지 큰 사고 없이 운전하고 다니면 됐지. 네가 특이한 곳 많이 데려가 줘서 고마웠기도 하고."

"그럴 때마다 운전면허 따기를 얼마나 잘했다고 생각했는데."

"아이고, 아주 칭찬해요. 지미 씨. 인제 그만 가보자. 12사도 바위로." 소니가 너스레를 떨며 말했다.

소니의 말이 끝나자, 모래바람이 불어왔다. 미세한 모래는 소니의 볼을 쓰다듬었고 두 사람의 손등을 어루만졌다. 모래는 따뜻했다. 그 모래 입자는 12사도 바위에서 떨어져 나왔다. 시간을 돌아오게 만든 비밀의 재료는 한 줌도 안 되는 이 모래였을까?

12사도 바위로 가는 길 양옆은 낮은 풀들이 무성했다. 건조한 사막 기후에서 자라난 뾰족한 이파리들은 얼마나 대견한가. 거친 해풍과 바다 향은 그들에게 익숙하다. 새로 태어난 이파리들은 적응의 시간을 가질 것이다. 나이 든 이파리들이 새로 태어난 이파리들을 다독이고 인생의 진리를 알려줄 테다. 그리고 쭈글쭈글해진 몸을 떨구고 새로운 세대에게 햇빛을 선사할 것이다. 저 풀들은 기억할까? 나지막이 울려 퍼진 사랑의 선언을 말이다. 나는 12사도 바위 앞에서 소니에게 말했다.

"저 바위가 다 사라지기 전에 나랑 다시 이곳에 와줄래, 소니야?"

4년 전 내 앞에 갑작스럽게 나타났던 소니는 미국 교환학생을 마치고 호주로 워킹 홀리데이를 떠났다. 마지막으로 그녀를 공항에 데려다주던 날은 잘 기억나지 않는다. 정확히 말하자면 기억하지 않고 싶다는 편에 가까운 것 같다. 그냥 그날 일어난 모든 일을 부정하고 싶었다. 언젠가는 일어날 일이라는 것을 알고 있었지만 내심 그날이 오지 않기만을 바랐다. 소니는 떠나기 3일 전부터 짐을 싸느라 짜증을 냈다. 무엇을 빼야 할지 도저히 몰랐기 때문이다. 그녀는 아주 작은 기념품에도 각각의 의미를 부여했다.

"이 수건 같이 생긴 건 뭐야, 소니야?" 내가 말했다.

"교환학생들 오리엔테이션 때 나눠줬던 기념품 세트에 들어있던 목도리야. 수건이 아니라."

"나는 왜 이런 것 못 받았지? 나는 교환학생도 아니고 여기 정식 학생인데. 엄청 예쁜데?"

"그렇지? 해리포터 보면 학교마다 다른 문양의 가운을 입고 있잖아. 이렇게 살짝만 두르면 헤르미온느 같지 않아?" 소니가 까르르 웃으며 말했다.

"응, 예뻐. 조금 탐나는데? 이거도 가져갈 거야? 갑갑하다고 목도리도 잘 안 하면서."

"당연하지. 내가 여기서 받은 첫 선물인데."

소니는 컵, 엽서, 피규어 등, 방 안에 있는 모든 물건에 의미를 담았다. 그걸 다 기억하는 소니도 대단했다. 더 이상 캐리어에 작은 향수병도 들어가기 힘들 때가 되어서야 그녀는 체념했다.

"아... 이제 진짜 공간이 없는데…. 포스터 모은 것들은 어떻게 하지? 구겨 넣을 수도 없고."

"그러게, 포스터 보관함은 캐리어에 안 들어갈 건데. 버리기에는 너무 아깝다. 우리 빈티지 가게랑 벼룩시장 가서 샀던 것들도 있는데."

"이건 네가 잘 보관하고 있어. 우리가 언제 다시 만날지 모르지만, 그때 나 챙겨줘야 해. 알았지?"

"야... 나도 여기 떠날 때 가지고 갈 짐들이 한가득일 텐데 어떻게 그때까지 가지고 있냐. 양아치니?"

퉁명스럽게 말했지만, 사실 기분이 좋았다. 소니의 손때가 묻은 물건이, 그녀와 한여름날 뙤약볕 아래에서 같이 서성였던 시간이 내 곁에 머물러줘서 좋았다. 소니는 국제 배송으로 얼마든지 그 포스터들을 보낼 수도 있었을 테다. 이미 두 박스의 옷을 그렇게 호주로 보냈으니까. 소니는 그런 방식으로 나와 함께한 시간을 기억하고 싶었을까? 아니면 그냥 버리기 아까운 물건이니 네가 대신 가지라는 의미였을까? 여전히 진실은 진흙탕 속에 묻혀 있었다.

 소니가 호주로 떠나고 나서도 종종 우리는 스카이프로 통화를 했다. 시간이 달라진 탓에 누군가는 밤을 지새워야 했지만, 누구 하나 그것에 대해서 불만을 품지 않았다. 미국에서 파란불이 들어오면 호주에서는 빨간불이 켜졌다. 그것은 두 사람만 아는 신호였다. 아무리 멀리 있어도 어느 한쪽에서 불이 켜지면 자연스레 반대쪽 불이 켜졌다. 그 거리는 중요하지 않았다. 밤이 되고 낮이 되어도 불빛이 우리를 이어주었다. 새벽 4시, 나는 집 앞 소파에 누워 소니가 조잘거리는 소리를 들었다. 바로 위에 있는 베키 아주머니의 방까지 우리의 말소리가 흘러 들어가면 베키가 잠을 설칠 거라는 생각은 하지 못했다. 나중에 거기에 대해서 베키가 말을 꺼낸 적이 있다. 어찌나 새벽에 전화해 대는지 귀마개를 낀 적도 있었다고. 그때는 조금 죄송한 마음이 들었다. 나는 그렇게 아침 해가 밝아오면 다시 방으로 들어가 학교에 갈 준비를 했다. 그래도 피곤한지를 몰랐다.

가끔 소니는 잠이 오지 않는다며 영상통화 버튼을 눌렀다. 만성적인 불면증에 시달리는 소니를 보며 나는 어떻게 하면 좋을지 생각했다. 우리는 통화가 길어질 것을 대비하여 충전기를 꽂아두고 노트북을 켜거나 핸드폰을 거치해 뒀다. 주로 일상적인 대화가 주를 이루었지만, 똑같은 패턴의 반복은 소니가 잠이 들게 하지 못했다. 그래서 생각해 낸 방법은 라디오 DJ가 되는 것이었다.

"2월 20일 소니의 잠이 오지 않는 밤에. 지금 밖에는 비가 내리고 있네요. 소니가 있는 곳은 어떤가요? 맑은 하늘인가요? 당신이 있는 지구 반대편에는 고요함이 가득했으면 좋겠네요. 어때 소니야? 라디오 DJ 같아?"

"그럴싸한데? 신청곡은 안 받나요?" 소니가 웃으며 말했다.

"신청곡? 지금 집에 사람들 다 있는데. 노래를 어떻게 불러."

"노래 안 나오는 라디오가 어디에 있어. 시사 프로그램도 중간에 노래는 틀어주겠다."

"어떤 노래 듣고 싶은데?" 나는 쭈뼛거리며 말했다.

"예전에 네가 강가에서 불러줬던 노래 뭐였지?"

"Eric Benet - Still with you 말하는 거야?"

"응, 맞아. 그거 불러줘."

"잠시만 부끄러우니까 창문 좀 닫고. 딱 한 곡만이다."

"알겠어. 욕심 안 부릴게."

"Close your eyes, go to sleep. Know my love is all around. Dream in peace, when you wake. You will know I'm still with you."

이 노래만큼 당시 나의 마음을 잘 대변해 주는 노래는 없었다. 아주 짧은 순간일지라도 그때는 그랬다. 생각과 감정은 언제나 요동치며 변하는 것이지만 일시 정지 버튼을 눌러 그 순간을 남긴다면 분명 두 사람은 함께 하고 싶어 했다. 서로의 거리가 아무리 멀다고 해도 들려오는 노랫말은 그렇게 기억되었다. 소니가 스르륵 잠들고 나서야 그날의 라디오 방송이 끝이 났다.

"소니야, 잘자. 다시 잠에서 깨어날 때까지."

11장.

조금은
야릇한 이야기

◇

 맑았던 하늘이 삽시간에 흐려졌다. 한바탕 비라도 쏟아질 것만 같았다. 수평선 너머 몰려오는 비구름이 거대한 파도와 함께 이쪽으로 다가오고 있었다.
"오늘 비 온다고 했었나? 날씨 봤을 때 맑음이었던 것 같은데." 나는 하늘을 보며 말했다.
"그러게. 폭우가 쏟아질 것 같은데? 지미야, 너 구름 보는 것 좋아하잖아. 네가 보기에 저 구름이면 비가 얼마나 올 것 같아? 오늘 집에 갈 수 있을까?"
"흠... 난층운 같아 보이는데 구름 꼭대기가 6km 정도까지 뻗어 있는 걸 보니 꽤 많이 올 것 같아. 어떡할까? 너 저녁에 할 일 있으면 지금이라도 빨리 돌아가고."
"그래도 3시간이나 운전해서 여기까지 왔는데 이렇게 후다닥 돌아가면 너무 아쉬운데…. 지금이라도 가야 하나?"
"조금 더 있으면 폭풍우 사이를 운전해야 할 건데 너무 위험할 거야. 아쉽지만 갈 거면 지금 가야 하고."
"그래야겠지? 어떡하지."
 소니는 속으로 '이 멍청한 자식을 어떻게 하면 좋지?'라고 생각했다. 물론 남녀 간의 견해차에서 발생하는 작은 소동이었고, 소니와 비슷한 반응을 보였던 여자들이 나의 과거에 몇 명 있었다. 그 당시에도 나는 지금처럼 여자들의 언어를 이해하지 못했었다. 사실 극소수의 눈치 빠른 남자들이 아니면 여자들의 시그널을 바로 알아차리기는 어려운 일이다. 같은 영장류 동물이고 같은 언어를 쓰지만 태어날 때부터 여자와 남자는 다른 뇌 구조를 가진 동물이다. 다른 두 동물이 만드는 조화는 아름답기도 하지만 지금처럼 소통의 문제를 만들기도 했다. 시간이 점점 흘러감에 따라 '아, 그래서 그 여자는 그랬었던 거구나.'라는 깨달음의 순간이 많아졌다. 신기하게도 깨달음의 시간은 역행한다. 몇 달 전에 일어났던 일부터 10여 년 전 청소년기에 있었던 일까지 예견된 퍼즐처럼 맞춰졌다. 실수라고 말할 만큼 그 당시가 아쉽거나 후회되지는 않았지만, 그때 내가 왜 그랬었을까? 라는 반문을 하게 되었다. 그리고 가끔 순수의 시대에 살았던 나의 모습이 귀엽게 느껴졌다.

 단둘이 술을 마시고 취기에 키스하는 여자를 무조건 집에 보내야 한다고 생각해서 택시에 태워 보냈던 기억. 한밤중에 영화를 보자고 집으로 오라고 해서 정말 영화만 딱 보고 왔던 기억. 공원 벤치에서 무릎 위에 올라탄 여자가 결국 모텔에 가자고 말을 꺼내고 나서야 따라갔던 기억. 참 별의별 일이 다 있었다. 그와 비슷한 일이 지금도 일어나고 있다. 비가 올 것 같으니 빨리 집에 돌아갈 생각을 먼저 하는 내가 있다.

"아, 친구가 여기 근처에 수제 초콜릿이랑 치즈 파는 가게 있다던데. 예전부터 거기 가보고 싶었어." 일부러 소니가 시간을 끌려는 듯 천천히 말했다.

"아, 진짜? 이름이 뭔데? 얼마나 먼지 찾아보고 가는 길이면 들렀다 가자."

 한 번에 말뜻을 알아차리지 못한 나를 위해 소니는 관용을 베풀었다. 소니에게 그곳을 가든 가지 않든 별로 중요한 일은 아니었다.

소니는 생각했다. 비구름아, 올 거면 좀 빨리 와서 흠뻑 도로 위를 적셔라. 오늘 멜버른으로 돌아가지 못할 만큼.

 소니가 말한 가게는 12사도 바위에서 차로 10분 남짓한 거리에 있었다. 멜버른으로 돌아가는 갈림길에서 왼쪽으로 가면 만나게 되는 작은 가게들이었다. 먼저 눈에 들어온 것은 알파카들이었다. 꼬마들은 알파카에게 먹이를 주며 유년기의 추억을 쌓고 있었다. 소니는 알파카가 너무 귀엽다며 자기도 같이 사진을 찍고 싶다고 했다. 그렇게 몇 장의 사진을 찍어줬다. 나는 점점 다가오는 비구름을 보며 시간을 자꾸만 확인했다. 소니도 나의 초조함을 모르는 것이 아니었다. '저놈의 자식은 아주 그냥 집에 갈 생각만 하고 있구먼.' 소니는 눈치도 없는 나의 손을 부여잡고 각종 초콜릿과 치즈를 시식했다. 그렇게 두 시간이 지나갔다.

"소니야, 이제는 출발해야 할 것 같은데?" 내가 말했다.

"아, 진짜. 조금만 더 있다가 가자. 멜버른 돌아가면 다시 여기 오기 힘들잖아." 소니가 조금 짜증을 내며 말했다.

"비 쏟아지면 운전해서 가기 힘들 텐데."

"그러면 여기 어디 근처에서 자고 내일 일찍 가면 되지. 비가 온종일 오지는 않을 거 아냐. 이 멍청아."

 결국 답답함에 소니는 그 말을 내뱉고 말았다. 나는 아무 말도 할 수가 없었다. 단지 무언가 잘못되었다는 건 바로 느낄 수가 있었다. 그리고 근처에 있는 숙소를 구글링하기 시작했다. 소니의 얼굴에서 예전에 만났던 여자들의 표정이 겹쳤다. 택시에 타서 창밖을 쳐다보던 그 여자. 같이 이불을 덮고 야한 영화를 틀던 그 여자. 모텔이 익숙한 듯 자연스레 불을 켜고 들어가던 그 여자. 다 다른 얼굴들을 가진 여자들이지만 하나같이 같은 표정을 짓던 여자들이 한 날한시에 나타났다.

*

 모로코의 작은 식당, Yalla Yalla에 들어간 파올로와 나는 가장 구석진 자리에 앉았다.
"아까 자네가 설명한 양자럽학의 제1 법칙은 방에서 말해줬었는데 혹시 다른 법칙도 존재하나?"
"아직 증명하고 있는 학문이라 섣불리 말하기는 어렵지만 몇 가지 가설을 세우고 있지."
"제1 법칙도 흥미로웠는데 다른 법칙들도 너무 궁금하구먼. 혹시 하나 정도 더 꺼내줄 수 있나?"
"음... 제1 법칙이 A 지점에서 B 지점으로 가는 힘에 관한 법칙이라면 제2 법칙은 방향에 관한 거라고 하면 되겠네,"
"거참, 좀 알아듣기 쉽게 설명해 주게나, 나는 과학 전문 기자가 아니라서 자네처럼 물리학 용어로 설명하면 이해가 잘 안된다는 말이지." 파올로가 머리를 긁으며 말했다.
"그러면 이번에도 사람의 언어로 풀어서 설명을 해주지."
"그래, 우리 좀 사람의 언어로 대화를 하자고."
"우리가 각기 다른 하나의 원자라고 생각해 보자고. 우리는 지금 원래 살던 곳이 아닌 모로코에 와서 만나게 된 거지. 그렇지?"
"그렇지. 나는 원래 이탈리아에서 살고 있으니까."
"제1 법칙은 당신이 어떤 이유에서든 여기 이곳으로 오겠다고 하는 선언에 관한 내용이었어. 그렇다면 다시 언젠가는 이탈리아로 돌아가겠지? 이런저런 일을 겪으면서 말이야."
"그렇지. 출장이 끝나면 나는 돌아가야지."

 양자럽학 제2법칙: 사랑이란 이쪽 정상상태에서 저쪽 정상상태로 항상 오가는데, 그 이동 과정에서 여러 가지 빛나는 감정을 방출하거나 흡수하기도 한다.

"이게 사람의 언어로 표현할 수 있는 제2 법칙이겠네." 나는 파올로가 알아들었겠거니 짐작하듯 눈을 끔뻑이며 말했다.
"정상상태라. 어떤 상태가 정상상태라고 생각하는 건데?"
"흠… 실례가 안 된다면 지금 여자 친구나 사랑하는 사람이 있나?"
"여자 친구야 뭐 많지. 모로코에 와서도 벌써 몇 명 만들었는걸?"
"이탈리아 사람 아니랄까 봐. 내가 보기에 자넨 지극히 정상상태에 있는 것 같구먼."
"진정으로 사랑하는 여자 친구가 없는 게 정상상태라는 말인 건가?"
"꼭 그렇지는 않지. 사실 애인의 여부보다 중요한 것은 자네의 원자가 이동을 하면서 화학적 반응을 보이냐 안 보이냐의 차이라고 봐야겠지. 짝사랑을 하는 사람도 얼마든지 정상상태가 일 수가 있으니까."
"제1 법칙에서는 사랑이 영원한 상태로 간다는 말로 들렸는데 왜 제2 법칙에서는 다시 원점으로 돌아온다고 말하는 건가?"
"그래서 특수한 조건에 대해서 말했었잖아. 우연히 만난 것처럼 사랑이 시작돼도 나는 너를 사랑한다는 선언을 지속해서 생산해

내야 영원을 향해갈 수 있다고. 자네는 그럴 수 있겠나?"
"글쎄 나는 모두 다 사랑하는데 말이야. 특히 어제 클럽에서 만난 프랑스 여행객이 가장 사랑스럽고."
"왜 다른 여자들보다 지금 그 사람이 가장 사랑스러운 건데? 그래서 10년이 지나도 계속 그녀에게 사랑한다고 선언할 수 있고?"
"흠... 그건 장담하지 못하겠네. 그녀의 붉은 머릿결이 계속 윤기가 난다면 가능할지도 모르겠지만."
"그래, 그래서 영원한 사랑이 흔하지 않은 거야. 그렇게 화학적 작용이 무한대로 일어나지 않으면 우리는 다시 정상상태로 돌아가지."
"그러면 자네는 그런 사랑을 할 수 있다고 생각하나?"
"나도 잘 모르겠어. 그럴 수도 있을 것 같은 사람이 단 한 명이 있기는 한데. 그건 시간이 지나고 봐야 알겠지? 나도 가끔은 사막 한 가운데에서 신기루 같은 걸 보거든."
"일단 공부는 이쯤하고 한잔하지. 내일 자네가 모로코를 떠나면 이런 기회도 흔치 않을 테니까."
그렇게 정상상태에서 막 벗어난 두 남자는 한 손에 맥주잔을 한 손에는 포크를 쥐었다. 이쪽 정상상태에서 저쪽 정상상태로 가려면 배를 든든히 채워야 한다.

비가 내리기 시작했다. 두 사람이 탄 차의 앞 유리에 물방울이 쌓여 흘러내리고 있다. 물방울의 움직임은 위에서 아래로 중력을 따라 한 줄기 선을 그어 내리고 있다. 이미 지나가 버린 그 자국들 위에 또 다른 선이 그어지고, 창문에 한 층씩 막을 형성해 갔다. 그렇게 창문이란 도화지 위에 빗방울이 그린 누군가의 초상화가 그려지고 있었다.

"자, 이거 좀 먹어봐." 소니는 좀 전에 들렀던 가게에서 산 치즈와 초콜릿을 나의 입에 넣어 주고 있다. 점점 굵어지는 빗방울 때문에 고개를 옆으로 돌리지 못하지만, 살짝 바라본 시선에는 소니의 손이 보였다. 비가 내리는 날에 소니의 손에서 나는 Cath Kidston 핸드크림 냄새가 더욱 짙어졌다. 무거워진 향기 입자가 빠르게 흩어지지 못하고 아주 천천히 움직이기 때문일지도 모른다.

"잘 골랐다. 소니야. 엄청 맛있는데?" 내가 치즈를 오물오물 씹으며 말했다.

"그렇지? 아무리 비가 와도 맛있는 건 포기할 수가 없는 거야. 뭘 그렇게 집에 못 갈까 봐 걱정만 하는 건지. 숙소는 알아봤어? 여기 근처에 많이 없을 건데?"

"오늘 못 가면 네가 해야 할 일 못 하게 될까 봐 그런 거지. 급하게 예약하느라 무슨 오두막같이 생긴 숙소 하나 찾았는데, 그것도 놓치면 이 폭우 속에서 오지도 가지도 못할까 봐 부랴부랴 예약했지. 여기서 조금만 가면 돼."

"오래돼서 비 새고 그런 건 아니지?"

"사진으로 보니까 톰 소여의 모험에 나올듯한 오두막이던데? 우리 예전에 <매디슨 카운티의 다리> 보고 나서 영화에 나왔던 다리 찾아갔던 적 있잖아. 딱 그 동네에 있을 법한 오두막이었어."

"하긴 이 근처에 큰 마을도 없으니 숙소도 많이 없겠다. 하루니까 뭐 잠만 자면 되지."

"그런데 갈아입을 옷을 둘 다 안 가져왔는데 어떡하지?"

"클린트 이스트우드 아저씨도 영화에서 보면 우연히 여자 혼자 있던 집에 일주일 정도 머물면서 그 여자가 건네준 남편의 옷을 빌려 입잖아. 혹시 숙소에 가서 주인분에게 하루만 갈아입을 옷이 없냐고 부탁해 보면 안 될까? 너무 급하게 오느라 옷을 못 챙겨 왔다고."
"너무 실례되지 않으려나?"
"그렇다고 젖은 옷은 벗어두고 나체로 둘이 있을 수는 없잖아. 혹시 모르니까 가서 물어는 보자."
 그림을 그리는 방식은 다양하다. 스케치를 미리 해두고 채색을 하는 사람도 있고 무작정 여기저기 물감을 뿌려둔 다음에 어떤 모양이 나타나길 기다리는 사람도 있다. 스케치를 미리 해두는 타입인 나는 자신과 다른 방식으로 그림을 그리는 소니가 잘 이해되지 않았다. 물론 소니가 유별나다고 할 수는 없다. 살면서 소니와 비슷하게 그림을 그리는 사람을 종종 봐왔기 때문이다. 마치 핸드폰 배터리가 다 꺼질 때까지 밖을 돌아다니다가 무작정 아무 가게나 들어가서 충전 좀 해도 되냐고 하는 사람들처럼. 그걸 받아주지 않으면 충전기 있는 거 아는 데 좀 쓰면 안 되냐고 마치 자기 물건인 양 말하는 사람들처럼. 물론 소니가 그렇게까지 했던 적은 없었고 숙소에 가서도 치즈와 초콜릿 한 봉지를 건네며 정중하게 부탁하리라 생각했다. 그럼에도 나와 다른 삶의 방식을 온전히 받아들이기는 힘들었다. 더군다나 폭우를 뚫고 어디에 있는지도 모르는 옷 가게를 찾아갈 수도 없는 노릇이다.
 잠시 뒤 안개가 자욱한 언덕 위로 오두막이 나타났다. 빛바랜 나무 집과 쏟아지는 비는 이름 모를 화가에게 최고의 피사체가 될 것이다. 우르르 쾅쾅 천둥소리에도 차가 올라오는 소리가 들렸는지 노부부는 손님을 맞이하기 위해 우산을 들고나왔다.

"어서 오세요. 이 날씨에 여기까지 오느라 고생이 많았네요. 짐은 따로 있나요?" 노부부가 말했다.

"안녕하세요. 비도 오는데 안 나오셔도 돼요. 급하게 오게 된 일정이라 따로 짐도 없고요."

"그러면 바로 방으로 안내하죠. 옷도 다 젖었는데 수건이라도 더 챙겨드릴까요?"

"혹시 실례가 안 된다면 하루만 빌려 입을 옷이 있을까요? 아무 옷이라도 상관없어요. 추가 비용도 지급할게요." 내가 말했다.

"손주들이 입던 옷들이 어디 있을 텐데 한번 찾아보죠. 우리 집에 오신 손님이 감기에 걸려서 돌아가게 할 수는 없으니. 우선은 방에 가 있으세요. 찾아보고 가져다드리죠."

"아, 너무 감사합니다."

"거봐, 물어보면 될 수도 있다고 했지?" 방으로 들어오자마자 소니는 나의 소매를 잡고 말을 이어갔다.

"그렇긴 한데 마음이 편하지는 않네. 물론 갑자기 이렇게 된 일이고 준비를 해오지 않았으니까 어쩔 수 없다고 생각해야겠지만."

"너는 너무 혼자 다 해결해야 한다는 생각이 강해. 좋게 말하면 책임감이 강한 거고, 나쁘게 말하면 고독함을 쫓는 거야. 어떻게 혼자서 모든 일을 다 하냐? 내가 못 하면 다른 사람한테 부탁할 줄도 알아야지." 소니가 꾸짖듯이 말했다.

그림을 그리는 방식이 다르면 사물을 보는 관점도 달라진다. 나와 소니는 서로 이해하지 못할 관점을 가지고 있었다. 혼자서 싸움을 이어가려는 남자와 무리를 지어서 싸움하려는 여자의 방식처럼.

12장.

피에몬테산
네비올로

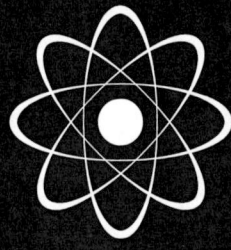

◇

냉정과 열정 사이에는 안개가 가득 차 있다. 두 가지 상반된 개념 간의 거리를 측정하기는 어렵다. 어떤 날은 KTX를 타고 가고 어떤 날은 무궁화호를 타고 가기도 하니까. 측정하기 어려운 그 거리를 가득 채우고 있는 안개는 거무튀튀한 도마에 파스타를 만들려고 남겨둔 밀가루를 뿌려놓은 것 같다. 그리고 수백 년 전부터 이탈리아의 피에몬테 지역에 사는 사람들은 그 안개를 모아서 와인을 만들었다. 안개라는 뜻을 가진 네비올로 품종은 그렇게 세계 최고의 와인 중 하나로 만들어진다.

집으로 돌아오는 길에 알렌 할아버지는 와인 가게 사장님이 아침에 흘려 말했던 말이 생각이 났다. 네비올로로 만든 좋은 와인이 들어왔으니, 저녁에 들렀다 가라고 했던 말. 알렌 할아버지는 그 말이 생각이나 바로 집으로 돌아가지 못했다. 네비올로가 가진 이름값은 사람을 홀리게 만든다.

"알버트, 아침에 말한 그 와인 맛 좀 봐도 되겠나?" 알렌 할아버지가 말했다.

"알렌 할아버지 포토부스에 다녀오시는 길인가 보네요. 당연하죠. 저쪽 테이블에 앉아 계세요. 금방 잔 가져다드리죠."

알렌 할아버지의 옅은 미소가 여실히 보였다. 와인을 즐겨 마시는 사람들에게 네비올로라는 단어는 그냥 흘려듣기 힘들며, 그 와인을 마시고 있는 와중에도 더 마시고 싶다는 생각을 들게 한다. 한 손에 두 개의 와인잔을 포개어 알버트는 걸어왔다. 분명 여러 잔의 와인을 마셨을 것으로 보이지만 그는 또 다른 한 잔의 와인에 탐을 냈다.

"오늘, 이 동네 와인 애호가는 다 왔다 간 것 같아요. 어찌나 이 와인을 찾아대는지. 괜히 동네방네 알려줬나 싶더라고요."

"안 그래도 바빠 보이는구먼. 다행히 내가 맛볼 한병의 와인이 남아 있다니 기분이 좋구먼."

"금주법이 시행된다고 하더라고 알렌 할아버지를 위한 한병의 네비올로는 남겨둬야죠. 그게 저와 할아버지와의 의리 아니겠어요?" 알버트가 웃으며 말했다.

"그래, 어떤 와인인지 한번 맛보자고."

"미켈레 끼아를로, 바롤로 '체레퀴오' 2013 빈티지에요. 묵히면 묵힐수록 좋은 와인이지만 10년은 넘었으니 오늘 마시기에도 충분하죠."

"미켈레 끼아를로... 대단한 와이너리지. 내가 1970년 가을쯤 그 와인을 처음 맛봤으니까. 그때도 한 20년쯤 묵혀둔 와인이었지."

"이제 그 정도 빈티지의 와인은 세상에 몇 병 남아 있지도 않을 거예요. 있다고 해도 저희 같은 소규모 와인 가게는 구하기도 힘들 테고요."

"그럴 테지. 그 당시에도 비싼 가격이었거든. 포토부스를 3개쯤 늘렸을 때 큰마음을 먹고 사본 와인이었고. 이탈리아 사람들이 마실 와인도 부족한데 멜버른까지 오기란 힘들었으니까."

"맞아요. 미켈레 끼아를로도 처음으로 이탈리아 와인을 수출하기 시작했던 1세대 와이너리 중 하나니까요."

"그래... 가야, 안티노리와 함께 그란디 마르끼의 주요 일원이지. 대단한 와이너리들이야. 그들이 구릉에 만든 포도밭은 너무 환상적이라 마치 안개 속에 파묻혀 있는 느낌이랄까. 자, 이제 한잔 따라 주게나."

 깊고 선명한 붉은색 와인이 또르르륵 소리를 내며 잔을 타고 흘렀다. 알버트 씨는 와인을 아주 잘 따르는 사람이다. 마치 퍼져나가는 와인이 어디로 튈지 알고 거리를 재듯이 손목을 돌렸다. 알렌 할아버지는 곧바로 마시지 않고 와인잔을 여러 번 돌리며 향이 뿜어져 나오기를 기다렸다. 깊은 잠이 들어있던 피에몬테산 네비올로를 토닥였다. 냉정과 열정 사이를 왔다 갔다 한 그 와인은 점점 기지개를 켜고 응축되어 있던 안개를 내뱉기 시작했다. 수십 년 전 그날처럼. 충분히 안개로 뒤덮인 공간에서 알렌 할아버지는 조심스레 와인잔에 코를 갖다 댔다. 복합적이고 우아한 풍미가 올라왔다. 잘 익은 열매의 성숙미는 언제나 코안 쪽에 있는 후각세포를 가득 채우게 만들었다. 이미 최상위 크루의 와인이라는 것을 느낄 수가 있다.

"알렌 할아버지 향이 어때요? 죽여주죠?"

"그때와 비슷한 향이 나는구먼. 아주 오래전 맡았던 향이지만 잊을 수가 없는 향이 있지. 내 첫사랑이 자주 바르던 핸드크림처럼. 이 와인의 향이 내겐 딱 그런 향 중 하나라네."

"그래서 사람들이 비싼 돈을 주고도 좋은 와인을 찾는 이유겠죠. 같은 품종의 와인이라 할지라도 그때 마셨던 한병의 와인은 그때만 존재하니까요."

"그렇지. 이 와인도 훌륭하지만, 그때의 와인은 그때만 마실 수 있었던 거지. 아주 풋풋했던 그 와인이 이제는 더 갖기 힘들게 되어버렸지만 내 마음속에는 여전히 그 자리에 남아 있다네."

 알버트 씨가 알렌 할아버지를 위해 아침에 전했던 말은 저녁이 되어 숙성되었다. 그리고 안개를 닮은 피에몬테산 네비올로는 시간이 지나야만 그 진가를 알 수 있다.

*

 숙소의 주인은 잠시 뒤 사이즈가 맞는 것으로 골라 입으라는 말과 함께 몇 벌의 상·하의를 갖다주었다.
 "그래도 주인분이 센스 있게 우리한테 맞을 법한 옷들만 갖다주셨네. 진짜 감사하다." 내가 말했다.
 "그러게, 손주들 옷이라고 해서 꼬마애들 옷이면 어쩌나 했더니."
 "소니야, 너 먼저 씻어."
 "그럴까? 나 좀 오래 걸릴지도 모르는데?"
 "괜찮아, 너 감기 걸리면 안 되잖아."
 그렇게 눈대중으로 한 세트를 골라잡은 소니는 먼저 샤워부스로 들어갔다. 시골 동네에 있는 오두막답게 샤워실은 단출한 구조로 되어 있다. 치지직 쿠루룩. 지하에서 올라오는 물소리가 호스를 타고 들렸다. 깊은 곳에서 끌어올려진 물은 몇 번의 재채기를 하고 쏟아지기 시작했다. 멜버른의 수도관처럼 안정적으로 물줄기를 뿜어내지는 못해서 중간중간 물 덩어리가 얼굴에 던져졌다. 그래도 소니는 개의치 않고 몸에 묻은 거품을 다 씻어냈다. 수납장에는 두세 가지 색깔의 수건들이 곱게 접혀있었고, 소니는 그중 분홍색 수건으로 젖은 머리카락을 말아 올렸다.
 "지미야, 물이 완전 자기 멋대로 나와. 빨리 가서 물 틀고 씻어 봐."
 소니가 아이처럼 말했다.
 "아무래도 시골이라서 펌프가 물을 잘 못 뽑아 올리나 보다. 안 그래도 요란한 소리가 나서 물이 잘 안 나오는가 보다 했더니. 그러면 나도 씻으러 간다."

 약간의 소리와 함께 물방울이 사방으로 흩뿌려졌지만 그래도 소니가 먼저 씻으면서 뚫어준 수도관은 전보다 나은 상태였다. 정말 사소한 일이지만 그 속에서는 배려가 자라나고 있었다. 소니가 젖은 옷을 입고 감기에 걸리지 않았으면 하는 마음에 먼저 씻으라고 했던 배려와 시원하게 나오지 않는 물줄기가 잘 나올 때까지 묵묵히 기다렸던 배려가 두 사람을 계속 옆에 붙어 있게 했다. 샤워를 마치고 나온 나는 여전히 소니의 머리에 둘린 수건을 먼저 봤다.
"소니야, 이제 물기 좀 사라졌잖아? 드라이기는 여기 없어?"
"화장실 안에 있는 것 같던데 너 씻고 있어서 기다렸지. 안에 한번 봐줘."
"여기 서랍장 안에 있네. 소니야." 내가 드라이기를 건네며 말했다.
"그러면 나 머리 좀 말려줘."
"응? 나 한 번도 여자 머리카락 말려줘 본 적이 없는데?"
"이상하게 해도 뭐라고 안 할게. 나 너무 피곤해서 머리 말릴 힘이 없어서 그래." 소니가 눈을 감고 말했다.
"그러면 빨래하듯이 박박 말려도 뭐라고 하지 마라."
 말은 퉁명스럽게 했지만, 누구보다 많이 설 다. 나는 조심스럽게 소니의 머리카락에 손을 댔다. 익숙하지 않은 질감이다. 물론 나도 내 머리카락을 자주 쓸어 올리지만, 타인의 머리카락을 쓸어내리는 것은 또 다른 느낌이다. 물기에 젖은 머리카락은 묵직하고 살짝은 뻣뻣했다. 그 사이로 뜨거운 바람이 들어가 물기를 한 아름 안고 나오기를 반복했다. 점점 가벼워진 소니의 머리카락은 한 꺼풀씩

차분해지기 시작했다.

"생각보다 잘하는데?"

"그냥 휘리릭 했다가 쓰다듬으면 되는 것 같은데."

"누가 머리 말려주니까 기분 좋다."

"에센스도 뿌려야 하는 거 아닌가?"

"해본 적도 없다면서 그런 거는 또 어떻게 안대? 처음이라면서 이 여자 저 여자 다 해준 거 아냐?"

"무슨 이 여자 저 여자 다 해줘. 진짜 처음인데. 영화에서 보면 여자들이 마지막에 헤어 에센스 뿌리길래 물어봤지."

"치, 저기 가방 안에 있는 작은 파우치 열어봐. 에센스 있을 거야."

 소니의 파우치 안에는 갖가지 물건들이 잔뜩 들어있었다. 5ml 용량의 빈티지 향수, 면봉, 화장품 등등. 굳이 소니의 물건을 세세하게 보는 것은 실례라고 생각해서 얼른 헤어 에센스를 집고 지퍼를 닫았다.

"얼마나 뿌리면 돼?" 내가 말했다.

"그냥 전체적으로 칙칙 뿌리고 살살 주물럭거리면 돼."

 누군가에게 자신의 물건이나 신체 일부를 만지게 허락한다는 것은 쉬운 일이 아니다. 아무리 가족이나 친한 친구라고 해도. 소니는 툴툴거리면서도 조금씩 자신을 더 보여주고 있었다. 잠옷의 윗단추를 다 잠글 수도 있었지만 두 개 정도는 풀어놓은 것처럼.

 머리를 다 말린 소니는 침대에 기대어 한 손에 쥔 면봉으로 귀를 파고 있다. 눈썹 정리, 면봉으로 귀 파기, 손발톱 관리. 모두 다 소니가 좋아하는 일이었다. 물론 소니만이 하는 행동은 아니었다. 대부분의 여자가 하는 일이었다. 단지 소니가 하니까 더 관심을 가지고 지켜봤을 뿐이다. 그렇게 귀를 다 판 소니는 면봉을 침대 옆 서랍장 위에 올려두었다.

"또 또 면봉 그냥 둔다. 일어나서 바로 버리면 되는데." 내가 말했다.

"아, 나중에 일어날 때 버릴 거야."

"어떻게 5년 전이나 지금이나 그건 변하지 않냐. 예전에 살던 집에서 이사 갈 때 깜짝 놀랐잖아. 네가 놔둔 면봉 다 치웠다고 생각했었는데 침대랑 쇼파 밑에서 또 나오는 거 보고 어디까지 네 흔적을 남기고 갔나 싶더라."

"하하하, 아 진짜? 내가 숨겨둔 선물이었어. 어휴 늦게도 찾았네."

소니는 스스로 민망해지면 능글맞게 말하곤 했다. 말이 안 되는 것은 알았지만 거기다 대고 또 한소리가 더 붙으면 그때는 소니가 삐지는 순간이었다.

"이리 줘 봐. 내가 버릴 테니까." 나는 소니의 옆에 놓인 면봉을 집으려 손을 뻗으며 말했다.

"거참 나중에 내가 버린다니까."

잔소리를 멈추고 자기 대신 나서서 버리려는 나의 손에 면봉을 건네주는 소니다. 그건 소니도 잠을 자기 전에 굳이 더 큰 싸움을 만들고 싶지는 않았기 때문이다. 창밖은 비가 추적추적 내리고 있다. 나는 잠을 자기 전 주변을 한번 둘러봤다. 창문 사이로 비가 새어 들어올 틈은 없는지, 방문은 잘 닫혀있는지, 소니의 가방은 바닥이 아니라 탁자에 올려져 있는지, 그리고 무엇보다 소니가 침대에 편하게 누워있는지.

"소니야, 할 거 다 했지? 이제 불 끈다."

"그래, 알겠어."

"아, 잠깐만."

 문득 한가지 못다 한 일이 생각이 났다. 물 한 잔을 떠서 소니의 머리맡에 두는 일. 아침에 일어나서 꼭 한 잔의 물을 찾는 소니의 습관을 잊지 않고 있었다. 다음 날 아침이 되어 소니가 물을 달라고 해서 갖다주어도 문제는 없지만…. 소니가 하는 행동을 유심히 보고 필요할 것을 미리 준비해 두는 것이 나의 사랑 방식이다.

"오, 물 떠 놓으려고? 감동인데?" 소니가 놀라며 말했다.

"너 아침에 일어나면 항상 물 한 잔 달라고 하잖아."

"이럴 때 보면 은근히 다정한 면이 있단 말이지. 사람 설레게."

 이불을 걷어차고 침대를 나온 소니는 와다닥 달려와 나를 안았다. 그대로 시간은 멈춰 섰다. 그렇게 스위치가 내려가고 방 안은 어두워졌다. 어둠은 모든 것을 정지시켰다. 아무 소리도 나지 않는 그 어둠 속에서 두 사람은 그렇게 서로의 몸을 가까이하고 섰다. 소니가 뒤에서 나를 안을 때 들숨이 들어와 횡격막을 눌렀다. 너무 놀라서 빠져나가지 못한 숨이 점점 심장의 고통을 가했다. 언제까지 숨을 참을 수 있을지는 모르겠다.

"후, 갑자기 뒤에서 안고 그러냐." 내가 참고 있던 숨을 뱉으며 말했다.

"좋아서 그러지. 나한테 잘해주니까."

 아마도 그때 소니는 진짜 사랑을 느꼈다. 그렇게 한참을 붙어 있던 두 사람은 다시 분리되었다. 여자가 사랑을 느끼는 순간은 자신이 관심 있어 하는 남자가 자신에게 애정과 관심을 보일 때다. 여자의 마음을 얻기 위해서 잠시 잘해주는 척이 아니라 자신이 아니면 절대 해주지 않을 행동이란 것을 직감적으로 느꼈을 때, 그때 여자는 소니처럼 모든 것을 내팽개치고 달려간다. 특히 나처럼 평소에는 말도 없고 츤츤거리는 남자가 보여주는 애정과 관심은 가치가 더 높게 책정된다. 잠시 미묘하고 어색한 기류가 흐르자 소니가 먼저 침대로 달려가 누웠다. 부끄러운지 괜히 이불을 펄럭이는 소니다. 천둥이 콰르릉하고 쳤다. 그리고 두 사람의 눈이 마주쳤다. 나란히 침대에 누운 두 사람은 그렇게 긴 겨울잠에 들어갔다.

13장.

로제 와인을
만드는 사나이

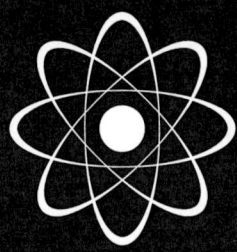

◇

　멜버른에서 해안도로를 따라 서쪽으로 8시간쯤 가면 만나게 되는 작은 마을, 멕라렌 베일에서 3대에 걸쳐 와이너리를 운영하는 한 남자가 있다. 1970년대 초 그의 할아버지는 1헥타르 남짓한 땅을 사서 포도나무를 심기 시작했다. 유럽에서 몇 년간 노동자 생활을 했던 그의 할아버지는 유럽인들이 즐겨 마시는 와인에 심취하게 됐다. 호주에 돌아온 할아버지는 그때 모은 돈으로 지금의 우르사네 와이너리를 시작하게 된다. 할아버지가 돌아가시고 나서 그 와이너리는 한동안 관리 없이 버려져 있었다. 멜버른에서 직장을 다니시던 그의 부모님은 풀만 무성하게 자란 우르사네 와이너리가 자꾸 눈에 밟혔고 1995년, 결국 부모님이 와이너리를 다시 이어가게 된다. 2022년 현재, 부부의 아들인 제이가 와이너리를 운영하고 있다. 제이는 미국 캘리포니아 나파밸리에서 와인 양조를 배운 후, 호주로 돌아와 유기농 농법으로 포도밭을 가꾸고 있다. 우르사네 와이너리의 포도나무는 호주의 유기농 인증 기관인 AOC로부터 'A'등급 유기농 인증을 받았다. 이 인증을 받기 위해선 4년 동안 무작위 농산물 채취 검사를 통과해야 한다.
　제이는 어렸을 때부터 할아버지와 닮은 구석이 많았다. 늘 다른 나라에 가보고 싶다고 생각했고 성인이 되자마자 그것을 실천에 옮겼다. 어쩌면 제이와 제이의 할아버지는 자유를 갈구하고 있었다. 그리고 자유는 자신이 누리는 평안을 깨고 나와야 비로소 가질 수 있다는 걸 알았다. 그런 길을 가기란 쉽지 않다. 끊임없이 자기가 세운 목표를 되돌아봐야 하고 미친 듯이 자신을 믿어야 한다. 그러다 보면 주변에 점점 사람은 떨어져 나가고 고독한 한병의 와인만이 남는다. 그것이 와이너리를 가꾸는 사람들의 운명이다. 그렇게 만들어진 한병의 와인은 전 세계로 퍼져나가 누군가의 입과 코를 즐겁게 한다. 그거면 얼마든지 내 모든 것을 쏟아부어도 좋다는 생각이다.

"알렉스 씨, 여기 이파리가 누렇게 변했잖아요. 이렇게 될 때까지 뭐 하고 있었어요. 이번에 새로 출시할 로제 와인은 완벽해야 해요. 이런 식으로 포도를 관리하면 어떻게 좋은 와인이 되겠어요." 제이가 말했다.

"아, 죄송합니다. 대표님이 피노 누아를 너무 아끼셔서 그쪽에 더 신경을 쓰다 보니 쉬라즈는 제가 좀 소홀했나 봐요."

"저한테 소중하지 않은 포도나무는 한 그루도 없어요. 이 땅에서 자라는 모든 포도나무는 무한한 사랑을 받아야 한다고요. 왜 피노 누아만 더 예뻐하는 겁니까? 그러면 쉬라즈는 누가 관심을 두고요?"

"아무래도 피노 누아가 더 예민하고 약한 품종이니 피노 누아에게 더 애정을 쏟아야 한다고 생각했어요."

"피노 누아가 쉬라즈보다 약하긴 해도 죽지 않을 만큼의 생명력은 있어요. 그렇게 대놓고 피노 누아만 잘해주면 쉬라즈는 소외감을 느끼지 않겠어요? 무슨 목적을 가지고 살아가겠어요? 쉬라즈는 결국 저렇게 이파리가 누렇게 변한 채로 서서히 죽어갈 겁니다. 그걸 원하는 거예요? 피노 누아 살리자고 쉬라즈는 이 땅에서 죽어도 상관이 없습니까? 그건 너무 이기적이지 않나요?"

"물론 그건 아니지만 그래도 피노 누아는 애정과 관심이 없으면 더 죽기 쉬워서 그랬던 거죠."
"그것도 정도가 있는 겁니다. 쉬라즈도 이번 로제 와인을 만들기 위해 꼭 필요한데 어디 아픈 데는 없니? 그렇게 씩씩하게 자라는 모습이 멋지다고 칭찬은 해줘야죠. 그래야 쉬라즈도 보람을 느끼고 묵묵히 자신의 역할을 해나갈 거 아닙니까. 호주 와인 시장에서 쉬라즈가 제일 유명하고 잘 팔리는데 우리 그건 좀 인정해 줍시다."
"네, 알겠습니다. 대표님."
제이는 누구보다 포도를 사랑한다. 그리고 각 포도 품종의 특징을 잘 알고 있다. 어떤 포도는 어떻게 해줘야 잘 크고 매력 있는 와인이 되는지 말이다. 물론 제이도 할아버지 때부터 정성 들여 키워온 피노 누아에 애정이 큰 게 사실이다. 그 이유는 간단했다. 피노 누아가 가진 여성성이 아름답기 때문이다. 그래서 여름날 피노 누아 나무 옆에 누워 텐트를 치고 밤새 수다를 떨어주는 것이다. 피노 누아는 그런 정서적인 소통을 좋아한다. 반면에 남성성을 가진 쉬라즈는 "너 좀 멋지다."라는 말과 함께 이파리를 토닥여주기만 해도 건강하게 큰다. 오히려 너무 지나친 관심은 쉬라즈가 피곤을 느끼고 스트레스를 받는 요인이 된다. 제이는 그렇게 자신만의 방식으로 자신의 땅에 자라나고 있는 포도들을 사랑하고 있다. 진심으로 그 포도들이 자신만의 특징을 가지고 자라길 바라서다.

*

　비구름 가득한 밤하늘에도 별은 뜬다. 확률의 영역이 아니라 낮이나 밤이나 하늘에 별은 떠 있다. 단지 시야를 가리는 많은 장애물로 인해 우리는 그 별을 보지 못한다. 수많은 연인이 따다 바치려고 했던 그 별은 분명히 그 자리에 있다. 눈으로 보든 마음으로 보든 별은 그 자리에 항상 떠 있다.

　겨울밤은 길었다. 긴 밤은 두 사람을 쉽게 잠들지 못하게 했다. 잠을 청하려고 눈을 감았다가 옆에서 일어나는 미동에 눈 뜨기를 반복하고 있다. 두 사람은 애써 서로의 눈길을 피하고 있다. 눈빛은 때때로 많은 일을 가능하게 하니까. 누가 먼저 말을 시작할지 눈치 싸움만 벌이고 있었다. 그 긴장감을 깬 것은 천천히 간을 보며 움직이던 손등이었다.

"안자?" 소니가 말했다.

"그냥 눈 감고 있어. 너는 안자?"

"자야 하는데 잠이 안 와서. 나도 그냥 눈 감고 있었지." 여전히 두 사람은 서로의 눈을 쳐다보지 못하고 있다. 천장에 묻은 얼룩과 창 밖에 어렴풋이 보이는 먹구름을 번갈아 보며 힘겹게 시선을 돌리고 있다.

"잠 안 오면 노래 한 곡만 들을까?" 내가 말했다.

"어떤 노래? 잠 달아나면 안 되니까 잔잔한 노래로 골라봐 지미야."

"잠시만 지금 딱 듣기 좋은 노래 생각났어."

　영혼을 담아 노래하는 싱어송라이터, Christian Kuria의 Temporary Love 앨범 4번 트랙. Bedroom이 나의 핸드폰에서 흘러나왔다. 심장박동 소리를 닮은 드럼 소리에 그가 사랑하는 피아노와 일렉기타 소리가 더해졌다. 단순한 멜로디는 새벽 3시 저 멀리 있던 졸림을 창문 앞까지 불러들였다. 그러나 아직 노래는 끝나지 않았고 친절한 졸림이 그들을 기다려줬다.

"노래 좋다. 예전에 너 미국에 있을 때 콘서트 많이 갔잖아? 이 가수 콘서트도 갔었어?" 소니가 말했다.

"내가 좋아하는 가수들 콘서트 많이 갔었지. 막 엄청 유명한 가수들은 아니라서 자주 오지는 않았는데 그래도 오면 안 놓치고 갔던 것 같아. 근데 아직 Christian Kuria 콘서트는 못 가봤어. 혹시나 멜버른에 오게 되면 같이 가자."

"그래, 예전에는 누구랑 갔었는데?"

"누구랑 같이 갔던 적은 몇 번 없었던 것 같아. 그것도 그 친구가 좋아하는 가수인데 내가 들어보니 좋아서 같이 갔었던 경우였고. 노래를 싫어하는 사람은 거의 없지만 내가 좋아하는 노래를 내가 좋아하는 만큼 같이 좋아하는 경우는 잘 없잖아. 어쩌면 불가능한 일이고. 그래서 그냥 주로 혼자 갔던 것 같아."

"그래도 주변에 물어보고 같이 가자고 해보지, 그랬어. 나한테 하는 것처럼."

"콘서트 티켓이 싼 가격도 아니고 나도 학생 때라서 다른 사람들 것까지 다 사서 끌고 갈 수는 없으니까. 더군다나 그 사람들이 막상 내 말 듣고 갔는데 그냥 그랬다고 하면 기분도 별로잖아. 내가 사랑하는 가수한테 그런 모습을 선사하고 싶지도 않고. 물론 내 욕심이겠지만. 그래서 그냥 혼자 가는 게 편하더라고."

"그래도 네가 가는 것 보고 나도 같이 가고 싶었다고 생각할 친구들도 있었지 않았을까? 그냥 물어보고 안 간다고 하면 그때 혼자 갔어도 되잖아."

"그래 네 말도 맞는 것 같아. 근데 그냥 그때를 생각해 보면 배려일지도 모르지만 그렇게까지 물어서 그 친구들에게 고민과 선택의 고통을 주고 싶지도 않았던 것 같아. 나는 거기 갈 거라고 인스타그램에도 늘 미리 올렸던 것 같고 그 뒤에 먼저 나보고 같이 가자고 하지 않았으면 그건 그곳에 그다지 가고 싶지 않았던 게 아닐까? 그런 생각이 든 거지."

"그래, 그것도 맞는 말이네. 너 나름대로 기회도 주고 배려도 했다는 생각도 들고. 어쨌든 네가 즐거웠으면 된 거지. 만약에 Christian Kuria가 멜버른에 오게 되면 나는 같이 갈게, 잊지 말고 말해줘."

"그럴게, 소니야."

짧은 노래와 짧은 대화가 끝나고 두 사람은 자연스럽게 눈을 마주쳤다. 스몰토크가 서로의 긴장을 풀어주었다. 녹아내린 긴장 뒤에 오는 눈빛은 좀 전에 두 사람이 가졌던 열망이 만드는 눈빛과는 달랐다. 눈빛이 달라지면 남녀 간에 나오는 행동도 달라진다. 빠르게 뛰는 심장박동은 넘지 못할 것만 같은 선을 넘게 한다. 단지 사랑에 있어서뿐만 아니라 모든 관계에 있어서 좋은 쪽으로든 나쁜 쪽으로든 선을 넘게 한다. 선을 넘는 것이 꼭 좋다 나쁘다고 말할 수는 없지만 불가능한 일을 가능하게 만드는 것은 사실이다. 그게 더 깊은 사랑이 되기도 하고 전쟁이 되기도 한다는 정도의 차이가 있다. 대부분 전쟁을 피하려고 선을 넘지 못하지만, 전쟁이 끝나고 찾아오는 평화 속에서 어떤 것이 진실함인지 낱낱이 드러난다. 소니와 나는 선을 넘지 못했고 긴 겨울밤 한가운데에서 전쟁을 일으키지는 않았다. 그것이 잘한 선택인지 시간이 지나 후회할 선택인지는 두고 봐야 한다. 위기가 찾아오면 진실은 드러날 테니까. 그렇게 두 사람은 불가침조약을 선언하고 다시 눈을 감았다.

 밤이 아무리 길다고 해도 결국 아침은 찾아온다. 비록 깊은 잠은 아니었더라도 기다림과 버리지 못한 미련에 지쳐, 우리는 수면 상태에 들어갔다 나온다. 잠이 항상 우리에게 에너지를 주는 것은 아니다. 제대로 맞물려 있지 않은 충전기와 핸드폰은 오히려 에너지를 뺏어 간다. 그럴 바에는 마지막 1%가 소진되고 전원이 나갔음을 그 사용자에게 알려주는 편이 낫다. 그러면 아차 싶은 마음에 사용자는 제대로 코드를 연결해 주고 핸드폰은 100% 충전 받을 기회를 얻는다.
"지미야, 어젯밤에 핸드폰 충전 잭이 제대로 안 꽂혀 있었나 봐. 20% 정도밖에 충전이 안 돼 있어."
"아 진짜? 나도 충전 잭이 네 쪽에 있어서 그건 못 봤나 보다. 나중에 차에 타면 충전 잭에 꽂아 줄게."
"그러면 구글맵 켜고 운전해야 하는데 괜찮겠어? 배터리 부족할지도 모르잖아. 초행길인데."
"어제 왔던 대로 가면 되고 그레이트 오션 로드는 그냥 직선 도로니까. 네 휴대전화 충전이 다 되면 그때 내 휴대전화 꽂아도 돼. 아무튼 준비해서 이제 집으로 가자."
"그래, 알겠어."
 지난밤, 충전되지 않은 것은 단지 핸드폰만이 아니었다. 설명하기 힘든 코드의 부재가 있었다. 물론 최악의 밤은 아니었지만, 최고의 밤도 아니었다. 소니는 어쩌면 일부러 핸드폰 충전 잭을 꽉 끼어놓지 않았는지도 모른다. 그렇게 놔두면 당연히 충전되지 않는다는 것을 알았음에도. 소니는 그 상태를 내가 눈치채 주길 바라고 있었다. 그리고 충전 잭을 꽂아 주길 바랐다. 내가 무딘 사람이라는 것을 알았던 소니는 어젯밤 사랑이란 감정을 느꼈을 때 이불을 걷어차고 달려가 나를 안은 것이다. 에너지를 충전 받기 위해 자신이 할 수 있는 최선의 표현 방식을 내비친 소니였다. 그러나 시간을 거슬러 와도 나는 나였다. 가봤던 길은 충분히 잘 해냈지만 가보지 않은 길에서는 헤매고 있는 건 나였다.

"다 챙겼지? 빼먹고 가면 안 되니까 다시 잘 둘러봐."

"다 챙겼어. 가자."

별로 없는 짐이지만 어젯밤 숙소의 주인에게 빌린 옷과 함께 양손은 가득 차 있다. 희한하게 어딘가에 잠시라도 머물고 나면 챙겨가야 할 것이 생긴다. 그게 마치 여행을 떠나는 이유인 것처럼. 그것이 물건이든 생각이든 우리는 여행을 통해 무언가를 소비하고 취득한다. 마지막으로 챙길 것을 다 챙긴 두 사람은 방문을 열고 나왔다. 테라스에서 차를 마시고 있던 주인은 두 사람을 반갑게 맞아주었다.

"잘 잤나요? 이제 비가 그쳐서 멜버른으로 돌아가는 길이 안전하겠어요." 노부부가 말했다.

"덕분에 잘 쉬다 가네요. 아! 여기 어제 빌린 옷이요. 정말 감사합니다. 아주 딱 맞는 옷을 가져다주셨더라고요."

"다행이네요. 이제 손주들도 다 커서 시드니로 가버렸지만 제 손주들이 하루 묵다 간다고 생각하니 기분이 좋았어요. 마침, 그 애들 옷이 두 사람에게 잘 맞았고요."

"저희가 더 감사하죠. 선뜻 들어주기 어려운 부탁일 수도 있었는데."
"옷은 옷일 뿐이니까. 그냥 접혀있는 것보다 누군가 필요할 때 입는 편이 낫죠. 아! 시간이 괜찮으면 캐모마일 티 한 잔씩하고 가요. 이름이 커즈 마인인데 맛이 꽤 괜찮아요."
"아, 너무 많이 받기만 하는 것 같은데요. 주시는 성의를 생각해서 그러면 한잔 부탁드릴게요."
19세기 유럽풍의 찻잔에 따뜻한 물이 부어지고 은은하게 캐모마일 향이 퍼져갔다.
"어? 그냥 캐모마일보다 더 좋은데요?"
"커즈 마인에는 꽃 향과 과일 향이 첨가되어 조금 더 상큼하게 느껴질 거예요. 비가 오고 난 뒤 여기 테라스에 앉아서 맑게 갠 하늘을 보며 마시는 한 잔의 차를 좋아하죠. 모든 걱정이 다 씻어져 내려가는 것 같거든요."
"정말 그러네요. 소니야, 우리도 이거 집에 가면 사러 가자. 너무 맛있다."
"그러자, 나도 이거 좋아." 한참을 차에 관해서 이야기하다가 눈빛이 마주친 소니와 나는 자리에 일어섰다.
"저희는 갈 길이 멀어서 이만 가볼게요. 정말 큰 환대를 받고 갑니다."
"그래요. 다음에도 쉬었다 갈 일이 있으면 언제든지 오세요. 옷은 얼마든지 빌려드릴 테니." 노부부는 온화하게 웃으며 말했다.
차 한잔은 잠시일지라도 복잡한 마음들을 정리해 주었다. 커즈 마인의 포장에 적힌 문구처럼.
'여러 생각에 복잡한 마음으로 집으로 돌아가고 있나요? 괜찮아요. 아무것도 잘못되지 않았어요. 그저 마음이 어려운 거예요.'

14장.

Rain

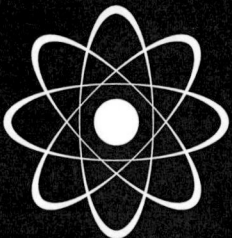

◇

 우르사네 와이너리에는 비가 내리고 있다. 와이너리에는 벽돌로 지은 건물이 한 채 있는데 제이의 할아버지가 진흙을 빚어 만든 작은 움막이 그 시작이었다. 그 후 제이의 부모님은 할아버지가 만든 오래된 움막의 기둥만 남기고 현대식 재료로 그곳을 보수했다. 그리고 제이는 다시 할아버지가 세운 기둥만 남기고 그곳을 재창조했다. 삼대에 걸쳐 건물의 모습은 달라졌다. 제이는 그곳에서 검은색 우산을 쓰고 포도밭을 바라보고 있다. 비가 내리고 있다. 끝없는 지평선을 구름과 안개가 뿌옇게 만들고 있다. 제이는 마치 한 폭의 수묵화처럼 축축하게 젖은 대지를 바라보고 있다.
"대표님 뭘 그렇게 보고 계세요?" 알렉스가 다가와 말을 걸었다.
"시간을 보고 있어요."
"시간이요? 시간이 궁금하면 왜 시계를 보시지 않고요."
"그 시간과 다른 시간을 보는 중이거든요."
"다른 시간이요? 무슨 말씀인지 잘 모르겠네요."
"지금 제가 서 있는 각도로 서서 정면을 바라보세요. 그러면 같은 시간을 보게 될 거예요."
 항상 이상한 말을 하는 제이였지만 알렉스는 제이가 하는 말을 신뢰하고 있었다. 그가 지난 4년 동안 우르사네 와이너리를 이끌어오면서 만든 성취는 실로 대단했고 수많은 시기와 질투를 받았다. 사실 4년 전 호주 와인 업계에서는 제이의 등장을 그리 주목하지 않았다. 미국에서 양조를 배워왔으면 온 거지 뭘 그렇게 잘났다고 설쳐대냐는 반응이 많았다. 그러나 제이는 그런 말들을 별로 신경 쓰지 않았다. 물론 사람이라서 순간적인 감정의 동요는 있었지만 금방 본연의 상태로 돌아와 와이너리를 가꿔나갔다.

"보여요? 제가 보는 시간이?" 제이가 말했다.

"글쎄요. 그냥 비가 내리고 있네요. 저기서 어떤 시간이 보인다는 건지…."

"맞아요. 비가 내리고 있고 구름이 흘러가고 있고 포도가 익어가고 있죠. 제가 보는 시간이 바로 그거예요."

"흠… 저는 아직 무슨 말씀인지 잘 안 와닿네요."

"아마도 이 땅에 처음 할아버지가 포도나무를 심었을 때의 시간일지도 몰라요. 이 각도로 서면 할아버지가 봤던 시간을 볼 수 있거든요. 아마 제 아버지도 그 시간을 봤을 거예요. 우리가 아는 시간과는 다른 시간이죠."

"마치 대표님이 그분들의 마음을 이해한다는 말처럼 들리네요."

"맞아요. 할아버지와 아버지가 섰던 그 각도로 서서 저 대지를 바라보면 그분들의 시간을 볼 수 있어요. 어릴 때는 어떻게 보는지 몰라서 못 봤던 그 시간이요. 점점 저도 그게 보이네요."

"그 시간이 보이면 뭐가 좋나요?"

"그냥 좋아요. 태어나서부터 저는 어디로 가야 하는지 늘 궁금했거든요. 어쩌면 혼돈의 상태에 있었던 거죠. 그래서 세상이 너무 밉고 화도 많이 났던 것 같아요. 그런데 다시 호주로 돌아와서 할아버지와 아버지가 섰던 각도로 서서 저 대지를 바라보니 마음이 편해졌어요. 이제 어디로 가야 하는지 알겠거든요."

"여기를 떠나서 어디로 가시려고 하세요? 그러면 이 와이너리는 어떻게 하고요."

"그건 걱정하지 마세요. 저는 어디로 가지 않아요. 여기서 할아버지와 아버지가 쏟아부은 땀과 시간을 지킬 거니까."

"깜짝 놀랐잖아요. 갑자기 아무도 모르게 사라질 것처럼 이야기하시니까."

"제가 사람 놀라게 하는 걸 좋아하잖아요." 제이가 웃으며 말했다.

 비가 내린다. 별다른 것 없어 보이는 비가 내린다. 그리고 그곳에 세 명의 남자가 같은 각도로 서 있었다. 그들은 같은 시간을 보고 있다. 어디로 가야 할지 말해주는 그 시간을 보고 있다. 비가 내린다. 별다른 것 없어 보이는 비가 내린다.

 한참 뒤 비가 그쳤다. 멜버른의 하늘이 맑아지자, 지평선과 수평선을 가로막고 있던 안개가 걷혔다. 우리는 지금 냉정과 열정 중 어느 쪽에 있을까? 그 사이를 가득 채웠던 안개가 흔적을 감췄다. 그동안 누군가는 안개를 모아 로제 와인을 만들었다. 시간의 흐름은 조금 붉은 쪽에 가깝게 멈춰 선 듯 보였다.
 집으로 돌아온 소니와 나는 하루 동안의 여독을 풀려고 한다. 나는 아직 덜 마른 옷가지부터 빨래 바구니에 넣었다. 축축한 옷에서 나는 비 냄새가 달갑지 않았기 때문이다. 세상으로부터 발생하는 구린 냄새가 하늘로 올라가 내린 비에는 설명하기 힘든 역함이 있다. 비가 내리는 것은 막을 수 없지만, 그 냄새를 일시적으로 사라지게 하는 것은 빨래로 가능하다.

"소니야, 나 빨래하려고 하는데 너는 옷 안 빨 거야? 같이 빨려면 같이 세탁기 돌리고."

"나는 흰색 옷이라서 색깔 있는 옷이랑 같이 빨면 안 될 것 같은데. 내 옷은 조금 있다가 손빨래할래."

"아, 그래. 알겠어. 그러면 내 옷 먼저 돌린다."

"그래."

나는 평소보다 더 많은 세제를 부어 넣었다. 세제를 정량보다 더 넣는다고 해서 더 큰 세정력을 가지는 것은 아니다. 단지 하루 동안 비 냄새에 찌든 옷이 영 달갑지 않았다. 가끔 심각하게 냄새가 밴 옷은 망설임 없이 버리기도 했다. 그러나 이 옷은 애리조나를 여행할 때 샀던 반소매 티셔츠라서 버릴 수가 없었다. 나는 그 옷에 프린트된 문구가 마음에 들었다. 'Good Heart, Strong Mind' 짧지만 인생을 살아가는 데 필요한 문구였다. 아무리 고약한 냄새가 밴 옷이라도 이 옷을 버리는 것은 중요한 의미를 잃어버리는 듯한 느낌이었다. 이 옷은 무슨 수를 써서라도 간직하고 싶다. 그래서 평소보다 더 많은 양의 세제를 들이부었다. 과거에 묻은 고약한 냄새를 빨래로 지우고 싶었다,

"소니야, 점심은 어떻게 할래?"

"피곤해서 지금은 뭐 먹고 싶은 마음 없는데 일단 한숨 자고 일어나서 그때 생각해 볼래. 너는 배고파? 배고프면 너 먼저 먹어."

"그럴까? 그러면 빨래 다 될 동안 샌드위치라도 먹고 올까? 너도 먹고 싶으면 하나 사 오고."

"나는 괜찮아."

"그래, 알겠어. 갔다 올게."

하루뿐인 외박이었지만, 소니의 집이 아니라 다른 곳에서 자고 온 뒤 맞이하는 외출은 복잡한 기분을 가져다주었다. 소니와의 시간

이 소중해지고 있었다. 시간을 돌리고 싶었던 이유는 무엇인가를 과거에 두고 왔다고 생각했기 때문이다. 한번 잃어버리면 되찾기 힘든 시간이었다. 알렌 할아버지가 없었다면 영원히 그것을 그리워하면서 살았을 테다. 분명 용기가 필요한 일이었다. 과거로 가든 미래로 가든 용기는 필요하다. 현재보다 더 나아질지 더 나빠질지 아무것도 보장된 것은 없다. 그리고 선택은 또 다른 선택을 만든다. 내가 과거에 했던 선택이 후회되어서 다시 돌아온 과거와 그 과거로부터 만들어지고 있는 현재는 어떤 미래로 가고 있는지 아직 모른다. 단지 나는 운이 좋은 사람이라 적어도 과거로 돌아갈 기회가 주어졌다. 이런 생각이 들자 알렌 할아버지가 보고 싶어졌다. 샌드위치를 사서 플린더스 스트리트 역으로 가면 알렌 할아버지가 그때처럼 계실까? 이기적인 나는 소니와 함께 있을 때 생각하지도 않던 알렌 할아버지가 이제야 생각이 났다. 나는 또 그곳으로 향하고 있다.

*

 뇌라는 기관은 다른 기관과 다르게 쓰면 쓸수록 더 훌륭해지는 기관이다. 그걸 아는 인간은 아주 어릴 때부터 본능적으로 뇌를 훈련시킨다. "엄마가 좋아? 아빠가 좋아?" 아직 세상을 잘 알지 못하는 아이에게 부모는 종종 이런 질문을 던진다. 아이가 커갈 세상에서 마주할 선택지들을 추리고 추리다 보면 양자택일을 해야 하는 상황에 늘 처하기 때문이다. 먼저 세상에 태어나 살아온 부모가 가장 먼저 전수해 주고 싶은 기술은 선택이다. 선택하는 법만 알아도 아이는 계속 앞으로 나아갈 수 있다. 우리가 불안에 휩싸이는 이유는 선택하지 않기 때문이다. 인간이 살아있는 한 모든 감각과 기관은 계속 선택을 종용한다. 선택하지 못하는 인간은 어쩌면 죽은 상태나 다름없다.

나는 플린더스 스트리트 역을 향해 걸었다. 이미 선택은 내렸고 나의 뇌는 알렌 할아버지가 역에 계시길 바라고 있다. 아직도 무슨 말을 해야 할지는 잘 모르겠다. 고맙다고 해야 할지 시간을 돌아와서도 여전히 고민이 된다고 해야 할지. 그리고 어디서부터 설명해야 알렌 할아버지가 나의 말을 믿게 될지도 아직 잘 모르겠다. 그래도 할아버지를 보러 가고 싶다. 그게 나의 선택이었다.

  눈앞에 Saluministi Flinders Lane 샌드위치 가게가 보인다. 이번에는 할아버지를 만나기 위해 사는 샌드위치이기 때문에 두 개만 사기로 했다. 그때 사 갔던 세 개의 샌드위치 중에 내가 먼저 아보카도 샌드위치를 고르자 알렌 할아버지는 연어 샌드위치를 골랐었다. 나는 그것을 잊지 않고 있었다. 그때의 선택과 같은 조건을 가져간다면 알렌 할아버지가 있을 확률이 더 높아지지 않을까 하는 미신과도 같았다.

"안녕하세요, 어떤 걸로 주문하시려고요?" 점원이 물었다.

"아보카도 샌드위치랑 연어 샌드위치 하나씩 주세요. 포장해 갈 거고요."

"네, 알겠습니다. 조금만 기다려주세요." 오븐에서 살짝 구운 빵 위에 갖가지 토핑이 올라간다.

"맛있게 드세요."

"감사합니다. 좋은 하루 보내세요."

걸어서 7분 거리에 있는 플린더스 스트리트 역은 이제 지도를 보고 걷지 않아도 찾아갈 수 있다. 방향감각이 좋은 나는 어느 도시를 가든 쉽게 길을 찾았다. 특히 주변에 높은 건물이 있는 도시일수록 더 쉬웠다. 예를 들면 뉴욕의 엠파이어 스테이트 빌딩처럼. 멜버른에도 유레카 타워라는 마천루가 있다. 나는 멜버른에서 그 빌딩을 지팡이 삼아 길을 찾아가곤 했다. 그리고 아직 가보지 못했지만, 그 빌딩의 88층에는 호주에서 가장 높은 곳에 설치된 우체통이 있다고 한다.

오늘도 플린더스 스트리트 역의 창문을 통해 햇살이 들어온다. 수많은 사람이 걸어 다니는 바닥에 그 햇살이 닿았다. 몇몇 아이들은 그림자와 햇살의 경계 위를 뛰어다니고 있었다. 어디서 왔는지 모르는 햇살은 어두운 역 안을 밝혀주는 것뿐만 아니라 아이들에게는 놀잇거리가 되어주고 있었다. 변함없이 사람들로 북적이는 역 안에서 나는 알렌 할아버지의 포토부스를 향해 걸어갔다. 포토부스 앞에는 사진을 찍기 위해 사람들이 줄을 서 있다. 그러나 알렌 할아버지는 보이지 않았다. 오늘도 알렌 할아버지를 하염없이 기다려야 할지도 모른다. 시간을 되돌아와서 아쉬운 점이 있다면 더 이상 알렌 할아버지에게 전화해서 만나자고 할 수 없다는 것이다. 그동안 할아버지와 나눴던 모든 대화와 시간들이 사라졌기 때문이다. 소니와의 시간을 되찾기 위해서 어쩔 수 없이 내렸던 선택은 다른 모든 것들을 집어삼켰다. 이걸 깨달았을 때 몰려오는 감정은 쉽게 말로 표현하기 힘들었다. 햇살과 그림자 그 경계선 위를 뛰어다니는듯한 느낌이었다. 나는 복잡한 마음을 달래기 위해 커피 한 잔이 필요하다고 생각했다.

"안녕하세요. 앨리스씨."

"어? 다시 오셨네요. 할아버지 만나러 오신 거예요?"

"네, 혹시 할아버지 오늘 나오셨나요?"

"좀 전까지 계셨는데 지금은 안 보이네요. 잠시 어디 가신 것 같아요."

"그러면 카페라테 한 잔만 주세요."

"네, 그럴게요. 잠시만 기다려주세요."

 앨리스는 옅은 미소를 지으며 커피 가루를 한 숟가락 꾹꾹 눌러 담았다. 어쩌면 그녀도 오늘을 기다렸을지 모른다. 무슨 이유에서든 두 남자가 서로 만나려고 한다는 것을 느꼈을 테니까. 관찰자 시점에 있는 앨리스는 그들이 엇갈리는 것을 볼 때마다 마음을 졸였다. 그리고 오늘 엉킨 실들이 풀릴지도 모른다는 생각에 미소를 지었다.

"주문하신 카페라테 나왔어요." 앨리스가 말했다.

"감사합니다. 잘 마실게요."

"할아버지랑 오늘은 꼭 만나길 바라요. 어떤 이유에서 만나려고 하는지는 잘 모르겠지만."

"그러게요. 조금 떨리네요. 뭐라고 말해야 할지도 잘 모르겠고."

"그냥 있는 그대로 이야기해요. 나쁜 말을 하려고 하는 것도 아니잖아요."

"그게 아마 최선이겠죠?"

"그럼요. 솔직해지지 못한 순간이 길어질수록 당신이 원하는 방향과는 점점 멀어질 테니까요. 용기를 내서 말해봐요."

"네, 그럴게요. 고마워요."

앨리스의 따뜻한 응원이 조금은 도움이 되었다. 그녀는 커피만 잘 만드는 것이 아니라 사람의 마음을 다독일 줄 아는 사람이었다. 나는 따뜻한 카페라테를 손에 쥐고 할아버지의 포토부스 근처에 앉았다. 그렇게 30분쯤 지났을 때 저 멀리서 알렌 할아버지가 걸어왔다. 근처 은행에서 동전을 바꿔오는 모양이었다. 그걸 바라보는 나의 심장은 터질 듯이 뛰었다. 자리에서 일어난 나는 천천히 할아버지 쪽으로 걸어갔다. 그리고 창문을 통해 쏟아지는 햇살이 두 사람 사이를 나누고 있다. 알렌 할아버지도 자신을 바라보며 다가오는 나의 시선을 느끼자마자 직감적으로 알았다. '나를 두려움에 사로잡히게 했던 놈이 저놈이구먼.'

"자네인가? 나를 만나려고 기다렸다는 청년이?" 알렌 할아버지가 눈을 부릅뜨며 말했다.

"네, 맞아요. 오랜만이네요. 알렌 할아버지."

"마치 나를 잘 아는 것처럼 말하는구먼. 나는 도통 기억나지 않는데 말이야."

"그러실 테죠. 모든 것이 바뀌었으니까요. 어디서부터 말해야 할지 모르겠지만 저희는 분명 과거에 만났었어요. 할아버지가 저를 과거로 보내셨죠."

"혹시 내가 포토부스에 자네를 앉히고 동전을 넣던가?"

"그랬죠. 그래서 다시 처음부터 해볼 기회를 얻었어요."

"내가 나이를 먹기는 했구먼. 그걸 다른 사람에게 알려주다니. 그래서 돌아가 보니 이전보다 나아지던가?"

"그런 것 같아요. 지금까지는요. 적어도 그 여자애와 함께 있으니까요."

"다행이구먼. 그걸 말해주려고 온 건가?"

"그것도 이유겠지만 할아버지가 보고 싶었어요. 이 도시에서 유일하게 제 속마음을 말할 수 있었던 사람이니까요. 저한테는 고마운 분이니까 찾아와야 한다고 생각했어요."

"우리가 뭘 했었는지 잘 모르겠지만 분명 자네가 내게 잘했나 보구먼. 내가 포토부스의 비밀을 알려주기까지 했다면 말이야. 하지만 그 일은 이제 잊게나. 내가 자네에게 도움을 주고 싶었던 실수였던 이제 다신 없는 일이어야 하네. 절대로 다른 사람들에게 말하지 말게나. 아주 복잡한 일이 일어날 테니까."

"그래야겠죠. 세상이 혼란스러워질지도 모르니까요. 사실 저도 지금 그렇거든요. 막상 과거로 돌아오니 엄청나게 잘한 선택인지 모르겠어요. 여전히 불안하거든요."

"어떤 선택을 하던 그 선택은 또 다른 선택을 만들어내지. 아무리 과거로 돌아간다고 한들 그건 변하지 않아. 그냥 지금, 이 순간을 지키면서 살게나. 그게 내가 해주고 싶은 말이네."

"다시 돌아가지 않도록 노력해 볼게요. 아무튼 할아버지와 함께 먹으려고 샌드위치 사 왔어요. 이게 저희를 가깝게 만들어줬었죠. 그때 할아버지는 연어 샌드위치를 선택해서 오늘도 그걸로 가져왔어요."

"고맙구먼그래. 내 선택을 기억해 주고. 잘 먹겠네."

두 사람은 아무런 말 없이 샌드위치를 한입씩 베어 물었다. 그때와 달리 나는 샌드위치의 맛을 느낄 수 있었다. 더 이상 모래를 씹는 것 같지 않았다. 어쩌면 시간의 의미를 조금은 깨달은 것이다. 알렌 할아버지는 그것을 알려주려고 했었는지도 모른다. 과거, 현재, 미래는 다른 것이 아니라고. 뭐가 더 낫고 더 나쁜 것이 아니라고. 과거의 일들을 굳이 일일이 설명하지 않아도 두 사람은 같이 앉았다. 알렌 할아버지도 어떤 일이 있었는지 묻지 않았고, 나도 먼저 더 이야기하지 않았다. 그냥 아무런 말 없이 샌드위치를 말끔히 먹어 치웠다. 그게 서로를 위한 배려였다. 그리고 그 모습을 앨리스가 흐뭇하게 쳐다보고 있다.

15장.

화학적

의문

◇

알렌 할아버지를 만나고 집으로 돌아오는 길이다. "그냥 지금, 이 순간을 지켜."라는 말이 계속 뇌리에 남았다. 과거의 나는 그것을 지키지 않았던 걸까? 나는 무엇 때문에 소니의 마음이 변했다고 느꼈었을까? 나의 눈에 확실히 보였던 것은 소니의 마음이 와이너리 대표로 옮겨가고 있었다는 점이다. 두 사람이 회의실에서 주고받은 눈빛이 그 증거였다. 그것을 그대로 보고만 있을 수 없었기 때문에 나는 과거로 돌아온 것이다. 무엇인가를 바꿔보고 싶었기 때문이다. 문을 열고 들어오니 소니는 낮잠을 자고 일어나서 노트북 앞에 앉아 있었다.

"금방 올 줄 알았는데 꽤 오래 걸렸네? 어디 갔다 왔어?" 소니가 말했다.

"아, 샌드위치 먹고 동네 구경할 겸 한 바퀴 돌고 왔어. 너는 뭐 먹었어?"

"그냥 커피 한잔했어. 내일 프로젝트 보고할 거도 있고 해서."

"하긴 생각지도 않게 밖에서 하룻밤 자고 왔으니까. 나도 옆에서 면접 준비 좀 해야겠다."

"그래, 궁금한 것 있으면 물어보고. 팀장님 깐깐하니까 준비 많이 해야 할 거야."

두 사람은 한동안 말없이 각자의 일에 집중했다. 소니는 서류를 펼쳤다 닫기를 반복하며 발표 자료를 만들고 있다. 이번에 맡은 와이너리의 마케팅 전략을 계속해서 가다듬는 중이다. 기존의 제품이 아니라 신제품의 마케팅 전략은 더 많은 준비를 요구했다. 어디로 얼마만큼의 에너지를 쏟아부어야 원하는 자리로 갈지 모르기 때문이다. 그때 나는 소니에게 말을 건넸다.

"소니야, 바빠? 궁금한 게 있는데."

"아니, 뭔데?"

"음... 너는 결혼에 대해서 어떻게 생각해?"

"갑자기? 글쎄... 결혼하고 싶냐고 묻는 거야? 뭐 어떤 걸 묻는 건데?"

"그냥 평소에 네가 가졌던 결혼에 대한 전반적인 생각이 궁금해서. 하는 게 좋다고 생각하는지 아니면 생각이 없는지."

"결혼까지 생각할 사람이 나타나면 그때는 하겠지? 내가 하고 싶다고 할 수 있는 건 아니니까. 그래도 언젠가는 그런 사람이 나타나지 않을까? 아직은 심각하게 생각해 보지 않아서 잘 모르겠어."

"그렇구나. 어떤 사람이면 결혼까지 생각할 수 있는데?"

"흠... 내가 존경할 수 있는 사람이면 좋겠어. 그런 거 있잖아. 자기 목표 뚜렷한데 그렇다고 나를 외롭게 만들지 않는 그런 사람. 도시의 저녁 같은 사람?"

도시의 저녁 같은 사람. 그런 사람이 소니가 바라는 남성상이었다. 쉽게 와닿지는 않았지만, 소니가 바라는 확고한 이상향이 있다는 것을 알았다. 물론 나 스스로 그런 남성인지는 알지 못했다. 여성의 언어는 항상 중의적이라서 정확한 의도를 알기는 어려웠다.

"갑자기 결혼은 왜? 너는 어떻게 생각하는데?"

"뭐 나도 비슷하지. 그냥 주변에 결혼하는 사람들 보니까 저 사람들은 어떤 마음이 들었기에 저런 선택을 했을까도 싶고."

"너무 생각이 많으면 못 하는 게 결혼이지 않나 싶은데. 그냥 이 사람이 좋으니까 계속 같이 있고 싶다는 생각이 들어야 하지 않을까?"
"더 이상 같이 있고 싶지 않다는 생각이 들면? 살다 보면 옆에 있는 사람보다 더 마음이 가는 사람도 나타나기 마련이잖아? 오래 알고 지낸 사람이 더 이상 눈에 보이지 않을 만큼."
"그런 마음이 들 사람이라면 애초에 결혼하면 안 되지 않을까? 변해가는 서로를 지켜보는 게 더 마음 아플 테니까."
"음... 너에게... 나는 어떤 사람인데?"
"응? 지미 너야 나한테 좋은 사람이지. 앞으로도 지금처럼 계속 잘 지내면 좋겠고."
"그렇구나."

 지금, 이 순간을 산다는 것은 내가 어디에 있는지 계속 확인하고 싶어지는 것이다. 그리고 그 마음이 계속 커지면 그것이 입 밖으로 튀어나오게 된다. 사실 남녀 간의 이끌림이라는 것은 말로써 확인받는 것이 아니다. 말이 가진 입자는 계속 움직이기 때문이다. 입자는 관측되는 순간 그 위치를 바꾼다. 상태를 표현하는 마음이 말로써 나오는 순간 그 위치는 바뀌고 만다. 남녀 간의 관계에서 가장 조심해야 할 일은 말로써 그 입자의 위치를 정하려고 하는 것이다. 나와 소니 사이에 존재하는 입자들이 마구 위치를 바꾸기 시작했다. 마치 전쟁이 난 것 같았다.

 전쟁의 시간은 평화의 시간보다 더 길다. 사실 한 사람의 인생에서 평화롭다고 말할 수 있는 시간은 그리 길지 않다. 어쩌면 우리는 매 순간 전쟁의 포화 속에서 살고 있다. 그것은 자의식을 가진 인간에게 당연히 주어지는 임무다. 내가 존재한다는 것을 세상에 증명하기 위해서 모든 인간은 선택해야 하며 그 선택은 전쟁을 일으킨다. 그 전쟁의 규모와 피해 크기에 따라서 그것이 전쟁같이 느껴지지 않는 순간들도 있지만, 엄연히 말해서 매 순간이 전쟁이다. 전쟁이 좋아서 하는 사람이 많지는 않겠지만 우리는 늘 전쟁에 대비해야 한다.

주말이 끝나고 월요일이 찾아왔다. 소니는 여느 때와 같이 출근 준비로 바빴다. 중요한 발표를 앞두고 그녀의 머릿속은 조금 복잡했다. 그것을 지켜보는 나의 마음속도 마냥 편치는 않았다. 한번 겪어 본 전쟁의 공포는 생각보다 컸다. 차라리 아무것도 몰랐던 첫 번째 전쟁이 더 쉽게 느껴지는 이상한 현상이다. 그러나 두 번째 전쟁을 피할 수가 없고 나는 마음을 다잡아야 했다. 적어도 적이 어떤 상대인지 어떤 전략을 추구하는지 한번 붙어봤으니까 그가 가진 약점을 찾는 편이 더 생산적일 테다.

"소니야, 발표 준비는 끝난 거야?"

"기본적인 내용은 다 훑어본 것 같아. 와인에 관해서 좀 까다로운 클라이언트라고 들어서 긴장은 되는데 그래도 일단 만나봐야지. 부족한 면이 있으면 또 피드백 받아야 할거고."

"그래, 잘할 거야. 너무 걱정하지 마."

"그래, 너는 면접 준비 다 했어? 팀장님이 많이 기대하시는 눈치던데."

"응, 잘할 수 있어. 뭐랄까? 나를 좋아할 것 같은 느낌이 벌써 느껴진달까?"

"나 참, 어디서 그런 자신감이 나온 데? 마치 한번 만나본 사람처럼 얘기하네."

"뭐 만나봐야 꼭 알아? 그냥 감각적인 느낌이지. 어디 가서 능력으로는 무시당해 본 기억이 없어서."

"으휴, 너무 거만 떨지 말고 차분하게 면접 봐. 아무튼 자신감 있는 모습은 보기 좋네. 나는 그러면 먼저 출근한다? 나중에 회사 근처 오면 연락해 주고."

"그래, 소니야. 먼저 가. 나는 면접 시간 맞춰서 갈게."

"응, 이따가 보자. 그러면."

 소니가 먼저 집을 나섰다. 아직 면접 시간까지는 2시간쯤 남았다. 그리고 격전지로 향해야 할 시간도 그만큼 남았다. 지금쯤 전쟁을 앞둔 그 적은 무엇을 하고 있을까? 아직 나의 존재를 모르는 그 적은 이번 전쟁을 어떻게 생각하고 있을까? 그는 전쟁이 일어날 것을 알고는 있을까? 우선은 상대가 누구인지 미리 알고 있는 내가 우위에 있어 보인다. 그러나 전쟁의 양상이 어떻게 바뀔지는 아무도 모른다. 전쟁이란 싸워보지 않으면 그 결과를 알 수가 없으니까.

 내가 격전지로 향하려고 마음먹은 순간부터 전쟁의 서막은 올랐다. 그리고 류이치 사카모토의 Happy End가 출정식을 알리는 나팔 소리처럼 흘러나왔다. 그의 음악은 참 신기하다. 아무도 모르는 곳에 숨겨둔 내면의 울림을 들여다보게 만든다. 두렵지만 전쟁에서 지기 싫다는 마음의 울부짖음이 마구 흘러나왔다. 가자. 나의 격전지로.

*

 이제는 멜버른이 꽤 익숙해졌다. 온 지 며칠밖에 되지 않은 도시라고 해도 몇 블록 뒤에 나올 상점이 떠오른다면 더 이상 그 도시가 두렵지 않다. 그동안 지나쳐왔던 공간들이 하나둘씩 나의 지도에 별표 쳐졌다. 그 노란 별들은 나의 뇌세포에 다른 사람들이 만든 신호를 하나씩 새겨넣는 과정이었다. 처음에는 무의미해 보이는 별들이 하나둘씩 지도 위에 채워지면 멜버른의 별자리가 되었다. 별들의 생명이 다할 때까지 별자리는 지도에 남게 된다. 나는 종종 핸드폰의 지도앱을 켜서 여러 도시에 그려둔 별자리들을 관찰하곤 했다. 그것은 나의 시간과 다른 사람들의 시간이 합쳐진 조화였다. 몇 년 전 파리에서 만난 압둘라는 나의 그런 생각에 이름을 붙여주었다.

"Mienne+Tienne 라고 부르는 게 어떻겠나? 프랑스어로 나의 것+너의 것이란 뜻이지."

"뭔가 따뜻하고 귀여운 이름이네요. 앞으로는 제가 하는 일들에 이름이 생겨서 더 책임감을 느끼게 되고요. 감사해요. 알둘라 씨."

무형의 가치를 추구한다는 것은 가장 고독한 사랑의 형태다. 오로지 그 사람만이 전체적인 형태를 머릿속에 그릴 수 있기 때문이다. 아무리 설명을 해줘도 타인은 완벽하게 그 사랑의 형태를 느낄 수가 없다. 그래서 무형의 가치를 추구하는 사람들은 방법을 찾다가 어느 지점에 도착하게 된다. 나의 마음을 눈으로 볼 수 있게 해주자. 물론 그것도 완벽하지 않지만 그나마 제일 나은 방법은 눈으로 직접 보게 해주는 것이다. 나는 이전과 다른 마음으로 피델리티 마케팅 컴퍼니에 들어섰다. 회사의 문을 열자마자 소니가 다가와 말을 걸었다.

"지미야, 왔네. 잠시만 기다려. 팀장님한테 왔다고 말씀드릴게."

"그래, 여기서 기다릴게."

잠시 뒤 팀장님의 방문이 열리고 소니가 들어오라는 손짓을 보냈다.

"안녕하세요. 지미 씨. 처음 뵙겠습니다. 소니 씨에게 말씀은 여러 번 들었습니다. 멀리서 멜버른까지 와주고 감사하네요."

"저도 소니에게 팀장님 말씀은 들었습니다. 아주 유능하시고 따뜻하신 분이라고요."

"소니 씨가 과찬을 했나 보군요. 아무튼 소니 씨 저는 지미 씨와 이야기를 나눌 테니 일 보셔도 될 것 같아요." 팀장님이 웃으며 말했다.

"네, 팀장님. 알겠습니다. 지미야, 잘해. 나중에 보자."

"그래 소니야. 고마워." 소니가 긴장되는 눈빛으로 두 사람을 한번 보고는 문을 닫고 나갔다.

"자, 그러면 바로 본론으로 들어가 볼까요? 이력서는 충분히 봤고…. 지미 씨는 좋은 마케팅이란 어떤 것으로 생각하죠?"

역시나 팀장님은 같은 질문을 나에게 던졌다. 나는 이전에 슈뢰딩거의 고양이를 예시로 들며 원하는 마케팅 효과가 나길 기대하며 계속 상자를 여는 것이라고 대답했었다. 물론 그것도 좋은 대답이었지만 시간을 되돌아온 나는 더 이상 기대와 희망에만 의존하는 것이 효과적이지 않다고 생각했다. 그래서 이번에는 다른 대답이 필요했다.

"제가 생각하기에 좋은 마케팅이란 저희가 가진 믿음을 넘어서는 확고한 전략을 고객들이 직접 눈으로 볼 수 있게 해주는 것입니다. 아무리 이 제품이 좋다고 설명해 줘도 고객들은 이게 왜 좋은지 눈으로 봐야 알거든요. 그리고 우리는 그 사람들의 눈빛을 읽고 우리가 가진 것과 그 사람들이 가진 것을 합치려고 노력해야겠죠. 그래야 더 좋은 제품을 만들 수 있으니까요."

"흥미로운 생각이네요. 나의 것과 너의 것을 합친다. 그렇죠. 우리가 제공하려는 상품이 가진 가치와 소비자가 느끼는 효능감이 합쳐졌을 때 비로소 그 제품이 생명을 가지니까요. 곧 알게 되겠지만 이번에 맡게 될 프로젝트는 우르사네 와이너리의 새로운 제품 홍보입니다. 지미 씨에게 와인이란 어떤 의미인가요?"

"저에게 와인이란 소중한 사람을 기억하는 하나의 방법이죠. 다른 공산품과 달리 와인은 그해에 한정된 수량만 나오니까요. 그리고 매해 변화무쌍한 자연의 손길을 거쳐 다른 매력을 담고 있죠. 한병의 와인은 오로지 그 순간을 함께한 사람과 공유할 수 있는 시간의 열쇠니까요. 그래서 와인이 저에게 더 특별한 이유기도 해요."

"지미 씨에게도 그런 특별한 기억을 공유할 수 있었던 사람이 있었나 보죠?" 팀장님이 고개를 살짝 기울이며 말했다.

"한 분이 있죠. 이제 그분은 기억하지 못하겠지만 저는 그 기억을 평생 잊지 못할 거예요. 어쩌면 그 추억을 너무 쉽게 되감기 해버린 것은 아닌가 싶기도 하고요. 물론 다른 추억을 지키려고 했던 선택이기도 하지만요. 항상 하나의 선택은 다른 선택을 만드는 것이 아닌가 싶어요."

"그렇죠. 모든 것을 다 가질 수는 없으니까요. 어떤 것이 최선인지 알아보고 선택했다면 그것에 만족하면서 살아가는 방법밖에 없지 않나 싶어요. 저도. 역시 소니 씨에게 이야기 들었던 것처럼 지미 씨는 자신만의 신념이 있네요. 마케팅 업무에서 중요한 부분이죠. 가장 위험한 것이 기준 없이 전략을 짜는 것이거든요. 면접은 이 정도로 마무리하죠. 곧 손님이 오실 시간이라서요."

"네, 팀장님. 알겠습니다." 이번에도 면접은 순조로웠다. 그러나 진짜 게임은 여기서부터다. 와이너리 대표가 나타날 시간이니까.

그가 왔다. 하나의 수소 원자를 닮은 그가 왔다. 말끔한 검은색 수트를 입은 우르사네 와이너리의 대표, 제이가 피델리티 마케팅 컴퍼니에 들어선 순간 나는 또 다른 하나의 수소 원자가 되었다. 그리고 두 남자 사이에 소니가 서 있다. 전혀 다른 모습의 세 사람은 감정으로 엮인 수소 분자처럼 보인다. 양자역학적으로 보면 전자는 두 원자 사이에 존재할 확률이 가장 높다. 소니는 지금 두 남자 사이에서 어느 쪽에 먼저 말을 걸지 고민하고 있다. 막 회사안으로 들어온 제이일지 아니면 인터뷰를 마치고 팀장님의 방에서 나온 지미일지. 이번에는 내가 그 찰나의 틈을 놓치지 않았다.

"소니야, 나 면접 끝났어. 손님 오셨어?"

"응, 잘했어? 저기 오셨네. 잠시만 기다려."

"저분이구나. 같이 가자. 어차피 바로 회의해야 하잖아."

"그럴까? 그러자 그러면."

소니 옆에 찰싹 붙은 나는 먼저 앞서서 걷기 시작했다. 제이의 시야에서 소니를 보이지 않게 하기라도 할 것처럼. 그럼에도 조급함을 드러내지 않기 위해 너무 빠르게 걷지는 않았다. 그런 자세는 상대에게 약점으로 보이기 쉬웠다.

"어서 오세요. 대표님. 먼 길 오시느라 고생 많으셨어요." 소니가 말했다.

"안녕하세요. 소니씨. 잘 지내셨죠?"

"그럼요. 대표님. 저야 늘 잘 지내죠. 이번 프로젝트가 너무 기대되어서 어쩌나 시간이 빠르게 가던지. 대표님 오시는 날만 기다렸네요."

"저도 이번 로제 와인의 출시가 기대되네요. 피델리티 마케팅 컴퍼티가 멜버른에서 홍보로는 최고니까 잘해주시리라 생각하고요. 옆에 분은 누구시죠?"

"아, 여기는 오늘부터 같이 일하게 된 지미예요. 저랑 같이 이번 프로젝트를 맡게 될 것에요."

"안녕하세요. 처음 뵙겠습니다. 대표님 말씀은 몇 번 들었습니다. 와인에 대해서 아주 큰 열정을 가지고 계신다고요." 나는 제이를 똑바로 보고 말했다.

"그런 편이죠. 와인에 있어서는 누구한테 지고 싶지도 않고요. 아무튼 잘 부탁드립니다."

"자자, 이렇게 서서 이야기할 것이 아니라 회의실로 가시죠." 소니는 두 남자를 이끌며 말했다.

 소니를 사이에 둔 두 수소 원자는 일정한 거리를 두고 회의실로 걸어갔다. 여기서 더 가까워지면 두 남자가 가지고 있는 양성자들이 서로를 밀어내려고 할 것이고 그것은 곧 불안정한 상태가 된다는 말이었다. 한 여자를 두고 두 남자는 눈에 보이지 않는 힘겨루기를 하고 있다. 그리고 소니는 적절한 인력과 반발력을 유지하며 두 개의 수소 원자를 분리하고 있다. 소니는 그렇게 자신을 공유하며 이 관계를 결합하고 있었다. 여자란 동물은 본디 관심을 먹고 사는 동물이라 주변에 여러 원자를 끌어들이는데 능하다. 그렇게 함으로써 무한한 생명력을 가지는 생명체. 소니는 두 남자의 이런 관심을 받는 것이 좋다. 여자로서 살아있다는 느낌을 가장 강력하게 받을 수 있기 때문이다. 더군다나 양쪽 다 마음에 드는 구석이 있는 남자라면 더할 나위 없는 풍족함을 느낄 수 있다. 거기서 얻을 수 있는 만족감은 더 이상 인스타그램에 올리기 위해 음식 사진을 찍어 올리지 않아도 된다는 뜻과 같았다.

"자, 그러면 이제 본격적으로 회의를 시작해 볼까요?" 소니가 말했다.

이 선언은 마치 자신을 두고 두 명의 검투사에게 결투를 벌여보라는 말처럼 들렸다. 그 결과에 따라서 자신의 에너지를 어느 쪽에 더 쏠지 생각해 보겠다는 소니의 속내였다. 소니는 공유결합에서 오는 만족감도 즐겼지만, 이온결합이 만드는 결정 또한 바라고 있었다. 이온결합은 전자를 공유하는 것이 아니라 전자가 아예 다른 원자로 넘어간 것이다. 즉, 자신을 둘러싼 원자 중에서 더 나아 보이는 쪽을 택해 연인이라는 이름으로 불리길 원한다는 뜻이다. 소니는 지금 전기음성도가 더 큰 쪽에 붙어 결합을 바라고 있었다. 나는 오래된 문장 하나를 떠올렸다.

진리는 혼동에서보다는 과실로부터 더 쉽게 나타난다. -프란시스 베이컨-

회의실 안은 고요했지만, 세 사람으로부터 무수히 많은 파동이 일어났다. 각기 다른 지점에서 관측된 파동은 물결처럼 서로의 파동을 굴절시키고 간섭하고 있었다. 소니가 일으킨 파동은 두 남자의 눈을 통해 빠져나가 간섭무늬를 만들고 있다. 그 증거는 두 남자의 눈동자가 좌우로 빠르게 움직이고 있었기 때문이다. 눈빛은 항상 많은 것을 말해준다. 그리고 소니는 이 관측을 통해서 자신이 파동을 만들고 있음을 깨달았다. 그 사실이 소니를 기쁘게 했다.

"여기 준비한 자료를 한번 봐주세요. 저번에 대표님이 요청하신

부분들을 반영해서 기획안을 새로 짜봤어요. 궁금하신 점이 있다면 물어보세요."

"음…. 전체적으로 기본기는 잘 짜여 있네요. 하지만 다른 와이너리도 하는 평범한 방식으로는 새로운 와인이 높은 시장 점유율을 차지하기란 쉽지 않죠. 물론 제가 만든 와인에 대한 자부심은 크지만, 그것을 잘 알리는 것은 또 다른 문제니까요. 시음회 행사나 소셜미디어 홍보 외에 좀 기발한 방법은 없을까요?" 제이가 말했다.

"우선은 소니가 준비한 계획대로 진행해 보시죠. 물론 대표님이 가지신 와인에 대한 자부심과 열정은 익히 들어서 알지만, 마케팅할 때 한쪽에서 말하고자 하는 것만 주장할 수는 없으니까요. 그것을 소비해 줄 고객들과의 상호작용도 고려해 봐야 하죠. 제가 보기에 소니가 충분히 기본기를 닦아놓은 것으로 보이고요." 나는 공격 포인트를 올리기 위한 틈을 찾았다는 듯이 질문을 던졌다.

"아, 물론 소니 씨가 가져온 기획안이 마음에 들지 않는다는 뜻은 아닙니다. 저도 미국에서 와인 주조뿐만 아니라 경영학도 부전공으로 배웠고요. 단지 더 창의적인 방법은 없을까 고민해 보고 싶은 거죠. 그냥 형식적인 이야기만 나누려고 몇 시간을 운전해서 멜버른까지 올 이유는 없으니까요. 저도 그렇게 한가하게 시간을 보내는 편이 아니라서요."

"그래, 지미야. 대표님이 바쁘신데 여기까지 오셔서 충분히 물어볼 수도 있는 거지. 그걸 해결해 주는 것이 우리가 할 일이고. 죄송해요. 대표님. 지미가 제 편을 들어주려다 너무 예민하게 받아들였나 봐요."

"괜찮습니다. 두 분이 친구라고 들었는데 아주 가까운가 보네요.

소니 씨는 든든하시겠어요. 소니 씨를 생각해 주는 친구와 같은 회사에 다니시고.”

“아, 뭐 착하고 좋은 친구죠. 가끔 답답할 정도로 배려심이 넘치긴 하지만. 아무튼 색다른 홍보 방안이 있을지 저희 쪽에서 생각해 보고 또 보고드릴게요.” 나는 제이의 말이 끝나기 무섭게 말했다.

 나의 이중슬릿 실험 장치에는 어쩔 수 없는 구조적 문제가 있었다. 그리고 그런 구조적 문제는 계속해서 그가 실수하게 했다. 어쩔 수 없이 더 아쉬운 쪽은 내가 될 수밖에 없는 역학적 구조였다. 누가 더 여유롭게 물체에 힘을 가할 수 있냐에 따라 물체가 기울어지는 방향이 정해졌다. 아무리 숨기려 해도 소니를 잃기 싫은 나의 마음은 균일한 파동을 내보내지 못했다. 또다시 전쟁의 기세를 잡은 것은 제이였다.

“이번 주말에 저희 와이너리로 시음도 할 겸 오시겠어요? 아무래도 직접 마셔보고 포도밭도 느껴봐야 좋은 아이디어도 나올 테니까요.”

“아 정말요? 너무 좋죠. 대표님. 저번에 얘기해주신 피노 누아가 너무 보고 싶었어요. 도대체 어떤 포도길래 대표님이 텐트까지 쳐놓고 정성을 들이는지 궁금해 미칠 거 같아요.”

“제가 가장 사랑하는 포도 품종이죠. 저희 할아버지가 유독 아끼시기도 했고요. 가끔 보면 저는 할아버지를 더 많이 닮은 것 같아요. 여러 취향에 있어서 말이죠. 아주 멋지신 분이셨죠.”

“뵌 적은 없지만, 대표님 말씀만 들어도 대단하신 분 같아요. 할아버지의 손길이 만든 와이너리를 가볼 생각에 너무 설레네요.”

“하하, 지미 씨도 시간 되시면 같이 오시죠. 와인에 대해서 관심이 많으신 것 같던데.”
"음... 그러죠. 어차피 소니랑 지금 같이 지내서요. 같이 가면 될 것 같네요.”
"자, 그러면 회의는 이쯤에서 끝낼까요?”
 세 사람의 파동이 이리저리 휘몰아친 자리에는 다양한 간섭무늬가 형성되었다. 삼각관계에서 흔히 나타나는 현상이었다. 소니가 가진 전자는 지금쯤 어디로 갔을까?

16장.

뫼비우스의 띠

◇

　시곗바늘이 돌고 있다. 0에서 시작된 관측은 시간을 따라 흐르고 흘러 오후 3시를 지나가고 있다. 햇살이 가장 강한 시간, 사무실 천장에 달린 크리스탈 장식을 통과한 햇빛은 내가 앉아 있는 공간에 작은 무지개를 만들었다. 오른손 가까운 곳에서 나타난 무지개는 오후 3시가 되어 가슴 가까운 곳에 머물고 있다. 하얗게만 보이던 햇빛이 나의 머릿속처럼 복잡하게 펼쳐진 채로 서서히 움직이고 있다. 영영 계속될 것만 같던 순간들이 조금씩 그 모습을 달리하고 있다. 해는 동쪽에서 떠서 서쪽에서 진다. 나는 자연의 이치를 거스르려고 했는지도 모른다. 누군가가 정말 좋아지면 그렇게라도 해서 자신의 가슴속에 그 사람을 새기고 싶어지니까. 소니를 다시 만나려고 기다렸던 지난 5년이란 시간이 어떻게 지나갔는지도 모를 만큼 설렜었다. 그러나 0에서 시작된 관측은 시간을 따라 흐르고 흘러 다시 3을 가리키고 있다.
　제이는 피델리티 마케팅 컴퍼니를 나와 멜버른 시내에서 열리는 와인 행사에 참석했다. 항상 포도밭에 머물며 하는 일이라곤 포도들이 잘 자라고 있는지 관찰하는 것이라 다른 일들에는 신경 쓸 여유가 없었다. 종종 호주 와인 업계에서 여는 시음회와 행사들에서 만나는 지인들과 보내는 시간이 유일한 외출이었다. 물론 그런 행사에 다니다 보면 제이의 소문을 들은 각계각층의 인사들이 먼저 다가와 말을 걸었다. 최근 블라인드 테스팅에서 명성이 자자한 구대륙 와인들을 제치고 최고점을 받은 후라 관심은 더 뜨거웠다.

그리고 프랑스 부르고뉴의 꼬뜨 드 본 지역의 유명한 와인, 샤샤뉴 몽라쉐의 책임자가 제이에게 다가와 말을 걸었다.

"오, 이게 누구신가. A.F Gros, Richebourg 2018 빈티지를 제친 제이 아닌가? 엄청난 균형미 때문에 깜빡 속을 뻔하지 않았나. 둘 중에 어떤 것을 골라야 하나 무진장 고민했지. 발랄함을 넘어서는 풍부한 장미 향에 약간의 트러플 향이 정말 인상적이었네. 4년 만에 그랑 크루를 이기다니. 피노 누아를 아주 환상적으로 다룰 줄 아는 구먼."

"좋게 봐주셔서 감사합니다. 할아버지가 생전에 피노 누아 포도밭을 잘 관리해 주신 덕분이죠. 피노 누아는 잠깐 한눈을 팔면 쉽게 망가지니까요. 건강한 피노 누아로 키우려면 많은 관심과 노력이 필요로 한데다 수확시기를 놓치면 그해 농사는 끝났다고 봐야 하니까요." 제이가 말했다.

"맞네. 피노 누아는 우리 와이너리의 주력 품종인 샤르도네보다 더 까다로운 품종이지.

"샤샤뉴 몽라쉐 화이트 와인의 명성은 익히 들었습니다. 한 모금 마셨을 때 느껴지는 상큼한 풀 향, 풍부하고 섬세한 아로마와 부케가 입안을 가득 채우죠. 거기다 달달한 벌꿀 향까지 품어내서 여자들이 아주 좋아하죠. 예전에 파리에서 지인들과 시음해 보고 아주 인상 깊었습니다."

"하하, 맞네, 우리 와인의 주된 소비자들이 여성들이지. 자네 여자들의 취향을 아주 잘 아는 것 같구먼. 여기 와있는 여자들이 왜 다 자네만 쳐다보는지 그 이유를 알겠어."

"좋은 와인을 만들려고 다양한 사람들과 와인을 많이 마셔보다 보니 어떤 와인을 여자들이 좋아하는지 자연스럽게 알게 되었을 뿐이에요. 물론 오늘 같은 날 유용하게 써먹기도 하고요. 여자들은 남자의 글과 말을 통해서 그 남자의 세계관을 탐험하니까요."

"영리하고 재밌는 청년이구먼. 하하. 이번에 새로운 로제 와인을 출시한다고 들었는데 잘 돼가고 있나?"

"최선을 다하고 있습니다. 가메이와 슈냉 블랑을 적절하게 배합해서 제가 원하는 색상을 내고 싶은데 쉽지는 않네요. 그래도 해내야죠."

"기대되는구먼. 출시하면 꼭 마셔보겠네. 저기 있는 아내가 아까부터 빨리 오라는 눈치를 보내서 나는 이만 가봐야겠네. 다음에 또 보지."

샤샤뉴 몽라쉐의 책임자가 물꼬를 튼 대화가 다른 사람들에게 용기를 주었는지 그 뒤로 많은 사람의 인사와 관심을 받는 제이였다. 평소에 조용한 성격이었지만 자신에게 쏟아지는 눈길을 은근히 즐기고 있는 제이였다.

시곗바늘이 돌고 있다. 햇살이 가장 강한 시간, 0에서 시작된 관측은 시간을 따라 흐르고 흘러 오후 3시를 지나가고 있다.

하늘이 노르스름해지고 있다. 그 순간의 태양은 아침에 먹었던 써니 사이드 업을 닮았다. 손으로 누르면 톡하고 터질 것만 같은 노른자는 태양의 모습을 연상시킨다. 다들 바쁘게 집으로 돌아가는 딱딱한 시간, 그 와중에 느낄 수 있는 한 줌의 애틋함이라 온종일 떠 있는 태양을 더 예쁘게 봐주는 것 같다. 소니와 나는 널브러져 있던 서류들을 차곡차곡 쌓아두고 집에 갈 준비를 했다. 그리고 소니가 쌓아둔 서류 더미 가장 위에는 우르사네 와이너리의 마케팅 기획서가 올라가 있다. 나는 그것을 봤지만, 아무런 말을 할 수가 없었다.

"지미야, 다 했어? 이제 집에 갈까? 오늘 너무 피곤한데 우리 그냥 가는 길에 밥 먹고 가자. 뭐 먹고 싶어?" 소니가 서류 뭉치를 내려놓으며 말했다.

"수고했어. 소니야. 에너지 충전 제대로 할 겸 고기 먹으러 갈까? 우리 저번에 갔던 Ginger Olive는 어때?"

"저번에 우리 갔었나? 근데 고기는 언제나 좋지. 그러면 거기 가자. 잠시만 나 손만 씻고."

"그래, 다녀와."

소니가 손을 씻으러 화장실로 간 사이 나는 소니가 올려둔 우르사네 와이너리의 마케팅 기획서에 손을 올렸다. 지금 나의 신경을 가장 거슬리게 하는 서류 뭉치다. 가능하다면 당장 가스불 위에 올려두고 태워버리고 싶다. 만약 그렇게 한다면 소니의 마음이 아플 것이다. 마음이 아픈 소니를 바라보는 나 자신의 마음도 분명 아플 것이다. 그래서 나는 조금의 구겨짐도 없이 그대로 서류를 내려놓았다. 오히려 한 번 더 가지런히 서류 뭉치를 가다듬은 다음에 다시 그 자리에 두었다. 소니의 마음이 다른 쪽으로 향하는 것을 알고 있음에도 나는 소니의 마음을 구기고 싶지 않았다. 그녀를 처음 만났을 때부터 가졌던 일종의 신념이다.

"얼른 가자, 밥 먹으러."

"그래, 가자. 소니야."

회사에서 그리 멀지 않은 곳에 있는 바비큐 전문 식당, Ginger Olive는 오늘도 사람들로 북적인다. 내가 소니에게 처음으로 Great Ocean Road에 가자고 말했던 특별한 식당이다.

"소니야, 오늘도 저번처럼 2인용 플래터랑 시저 샐러드 시킬까?"

"응? 근데 너 자꾸 왜 여기 나랑 와본 것처럼 말해? 나 아까부터 곰곰이 생각해 봤는데 여기 너랑 처음 오는 건데?"

"아... 그게..."

그랬다. 분명 소니와 여기 왔던 적이 있었다. 그러나 그것은 시간을 돌리기 전이었다. 지금의 시간에 익숙해져 버려서일까? 긴장이 완전히 풀린 것이다. 뭐라고 말해야 할까? 딱히 뾰족한 수가 생각나지 않는다. 뭐라고 변명한다고 한들 말이 안 되는 상황이었다.

"그러고 보니 저번에 문도 그냥 비밀번호 누르고 들어오고. 지미야, 너 갑자기 무서워. 너무 나에 대해서 많이 아는 것처럼 느껴져. 어떻게 안 거야?" 소니가 말했다.

"아... 그게. 뭐랄까? 내가 말하지 못한 비밀이 있는데. 이게 그러니까."

"너 무슨 초능력자야?"

"흠... 조금 비슷한 일이긴 한데. 내가 여기 오기 전에 모로코 여행을 다녀왔잖아. 그런데 어떤 신전에 들어갔다 왔더니 상상력이 엄청나게 향상되는 거 있지? 막 머릿속에 숫자들이 떠다니고 어떤 상황이 그려진다거나. 요즘 그래." 나는 어색하게 웃으며 말끝을 얼버무렸다.

"아, 미친. 그렇지? 너 원래도 좀 특이한 생각 많이 하는 건 알았는데 요즘 일 때문에 더 미친놈이 돼가는 것 같았다니까. 하하하. 깜짝 놀랐잖아. 아 저기 우리 것 나온다. 많이 먹고 좀 쉬어. 집에 가서 어깨 좀 주물러 줄게. 요즘 말은 안 해도 스트레스 많이 받았나 보다." 소니가 크게 웃으며 말했다.

"나도 모르게 면접이랑 이것저것 생각한다고 긴장했었나 보다. 와 맛있겠다. 소니도 많이 먹어. 립 잘라줄까?" 나는 뚝딱거리며 포크

질을 했다.

"응, 나 저기 제일 큰 거로 줘."

다행히도 상황은 잘 넘어갔다. 순간 머릿속이 아찔할 정도로 하얘졌다. 상황의 흐름은 어떤 사실의 여부와 상관없이 각자가 믿고 싶은 대로 흘러가곤 한다. 소니는 내가 너무 많은 스트레스를 받아서 잠시 미친 소리를 하는 것일 거라고 믿고 싶었을 테다. 그 이외의 다른 이유는 믿고 싶지 않았을 테다. 도저히 감당할 자신이 없었으니까. 나는 그냥 이 상황이 더 처참해지지 않고 빠르게 지나가기를 바랐다. 각자의 바람은 절묘하게 맞아떨어졌고 더 큰 문제를 만들지 않았다. 두 사람 모두 더 큰 문제를 만들고 싶지 않았다. 그러면 시간의 흐름은 요동치지 않고 두 사람의 예측 가능한 범위와 확률 내에서 현재를 흘려보낼 수가 있으니까.

"지미야, 나 맥주 마시고 싶어."

"어떤 맥주 마시고 싶은데? 로컬 맥주? 칼튼 드라우트 아니면 VB?"

"오, 내가 멜버른에 와서 말해줬던 맥주 아직 다 기억하고 있네. 역시 넌 내 말을 그냥 흘려듣지 않아서 좋아. 칼튼 드라우트 마실래."

"그래, 그러면 그거 두 개 시킨다."

나는 더 이상 실수를 하지 않기 위해 정신을 집중하고 신중하게 말을 내뱉었다. 그리고 아득하게 차오른 맥주가 두 사람 앞에 놓였다. 얼른 술이 필요했다.

 이른 새벽 Great Ocean Road 위로 차가 한 대 지나가고 있다. 행사를 마치고 우르사네 와이너리로 돌아가는 제이의 검은색 캐딜락은 통행량이 많지 않은 도로 위를 유유히 달리고 있다. 평소에는 운전을 즐기지 않지만, 제이는 간혹가다 혼자만의 시간이 필요하면 인적이 드문 길을 찾아 운전하곤 했다. 평소에 그가 운전을 직접 하지 않는 이유는 도로 위의 수많은 변수가 가져다주는 스트레스를 받고 싶지 않았기 때문이다. 갑자기 어디선가 튀어나오는 차, 행인, 신호들은 묘한 불쾌감을 줬다. 그리고 그것들에 반응하기 위한 긴장을 놓치지 않아야 하는 일련의 과정들이 그를 피곤하게 했다. 그래서 제이는 일부러 인적이 드문 시간과 장소를 찾아가는 것을 좋아했다. 그러면 온전히 운전이 주는 즐거움과 사색에 빠질 수 있기 때문이다.
 칠흑같이 어두운 밤이 지나가고 한 줄기 파스텔톤 푸른빛이 차오르고 있다. 아직 해가 졸린 눈을 비비고 있을 때의 하늘빛은 묘한 감정을 가져다줬다. 아마도 하늘이 보여줄 수 있는 가장 다채롭고 솔직한 모습이다. 하루 중에 그런 순간은 두 번 존재한다. 블루아워와 매직아워. 각기 다른 매력을 가졌지만 제이는 그중 블루아워를 좋아했다. 많은 사람이 퇴근길에 맞이하는 매직아워의 매력은 알지만 다들 잠든 사이에 벌어지는 블루아워의 매력은 잘 알지 못했다. 제이는 그런 특별함을 좋아했다. 물론 특별함을 좋아한다는 것은 주변 사람들로부터 깊은 공감을 얻기 어렵다는 말과 같다. 그래서 제이는 마음을 털어놓고 자기 생각을 말할 수 있는 친구가 그리 많지 않았다. 어쩌면 그는 많은 친구가 필요하다고 느끼지 않을지도 모른다. 그게 사람이라면 더더욱 그렇게 느꼈다. 오히려 애착을 가지는 몇 가지 물건에 더 애정을 쏟았다. 특히 포장도 뜯지 않은 레코드판이나 오랫동안 보관이 가능한 와인을 볼 때마다 온갖 상상을 다 했다. 가끔 이렇게 기다리기만 하다가 저것들을 영영 같이 열어보고 싶은 사람이 나타나지 않을지도 모른다는 생각도 했다. 그럼에도 아무에게나 쉽게 자신이 추구하는 기다림의 미학을 알려주고 싶지 않다는 고집이 있었다. 그것은 제이의 내면 깊은 곳에 자리한 순수한 사랑에 대한 갈망이 만든 행동 양식일지도 모른다. 그때 알렉스로부터 전화가 왔다.

"대표님, 어디쯤 오고 계세요?"

"아직 도착하려면 많이 남았어요. 무슨 일 있어요?"

"아, 별다른 것은 아니고 어제 주문하신 그네 디자인들은 보셨나 해서요. 갑자기 와이너리에 그네는 왜 설치하려고 하시는 거예요?"

"네, 어떤 것으로 하면 좋을지 생각하고 있었는데 두 번째 거로 해주세요. 특별한 손님이 저희 와이너리로 곧 오실 거라서요. 그냥 밋밋한 와이너리를 보여주고 싶지 않네요. 가능하면 밤에도 거기 앉을 수 있게 주변에 전구 장식도 해주면 좋겠어요."

"가끔 보면 대표님도 참 특이한 요청을 하실 때가 있네요. 대표님의 상상력을 자극하는 분이라면 보통 분은 아니겠고요. 아무튼 주문해 둘게요. 조심히 오세요."

"그래요, 곧 봐요."

제이는 소니에게 뭔가 특별한 기억을 선사해 주고 싶었다. 그리고 제이가 오랫동안 뜯지 않고 보관해 둔 레코드판과 와인을 소니와 함께 나눌지 말지 더 알아보고 싶었다.

 충분히 만족스러운 식사를 마치고 나온 나와 소니는 집으로 돌아왔다. 아침에 급하게 나가느라 수건은 의자 위에 걸쳐져 있고 허물을 벗듯 던져둔 옷은 바닥에 널브러져 있다. 그리고 정돈되지 않은 집안 상태를 보기 힘든 나는 아무 말 없이 하나씩 치우기 시작했다. 소니가 집안을 어지르거나 하는 성격은 아니었지만 자기가 주로 머무는 공간이 아니면 크게 신경을 쓰지 않는 눈치였다. 나는 종종 성격대로 소니에게 물건을 치우라고 잔소리했던 적도 있었다. 그럴 때마다 능글맞아지는 소니를 보며 그냥 웃고 말았지만, 나중에는 더 이상 청소에 대해서 말을 꺼내지 않았다. 소니도 굳이 깐깐한 나의 성격을 건드려서 더 큰 문제를 만들고 싶지 않았기에 융통성 있게 넘어가 주는 법을 터득했을 것이다. 5년이라는 시간이 만든 서로 간의 암묵적인 규칙이었다. 결국 그렇게 해야 서로를 잃지 않을 수 있었다. 각자에게 보내는 소리 없는 사랑 고백과 같았다. 종종 비언어적인 표현으로도 충분히 당신을 사랑한다는 마음을 전할 수도 있으니까. 츤데레 성격인 나는 오히려 그렇게 소니에게 나의 마음을 전하는 편이 더 쉬웠다.

 한날은 소니가 코스트코에 진열된 커다란 곰 인형을 보고 무척 좋아했던 적이 있다. 하지만 미국을 떠날 시간이 얼마 남지 않아서 차마 집으로 데려오지 못했었다. 나는 그런 소니에게 아쉽지만 잘 선택했다고밖에 말했다. 소니는 한밤을 자고 난 뒤 그 전날 자신이 곰 인형을 그렇게 가지고 싶었었는지도 기억하지 못할 정도로 새로운 하루를 보냈다. 소니가 미국을 떠난 뒤에도 나는 그날을 기억하고 있었다. 몇 년이 지난 뒤에도 코스트코에서 매년 진열되는 거대한 곰 인형을 볼 때마다 그날이 생각났다. 그 거대한 곰 인형을 어떻게 호주로 보낼지 생각했다. 그냥 그 곰 인형을 볼 때마다 소니가 아이처럼 가지고 싶다고 떼쓰던 눈빛을 잊을 수가 없었다. 그래서 그 거대한 곰 인형을 어떻게 하면 소니에게 줄지 계속 생각을 했다.

 소니가 미국을 떠난 지 3년째가 되던 날, 우연히 Youtube를 보던 나는 양말로 인형을 만드는 영상을 보게 됐다. 그래, 저거라면 호주로 보내는 데 큰 무리가 없겠다. 그날 이후로 잘 신지 않던 양말을 꺼내서 몇 개를 잘라먹었는지 모르겠다. 그렇게 어느 정도 바느질 실력이 늘었을 때, 새로 산 두툼한 양말 한 짝으로 소니가 가지고 싶어 했던 곰 인형을 만들었다.

"소니야, 호주 주소 좀 불러봐."
"갑자기 주소? 뭐 보내려고?"
"응, 나 드디어 해결책을 찾았어."
"애가 또 이상한 소리 하네. 쓸데없는 것 보내기만 해봐."

To. 소니
 소니야, 기억할지 모르겠지만. 3년 전, 우리 코스트코 갔을 때 기억나? 매년 코스트코에 진열되는 거대한 곰 인형. 그거 네가 가지고 싶어 했잖아. 비록 그거랑 똑같은 곰 인형은 아니지만 네가 그렇게 가지고 싶어 했었으니까. 나는 잊지 않고 있었으니까. 조금 많이 늦었지만 이제야 그거 준다.

From. 지미

그렇게 시간이 흐르고 흘러서 소니가 몇 번의 이사를 했음에도 내가 양말로 만들어 준 곰 인형은 소니의 책상 한쪽에 앉아 있다. 그리고 소니는 가끔 기분이 울적할 때마다 그 인형을 만지작거렸다. 그냥 그걸 만지고 있으면 괜히 기분이 좋아져서. 자신이 무심코 내뱉었던 소망을 지미가 잊지 않고 이뤄줘서. 그 마음이 너무 따뜻해서. 자신의 마음이 다른 곳으로 향하는 것을 알지만. 그게 지미에게는 미안하지만. 무언가를 잃어가고 있다는 것을 소니도 알지만. 그 인형을 언젠가는 치워야 한다는 것을 알지만. 조금만 더 그 자리에 인형을 두고 싶었다.

17장.

선택의
갈림길

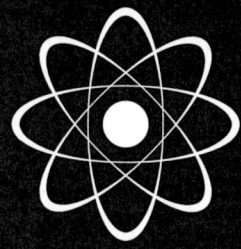

◇

플린더스 스트리트 역에 아침 햇살이 들어온다. 역 안은 멜버른 시내로 출근하려는 사람들로 가득하다. 여전히 엘리스는 바쁘게 커피를 내리고 있다. 그리고 저 멀리서 알렌 할아버지가 포토부스를 향해 걸어온다. 한 손에는 신문이 들려있다. 오늘도 할아버지는 검지로 안경을 몇 번 들어 올리며 가져온 신문을 다 읽고 집에 갈 생각이다.

"엘리스, 오늘은 펌킨 라떼 한 잔 부탁하네." 알렌 할아버지가 신문을 옆구리에 끼고 말했다.

"오늘은 일찍 나오셨네요. 잠시만 기다리세요. 금방 만들어 드릴게요."

"그래, 고맙네."

날이 조금 쌀쌀해졌다. 물론 멜버른의 겨울은 북반구의 다른 도시들처럼 강추위를 동반하지는 않지만, 이곳 날씨에 익숙해진 호주인들에게 계절 변화는 더 민감하게 다가왔다. 이제 막 포도 추수철에 들어간 호주 전역에는 수많은 와이너리에서 보내는 광고 전략이 난무했다. 알렌 할아버지가 보는 신문에도 다양한 와이너리로 오라는 문구가 가득하다. 그중 눈에 띄는 한 광고가 있다.

'La Rose de Souffle, 분홍색 숨결이 당신 곁에 머물게 해요. 소중한 당신의 오감을 즐겁게 할 거예요.'

우르사네 와이너리와 피델리티 마케팅 컴퍼니에서 오랜 고심 끝에 만든 문구였다. 그리고 우르사네 와이너리에서 새로 출시한 로제 와인과 유명 향수 업체와 협업을 한 향수가 같이 서 있다. 젊은 여성들을 겨냥한 아기자기하고 농염함이 가득한 광고였다. 물론 알렌 할아버지도 그전에 보지 못한 새로운 방식의 광고라서 유심히 봤다. 보통 와인에 집중하기 마련인 다른 와이너리의 광고와 달리 이 광고는 그보다 복합적인 감정을 일으키게 했다. 단순히 이 와인을 마셔보고 싶다는 것에서 그치기보다 이들이 만들고자 하는 상상의 공간에 들어가 보고 싶다는 생각을 불러일으켰다.

"할아버지, 여기 펌킨 라떼요."

"그래. 잘 마시겠네. 엘리스 여기 이 광고 좀 보게나. 내 생각에는 꽤나 잘 만든 광고라고 생각하네. 엘리스 나이 때가 딱 좋아할 만하지 않나?"

"음, 그렇네요. 평소에 보던 와이너리 광고와는 좀 다르게 느껴져요. 아마 와이너리를 운영하는 사람이 젊고 세련된 감각을 가졌을 것 같아요. 보통 와인 사진만 있거나 포도밭을 보여주기 마련이니까요. 그것보다는 훨씬 자기 브랜드만의 이미지를 구축하려는 시도가 보이네요. 저는 마음에 들어요."

"그렇지? 내가 보기에도 꽤 흥미로운 와이너리 광고라 생각하네."

대화를 마친 알렌 할아버지는 다시 한번 와이너리와 마케팅 컴퍼니의 이름을 읽어보았다. 그때 멜버른 교통국의 직원이 다가와 알렌 할아버지에게 말을 걸었다.

"혹시 알렌 할아버지신가요?"

"네, 그렇습니다만 무슨 일인지요?"

"아, 제대로 찾아왔군요. 흠... 유감이지만 조금 안 좋은 소식을 전달해 드려야겠습니다. 이번에 저희 역이 더 많은 이용객의 편의를 위해서 구조변경을 하기로 했습니다. 미리 양해를 구해야 했는데 워낙 갑작스럽게 교통국에서 내려진 결정이라 작은 점포들의 사정까지는 고려하지 못했습니다. 앞으로 한 달 뒤면 철거 작업에 들어갈 텐데 그전에 포토부스를 다른 곳으로 옮겨 주셨으면 합니다. 솔직히 요즘 같은 시대에 오래된 포토부스에서 사진을 찍는 사람들이 많지도 않아 보이고요. 다들 휴대폰으로 간편하게 사진을 찍어서 편집도 하는데 말이죠. 아무튼 갑작스럽게 이런 말씀을 드려서 죄송합니다."

"아... 조금 당황스럽네요. 저도 수십 년 동안 이곳에서 포토부스를 했으니 이제 그만할 때가 됐다고는 생각하지만…. 그래도 이곳을 찾아오는 사람들이 있기에 계속하고 싶다는 마음을 가지고 살아서요. 혹시 역 안의 작은 공간이라도 내어주실 수는 없는지요? 아주 구석이라도 괜찮습니다."

"흠…. 죄송하지만 현재의 설계대로라면 더 많은 푸드코트와 디지털 광고판이 설치될 겁니다. 그쪽이 역의 수입 증대에 도움이 될 테니까요. 안타깝게 됐습니다. 그럼 저는 이만 가보겠습니다. 포토부스 이전에 도움을 받고 싶으시면 또 연락해 주십시오."

 그렇게 암울한 소식을 전한 교통국의 직원은 뒤도 돌아보지 않고 역을 빠져나갔다. 알렌 할아버지는 한동안 아무런 말도 하지 않고 자리에 앉아서 멍하니 역 안을 둘러보기만 했다. 대화를 나눠보지 않았지만, 익숙한 얼굴들이 많이 보인다. 이른 아침 어머니의 손을 잡고 걸어가는 꼬마, 이번에 새로 고용된 청소부, 한 손에 구두를 들고 슬리퍼를 신고 출근하는 직장인. 어쩌면 알렌 할아버지는 다양한 모습을 한 사람들 사이에서 누군가를 찾고 있었다. 언젠가는 다시 만날지도 모른다는 희망을 품고서.

"알렌 할아버지, 괜찮아요?" 바쁘게 커피를 만들던 앨리스가 일을 끝내고 할아버지에게 다가와 말을 걸었다.

"그럼. 언젠가는 일어날 일이었으니까. 자네는 여기서 계속 일할 수 있나?"

"음... 저희 커피가게는 변경 계획에 포함이 되어서 석 달 정도 뒤에 다시 문을 열 수 있을 것 같아요. 다행히 역에서 보조금을 지원해 준다고 하네요. 그래서 몇 달 다른 일을 하던지 쉬다가 오려고요."

"잘 됐구먼. 자네는 아직 젊으니까."

"할아버지는 이제 어떻게 하시려고요? 솔직히 너무하다는 생각도 드네요. 수십 년 동안 이 역의 명물이었던 할아버지의 포토부스를 그렇게 쉽게 없앤다니."

"모든 것이 순리대로 흘러가는 것 아니겠나. 오래된 것은 점점 필요성을 상실하고 새로운 가치로 채워지는 거지. 너무 걱정하지 말게나. 나도 이제 오고 가고 다리가 아파서 말이야. 집에서 푹 쉬라는 신의 계시 아니겠나."

"할아버지가 자꾸 체념하듯이 말씀하시니까 더 슬퍼지잖아요. 우리 사람들에게 알려서 탄원서라도 내볼까요? 포토부스가 계속 있기를 바라는 사람들이 많을지도 모르잖아요. 저처럼."

"하하, 말이라도 고맙네. 설령 우리가 그렇게 한다고 한들 도시 계획을 바꾸기가 쉽겠나. 나도 앞으로 얼마나 포토부스를 할지도 모르는데. 이제 자리를 비켜줄 때가 됐다고 생각하네."

"해보기라도 해요. 할아버지. 저희 커피가게 인스타그램 팔로워가 꽤 되니까 게시물을 올려볼게요. 분명히 멜버른에 할아버지의 포토부스가 계속 있기를 바라는 사람들이 있을 거예요. 만약 우리가 바라는 대로 되지 않더라도 할아버지와 마지막 인사를 나눌 기회를 만들어요. 할아버지도 그냥 사람들이 좋아서 여태까지 한 거잖아요."

"그렇게 말해주니 고맙구먼. 그래, 앨리스. 다른 것보다 혹시나 있을지 모를 사람들과 작별 인사를 나누는 건 나도 하고 싶구먼. 그러면 부탁 좀 하겠네."

"그러면 포토부스 옆에 서보세요. 제가 사진을 찍어서 인스타그램에 올릴 테니까."

앨리스는 멜버른에 사는 사람들이 가장 태그를 많이 하는 단어를 모조리 넣어 게시물을 올렸다. 수많은 좋아요와 리그램을 통해 이 소식은 빠르게 멜버른 전역으로 퍼져나갔다. 그리고 지미도 그 게시물을 보게 된다.

온 도시가 알렌 할아버지의 포토부스에 관한 이야기로 가득했다. 남녀노소를 가리지 않고 멜버른에 사는 사람들이 한 번쯤 플린더스 스트리트 역에 와봤다. 그리고 50년을 그 자리에 서 있었던 포토부스에서 사진을 찍거나 알렌 할아버지와 눈을 마주쳤다. 평소에는 큰 관심이 없었던 사람들도 도시에 늘 있던 존재가 갑자기 사라진다는 소식을 들으면 왠지 모르게 아쉬움이 생기기 마련이다. 무엇이든 당연하게 생각하는 것이 많아진 현대인들에게 상실감은 더 크고 민감하게 다가온다. 그것은 멜버른에 사는 사람들이라고 다르지 않아 보인다. 0에서 시작된 시곗바늘은 다시 0으로 향하고 있다. 밀린 업무를 하던 소니와 나는 어느덧 자정을 향해가는 시계를 보고 있다.

"이제 그만하고 잘까?"

"그러자. 내일도 있으니까. 아! 소니야. 너도 플린더스 스트리트 역에 있는 포토부스 알아? 그거 외할아버지가 하시는 곳."

"응, 거기서 사진을 찍어보진 않았는데 뭐 말하는지는 알아. 근데 왜?"

"아까 인스타그램에서 본 건데. 기차역이 내부공사를 해서 사라진다고 하네."

"아 진짜? 하긴 거기 엄청 오래된 곳이라고 듣기는 들었어. 아쉬워하는 사람들도 있겠다. 아는 사람들은 아는 멜버른의 명물이기도 했으니까."

"그러게. 그렇게 오랜 시간을 간직한 곳이 없어진다고 하니까 자꾸 신경이 쓰이네."

"누가 들으면 멜버른에서 태어나서 평생 산 사람처럼 생각하겠다. 몇 번 그 역에 가더니 벌써 정들었어? 그 할아버지 잘 알지도 못하잖아. 다른 사람들 별로 신경도 안 쓰면서 애가 이상한 포인트에 감성적으로 변하고 그래." 소니가 어이없다는 듯이 웃으며 말했다.

"틀린 말은 아닌데. 평소 같았으면 그냥 자연스러운 시대의 변화라고 말했을 게 분명한데. 이상하게 마음이 안 편하네. 며칠 뒤에 마지막 송별 행사 같은 걸 하려나 봐."

"네가 그렇게 마음이 쓰이면 거기 없어지기 전에 같이 사진이나 찍어둘까? 나도 아직 거기서 사진 찍어본 적 없는데. 지미 너랑 같이 사진도 찍은 지 오래된 것 같고. 우리 예전에 코스트코 갔다가 걸어오면서 찍은 사진. 그 이후로는 같이 사진 찍은 적 없지 않나?"

"그런 것 같아. 그때 네가 입었던 빨간색 원피스 예뻤는데. 네가 아침에 사과 먹는 것 좋아해서 사과 사러 자주 갔잖아."

"맞아. 그래도 내가 먹고 싶다는 거 생기면 군말 안 하고 같이 따라가 줬지. 그래서 좋았어."

"그럼 네가 술 먹고 연락도 안 되고 갑자기 화나서 집에 갈 때만 뭐라고 했지. 쓸데없는 일들은 뭐라고 안 하지."

"아, 미친. 술 먹다 보면 취해서 그냥 집에 가서 뻗을 수도 있지. 네가 자꾸 말 예쁘게 안 하니까 집에 간다고 한 거고."

"아무튼 가끔 그날의 너는 참 예뻤다는 생각 자주 해. 물론 지금이 예쁘지 않다는 말은 아니지만."

"참나, 넌 그냥 내가 예쁘다는 말만 할 수는 없니? 꼭 그렇게 언제는 이랬고 이때는 이랬고 분석하고 그러더라. 하여간 빈말을 못 해요. 내가 속에 천불이 난다. 정말."

"예뻐. 처음 만났던 그날부터 지금까지 한결같이 예뻐. 아마 우리가 다시 만나지 못하는 순간이 오더라도 나는 네가 예쁘다고 생각할 거야." 나는 멋쩍게 웃으며 말했다.

"또 또 잘 가다가 우울해지는 소리 한 숟가락 넣는다. 어휴. 내가 바랄 걸 바라야지. 아무튼 예쁘다는 소리는 진심인 것 같으니까. 봐 줄게. 그나저나 이틀 뒤에 대표님 와이너리에 가서 며칠 묵고 오려면 뭐 입고 갈지 봐야겠다. 아, 별로 입고 갈 거도 없는데 내일 옷이나 사러 갈까."

"그냥 주말 동안 가는 건데 편하게 입고 가면 되지. 뭐 잘 보일 사람도 없는데."

"혹시 알아? 거기에 가면 대표님이 성대한 만찬을 준비해 주실지. 그러면 또 격식에 맞게 입고 가야지. 우아한 검은색 드레스가 나으려나? 아니면 화사한 하늘색 원피스가 나을까? 사진으로 보니까 엄청나게 큰 저택도 있고 포도밭도 아주 넓던데. 기대되지 않아?"
"평소에는 그런 곳에서 묵을 기회가 잘 없으니까 좋기야 하지."
"치, 좋으면 좀 텐션 좀 올려라. 뭐 죽으러 가는 사람처럼 그러냐. 지미야, 검은색이 좀 더 우아해 보이지?"
"네가 보기에 좋은 거 입고가. 나는 먼저 잔다."
 나는 뾰로통한 표정을 짓고 침실로 들어갔다. 어떻게 웃어줄 수 있을까? 자신이 아니라 다른 남자한테 잘 보이고 싶어 하는 마음이 보이는데. 그냥 유명한 와이너리에 가서 좋은 시간을 보낸다는 사실보다 그곳에 있는 사람과 함께 할 시간이 기다려져서 소니가 신나 있다는 것을 아는데. 침대에 누운 나는 다시 인스타그램을 켜서 알렌 할아버지의 소식을 봤다. 그리곤 무언가 생각했다.

*

 50여 년 전, 와인바에서 일하던 알렌 할아버지는 맞은 편 위스키 바에서 일하던 여자에게 첫눈에 반했다. 그것을 눈치챈 동료, 장 자크 아노는 알렌 할아버지의 손을 잡고 같이 위스키 바로 향했다. 장 자크 아노는 동갑이었지만 알렌 할아버지보다 여자에 대해서 더 많이 알았다. 그 당시에 둘은 와인바를 마치고 주변에 있는 다른 술집에 가서 아침까지 술을 마시다가 장 자크 아노의 집에 가서 자곤 했다. 다소 보수적인 가정에서 자란 알렌 할아버지에게 장 자크 아노의 삶이 색다르게 다가왔다. 동거하는 여자들의 물건이 그의 집안 곳곳에 있었다. 솔직히 말해 알렌 할아버지는 장 자크 아노가 부러웠다. 그리고 그가 보여주는 세상의 다른 면을 보고 나서 깊은 생각에 잠기곤 했다. 장 자크 아노는 알렌 할아버지의 순수함을 좋아했다. 반면에 언젠가 당신도 이런 세상에 익숙해져야 할 것이란걸 알려주고 싶어 했다. 그래서 알렌 할아버지를 데리고 위스키 바에 가서 훈련을 시키고 싶었다. 그렇게 쳐다만 보기만 해선 좋아하는 여자를 만날 수 없다는 것을 보여주고 싶었다. 그는 특유의 유쾌함으로 위스키 바에 있는 사람들을 사로잡았다. 그리고 알렌 할아버지가 좋아하는 여자와 둘만의 시간을 만들 수 있도록 알렌 할아버지를 도와주었다. 장 자크 아노는 대단한 전략가였다. 어쩌면 그의 불우한 유년 시절이 그를 더 강하게 만들었다. 그렇게 알렌 할아버지는 수줍음을 꾹 참고 그녀와 천천히 가까워졌다. 알렌 할아버지도 정말 그녀와 연인이 될 줄은 몰랐다. 두 가게의 모든 직원이 응원하는 커플의 탄생이었다. 그게 알렌 할아버지의 첫사랑이었다.

　알렌 할아버지는 너무 자신의 이상형에 부합하는 여성과의 만남에 있어서 항상 뚝딱거리곤 했다. 누가 봐도 청순하고 마음씨가 따뜻한 여성이었다. 어쩌면 그런 여성이라서 알렌 할아버지의 순수함이 만드는 답답한 행동을 보듬어줄 수 있었다. 만날 때마다 긴장된 몸짓과 말투를 보면서도 딱히 싫은 내색을 하지 않았으니까. 하지만 그 시간이 길어지자 점점 따분해지기 시작했다. 계속 자신감을 가지지 못하는 알렌 할아버지의 행동에 실망했다. 그리고 어느 정도의 시간이 더 흐르고 나서 그녀는 알렌 할아버지에게 이별을 통보했다. 알렌 할아버지는 허탈감에 빠져서 며칠간 방을 벗어나지 못했다. 그리고 장 자크 아노가 알렌 할아버지를 찾아왔다.

　"알렌, 뭘 그렇게 기가 죽어있나. 술이나 먹으러 가자고." 장 자크 아노가 말했다.

"아니야, 나는 그냥 좀 더 누워있고 싶어."

"그런다고 뭐가 나아지나? 어서 옷 입고 나와. 내가 어제 만난 여자들과 같이 술 먹기로 했으니까."

 장 자크 아노는 알렌 할아버지를 데리고 나가 기분 전환을 시켜주었다. 그렇게 며칠간 술을 마시며 조금씩 이별의 아픔에서 벗어나기 시작했다. 몇 달 뒤 와인바를 그만둔 알렌 할아버지는 그 후로 장 자크 아노를 볼 수 없었다. 나중에 소문으로 듣기론 그가 다른 도시로 갔다고 했다. 아마도 그의 동거녀와 문제가 생기고 도망을 가지 않았나 싶다. 그래도 알렌 할아버지는 장 자크 아노가 나쁜 사람이라고 생각하지 않았다. 그의 환경이 그를 그렇게 만들었다고 생각했다. 장 자크 아노도 유복한 가정에서 태어났다면 더 좋은 일을 하면서 살만큼 영리하고 따뜻한 마음을 가진 사람이었으니까. 그리고 불우한 환경에서도 늘 긍정적인 생각을 하려고 했던 사람이니까. 그래서 50년이 지난 후에도 알렌 할아버지는 플린더스 스트리트역에서 알렌 할아버지의 첫사랑과 장 자크 아노를 만날 수 있을 거란 희망을 품고 살았다. 시간이 너무 많이 지나버려서 과거의 일들이 큰 의미는 없지만 알렌 할아버지는 그날의 감정을 오랫동안 간직했다. 이제는 50년 전 첫사랑의 설렘과 장 자크 아노와의 우정이 그리운 것이 아니라 아주 순수했던 과거의 자신이 보고 싶었다. 세월이 점점 흘러감에 따라 사람들의 행동을 따지게 되고 서로를 못 잡아먹어서 난리인 세상이 싫었다. 그래서 그 후로 알렌 할아버지는 사람들과 깊은 관계를 맺지 않고 적절한 거리를 두고 살았다. 자기 집과 포토부스를 오가며 사람들을 관찰할 뿐이었다. 그냥 자신의 순수했던 모습을 만날 수 있는 첫사랑과 장 자크 아노가 나타나기를 기다렸다. 영영 그 두 사람이 이 역에 나타나지 않더라도 기다리고 싶었다. 그런 희망조차 없다면 알렌 할아버지에게 삶은 무의미했다. 그렇게 50여 년이 흐르고 알렌 할아버지의 포토부스는 더 이상 플린더스 스트리트역에 있을 수 없게 됐다. 오래도 기다렸다. 어쩌면 그 두 사람은 더 이상 멜버른에 오지 않을지도 모른다. 다른 나라에 갔을지도 모르고 과거에 알렌 할아버지와 추억이 있었다는 사실을 잊어버렸을지도 모른다. 알렌 할아버지 혼자 그날의 시간이 소중했고 애틋했을지도 모른다. 시간의 온도는 사람마다 너무 다르게 느끼니까. 같은 온도로 시간을 기억한다는 것은 불가능하니까. 그래도 알렌 할아버지는 그들을 따뜻하게 기억하고 싶다. 그리고 시계가 0에서 시작해서 0으로 다시 돌아가기 전에 그들을 만난다면 즐거운 마음으로 와인을 마시고 싶다. 나의 지나간 날에 찾아와줘서 고마웠다고. 그거면 충분했다고. 그 말을 전하고 싶은 알렌 할아버지다.

주말 아침이 밝아왔다. 소니는 평소보다 일찍 일어났다. 늘 조금만 더 자겠다고 칭얼대던 소니가 아니라 벌써 머리에 롤을 말고 화장을 하는 소니가 의자에 앉아 있다. 그런 소니를 애써 못 본 체하고 있는 지미다. 소니의 기분이 좋아 보인다. 그녀가 웃으면 항상 기분이 좋았었지만, 이런 순간의 웃음은 전혀 달갑지 않다.
"오늘은 웬일로 이렇게 빨리 준비한대?" 나는 눈을 비비며 말했다.
"놀러 가잖아. 당연한 걸 묻고 그래. 너도 어서 준비해."
"나야 뭐 20분이면 다 끝나는데. 근데 나랑 그레이트 오션 로드 갈 때는 이렇게 빨리 안 움직이더니. 잠투정에, 물심부름에 양치 시켜

달라 옷 입혀달라고 다 해놓고."

"그건 너니까. 너한테만 그렇게 할 수 있으니까 그랬지. 오늘이랑 같니?. 어휴 지금 그게 섭섭해서 그러니? 너랑 대표님은 다르잖아. 곧 대표님이 보낸 차가 집 앞으로 오기로 했으니까 빨리 준비해 너도."

나는 아무런 대답을 하지 않고 그저 소니를 바라봤다. 섭섭했다. 이제 나는 소니에게 너무 익숙하고 편해진 사람인 걸까 싶어서. 나도 소니에게 설렘 가득한 기분을 주고 여행을 갔으면 해서 자꾸만 자신이 작게 느껴졌다. 지금 자신이 가진 것으론 와이너리 대표를 이길 수가 없다는 생각이 들었다. 시간을 돌아오면 분명 잘할 수 있을 거로 생각했는데 막상 그 선택을 하고 난 뒤에도 딱히 바뀐 것은 없어 보였다. 그걸 인정할 수밖에 없을 것만 같았다. 나는 그게 지금 두렵다. 지금 뒤돌아서 세수하러 가면 그걸 인정해 버리는 것만 같아서 소니를 빤히 쳐다볼 수밖에 없다. 그로부터 30분 뒤 알렉스는 제이의 검은 캐딜락을 몰고 소니의 집 앞에 도착했다.

"소니 씨, 지미 씨?" 알렉스가 말했다.

"네, 알렉스 씨. 처음 뵙겠습니다. 대표님에게 데리러 오신다고 전화받았어요. 먼 곳까지 와주셔서 감사해요."

"대표님이 특별한 손님이라고 하셔서 이렇게 직접 왔습니다. 보통 이런 심부름은 잘 시키시지 않는데 이번은 유독 챙기시네요. 아마 두 분을 아주 좋게 보셨나 봅니다. 아무튼 갈 길이 머니까 얼른 가시죠."

차는 멜버른 시내를 벗어나 8번 국도 위를 달리고 있다. 그리고 그 길의 끝에 제이의 우르사네 와이너리가 있다. 소니는 차를 타고 가는 내내 신이나 보였다. 알렉스에게 이것저것 물어보며 입이 쉬지를 않았다. 알렉스는 그런 소니를 보며 왜 대표님이 그녀를 준비하라고 했는지 이해했다. 와이너리 한가운데 설치된 그네는 잘 익은 포도의 향과 과즙으로 둘러싸여 있었다. 그해에 가장 화려하고 아름다운 모습을 볼 수 있는 곳에 제이는 그네를 두었다. 그리고 제이는 자신의 저택에서 그네를 바라보고 있다. 바람에 그네가 움직인다. 포도 향이 그녀의 움직임을 따라 춤을 춘다. 제이가 머릿속에 그렸던 그대로. 소니가 웃고 있다. 그리고 그런 소니를 나는 바라보고 있다. 두 남자가 소니의 웃음을 바라보고 있다. 점점 차는 우르사네 와이너리로 가까워진다. 주변에 포도밭이 보이자, 소니가 더 밝게 웃었다.

너무 쾌청한 날씨다. 거기에 바람까지 솔솔 불어온다. 어째서 제이의 포도밭에서는 좋은 향기마저 날까? 누군가는 이보다 더 좋은 날이 있냐고 말하겠지만 나에게는 이보다 우울할 수가 없다. 소니가 너무 행복하게 웃는다. 알렉스가 브레이크를 끝까지 밟고 기어를 P로 옮기자마자 소니는 문을 열고 차에서 내렸다. 그 모습을 바라보고 있던 제이가 전망대 계단 위에서 천천히 내려온다. 소니는 함박웃음을 지으며 제이에게 말을 건넨다.

"우와 대표님. 포도밭이 어마어마하게 넓은데요? 어디가 끝인지도 모르겠어요." 소니가 방방 뛰며 말했다.

"할아버지와 아버지가 수십 년 동안 너무 일을 크게 벌이신 덕분이죠. 가끔은 그분들이 밉기도 해요. 제게 왜 이렇게 버거운 일을 남기고 가셨나 해서."

"남들이 들으면 배부른 소리 한다고 욕하겠어요. 1년 내내 와인 못

마실 걱정은 안 해도 되잖아요."

"하하. 뭐, 그건 맞는 말이죠. 어서 오세요. 지미 씨도. 먼 곳까지 와주시느라 고생하셨습니다."

"네, 안녕하세요. 초대해 주셔서 감사합니다. 듣던 대로 굉장히 멋진 와이너리네요."

"감사합니다. 자, 이제 들어가시죠. 배도 고플 텐데."

제이가 내려왔던 전망대 안에 설치된 테이블에는 갖가지 음식들과 이번에 새로 출시한 로제 와인이 놓여 있다. 한눈에 보기에도 제이의 미적 감각이 느껴진다. 분명 제이는 와인과 음식의 페어링에 많은 신경을 썼을 것이다. 굳이 그런 시간의 투자에 대해서 일일이 설명할 필요는 없었지만, 조금만 예민한 사람들이라면 짧은 영화처럼 머릿속에 제이의 마음 씀씀이가 그려졌다.

"완전 진수성찬이네요. 대표님. 안 그래도 오는 중간에 알렉스 씨가 식당에 들르자고 하셨었는데 왠지 대표님이 저녁 만찬을 준비해 두셨을 것 같아서 간단하게 허기만 채웠어요. 역시 그러길 잘했네요."

"점심도 맛있는 음식 드시질 그러셨어요. 일부러 알렉스에게 아는 식당도 몇 군데 알려줬는데. 임무를 제대로 수행하지 못했네요. 혼 좀 내야겠어요. 하하." 제이가 웃으며 말했다.

"에이, 얼마나 잘 해주셨는데요. 그러지 마세요. 괜히 미안해지니까. 그럼 뭐부터 먹으면 될까요? 처음 보는 음식이 너무 많아서 어디서부터 손을 대야 할지 모르겠네요." 소니가 신이 나서 말했다.

"편하게 드세요. 코스 요리도 아니고 격식 따져가면서 먹어야 할 필요가 있나요. 이번에 새로 나온 로제 와인부터 한잔할까요? 이 와인이 태어난 곳에서 마시는 경험은 또 색다를 테니까요. 그걸 느끼게 해주고 싶어서 두 분을 이곳으로 초대한 것이기도 하고요."

"너무 좋아요. 아, 이번에 지역신문과 방송에 내보낸 저희 광고 엄청나게 반응이 좋아요. 다른 와이너리에서도 문의 전화가 많이 오고요. 이번에 우르사네 와이너리와 독점 계약이라서 다른 와이너리랑은 힘들다고 말하는데 얼마나 곤욕스러웠는지 몰라요."

"피델리티 마케팅 컴퍼니가 잘해주신 덕분이죠. 몇 달 뒤 플린더스 스트리트역에 디지털 광고판이 설치되면 여러분의 노고가 더 빛이 날 것으로 생각합니다. 잘 부탁드릴게요. 끝까지."

"물론이죠. 대표님이 다른 클라이언트와 다르게 시안들을 빠르게 결정해 주셔서 일이 수월하게 진행되고 있어요."

"저도 깐깐한 성격이지만 유서 깊은 마케팅 회사답게 클라이언트에 맞춰줄 실력을 갖췄다고 생각해요. 팀장님과 몇 번 통화했을 때 그걸 느꼈고요."

"저희 팀장님 이쪽 업계에서는 굉장히 잔뼈가 굵으신 분이시죠. 가끔 냉정하게 변하시기도 하시지만 그래도 배울 점은 많으세요."

"그러신 것 같았어요. 너무 일 얘기가 길어졌네요. 어서 건배하고 음식 식기 전에 드시죠."

나는 대화에 쉽게 끼지 못했다. 아니, 끼고 싶지 않았다. 억지로 그 사이에 껴서 수치심을 드러내고 싶지 않았다. 무슨 말을 해도 혼자 있다는 고독감이 더 강렬하게 다가올 것만 같았다. 그래서 아무 말을 할 수가 없었다. 그냥 비가 왔으면 좋겠다고 생각했다. 평소에 빗소리를 좋아하지도 않고 비 자체가 싫지만, 이런 날은 비가 미친 듯이 와서 빗소리만 들렸으면 했다. 그러면 마음이 편해질 것만 같았다. 그러기에는 날씨가 너무 좋다. 거기다가 천천히 차오르는 노을빛마저 완벽하다. 마치 익숙하지 않은 오렌지 와인을 처음 마셨을 때 느낀 매력 같다. 그래, 제이의 와이너리가 오렌지 와인은 생산하지 않겠지? 어쩌다가 이 질문까지 왔는지 모르겠지만 그걸 물어보자.

"저기 대표님. 혹시 우르사네 와이너리가 오렌지 와인은 생산하지 않죠?"

이렇게 넓은 포도밭이라고 해도 설마 오렌지 와인까지 생산할까? 하는 실낱같은 희망이 담긴 질문이었다.

"아, 오렌지 와인이요. 저기 잘 보이실지는 모르겠지만 서쪽을 보시면 슈냉 블랑 품종들이 있습니다. 아직 제대로 생산하지는 않지만, 와인 시장의 다음 트렌드는 오렌지 와인이라고 생각해서 5년 전쯤부터 나무를 키우고 있습니다."

"아... 그렇군요." 비가 왔으면 좋겠다. 미친 듯이 비가 왔으면 좋겠다고 생각했다.

어느덧 하늘은 자신의 업무를 마치고 퇴근했다. 어둠이 내려앉은 우르사네 와이너리에도 적막이 가득하다. 그때 알렉스는 와이너리에 새로 설치한 그네에 조명 버튼을 눌렀다. 포도의 생육환경을 위해서 평소 최소한의 빛만 허락했던 제이였지만 이번 주는 예외가 생겼다. 낮에는 보이지 않던 전구들에 불이 들어오고 전망대에서 그네로 가는 길을 알려준다. 전망대 안의 테이블에서 실컷 와인을 마시던 4명은 자연스레 그 빛 쪽으로 눈길이 갔다.

"어머, 대표님 저게 뭐예요?"

제이 대신 알렉스가 설명에 나섰다. 잡다한 일은 모두 알렉스가 의연히 맡아서 하는 것이 당연하다는 듯이.

"아, 며칠 전에 대표님이 저한테 그네를 설치해달라고 하시더라고요. 아마도 소니 씨에게 특별한 기억을 남겨주고 싶지 않았나 싶네요. 그렇죠. 대표님?"

"오늘은 한 해의 축제와 같은 날이니까요. 저도 몇 년 동안 알렉스와 와이너리를 찾아오는 방문객들을 상대하기만 했는데 이번 해는 좀 다르게 보내고 싶어서요. 우연히 소니 씨를 만나게 됐더니 그네에 타서 아이처럼 웃는 모습이 그려지더라고요. 마음에 드실지 모르겠네요."

"대박. 대표님은 진짜 감성 끝판왕인 것 같아요. 어떻게 그런 생각을 해요? 지금 그네 타러 가봐도 돼요?"

"물론이죠. 그러면 다 같이 내려갈까요?"

신이 난 소니는 계단을 뛰어 내려가기 시작했다. 그리고 그 뒤를 남자 셋이 따라 내려갔다. 알렉스는 천천히 소니의 뒤에서 그네를 밀어주었다.

"어때요. 소니 씨? 더 세게 밀어드릴까요?"

"네, 엄청나게 신나요. 얼마 만에 그네 타보는지 모르겠어요. 지미야, 너도 타볼래? 그네 타는 것 좋아하잖아."

"아니야, 괜찮아. 너 먼저 타." 나는 살짝 눈살을 찌푸리며 말했다.

"그러면 대표님이 같이 타요."

"음, 그럴까요? 저도 알렉스가 시험 삼아 타는 거만 봐서요."

그렇게 두 사람은 잠시 주변의 시선을 잊고 그네 위에 앉아 바람을 갈랐다. 그리고 그런 소니의 모습을 보고 나는 5년 전을 회상하고 있다. 오늘처럼 선선한 여름밤이었다. 지미와 소니가 살았던 동네에 공원은 많았지만, 놀이터는 그리 많지는 않았다. 그리고 그네가 설치된 놀이터는 더더욱 찾기 힘들었다. 우리가 비록 성인이 되었다고 해도 가끔 그네를 그리워했다. 이상하게 그네만이 주는 편안함이 있으니까. 학교에서 늦게까지 같이 과제를 하던 둘은 종종 그네가 있는 하이드 파크로 가곤 했다. 강변에 자리 잡은 그 공원은 꽤 규모가 컸다. 미국 독립 기념일이 되면 도시의 사람들이 모여 돗자리를 펴거나 간이 의자를 가져와서 핫도그를 굽고 맥주를 마시며 폭죽놀이를 즐기는 곳이었다. 그리고 그곳에 그네가 있었다.

"와, 진짜 미국에서 그네 찾기 힘들다. 우리가 살던 나라에서는 그네 찾기 되게 쉬운데. 그렇지 지미야?"

"그러게, 나도 미국에서 그네 찾기가 왜 이렇게 힘든지 모르겠어. 예전에 같이 살던 미국 가족 집에서 그네 본 뒤로는 못 본 것 같아. 그것도 아주머니가 직접 나무에 매단 거라서 균형도 안 맞았고."

"그래도 이 도시에 그네가 있는 곳을 찾아서 다행이야. 없으면 그만인 그네지만 가끔 그네를 보면 나도 모르게 발길을 멈추고 앉아보게 되는 것 같아. 기억이라는 게 참 신기해. 어릴 때 아빠가 밀어주던 그네, 친구들이랑 누가 더 멀리 뛰나 내기했던 그네, 전 남친이랑 헤어질 때 앉았던 그네. 마치 그네는 뭐든 다 품어줄 것만 같아."

"그러면 오늘의 그네도 소니 너에게는 어떤 기억으로 남겠네."

"당연하지. 내가 제일 나다울 수 있는 지미, 너랑 같이 탔던 그네로 기억되겠지?"

"왜 나랑 있으면 가장 너다울 수 있는데?"

"다른 사람들한테는 좋은 모습만 보여주고 싶거든. 왠지 모르게 내가 하고 싶은 대로 하면 다들 떠날 것만 같달까? 근데 너는 이상하게 내가 뭔 짓을 해도 어디 안 가고 옆에 있으니까. 좀 많이 투덜대기는 하지만. 그래서 너한테는 나다워도, 네가 떠나지 않을 것 같다는 생각이 들었어."

"에이, 그래도 살다 보면 서로가 멀어지는 날이 오지 않을까? 영원히 같이 붙어 있을 수는 없을 거 아냐."

"너는 꼭 그렇게 기분 초치는 소리하더라. 그냥 어디 안 간다고 하면 되지. 하여간 참 빈말을 못 해."

"흠, 그러면 빈말하는 거 싫어하지만 약속 하나 할까? 내가 만약 어디론가 아주 멀리 갔다가 다시 너를 찾아오면. 내가 다시 너를 제대로 찾아온 것이 맞다면 하늘이 파랗다고 말해줘. 그러면 난 구름이 움직인다고 대답할게."

"뭘 또 혼자 그렇게 일을 복잡하게 만드냐. 그냥 소니야 나 왔어! 라고 하면 되지."

"어디 안 갈 테니까 좀 그렇게 해줘라. 뭔가 보상이 있어야지 나도 네 옆에 계속 있지."

"어휴, 참 별나다 별나. 그래. 그 정도는 내가 흔쾌히 해줄게."

 소니는 5년이 지난 후에도 그 약속을 잊지 않고 있을까? 앞으로 몇 년이 더 흘러서 서로의 모습이 많이 달라져도 그 약속을 잊지 않을까?

18장.

Before You Exit

◇

 잠시 추억에 젖어 나의 눈가가 촉촉해졌다. 눈앞에 있는 소니가 너무 보고 싶어서. 다른 남자와 그네에 타서 웃는 소니가 더 이상 가깝게 느껴지지 않았다. 그만 보내줘야 할까? 라는 생각이 스며들기 시작했다. 5년 전 우연히 찾아온 소니가 지금은 다른 우연을 기대하는 것일까? 라는 궁금증이 생겼다. 우연을 인연이라고 생각하고 있는 것은 나 혼자가 아닐까? 라는 자기연민이 찾아왔다. 제이와 소니 주변에는 빛으로 가득했다. 공기의 밀도는 너무 적당해서 더 이상 지구에 산소가 없어도 저 둘은 숨을 쉴 수 있을 정도다. 5년간 소니의 숨통을 틔워주었던 산소는 그 자리를 잃어가고 있다. 처음으로 나의 공전 궤도에 문제가 생겼다. 하나의 위성처럼 소니의 주변을 돌던 나는 소행성 충돌을 몇 방 맞아도 그동안 끄떡없던 감정에 균열이 가기 시작했다. 조용히 그것을 지켜보던 알렉스가 나에게 말을 걸었다.
 "지미 씨, 괜찮으시면 저희 와인 저장고 구경시켜 드릴까요?"
 알렉스는 평소 말이 없는 제이에게 익숙해져서 그런지 사람들이 말하지 않아도 그들의 감정을 잘 읽는 능력이 있었다. 그는 이 상황을 즐기지 못하고 있는 나를 보고 출구를 만들어줘야겠다고 생각했다.
 "그럴까요? 저도 좀 걷고 싶네요."
 "대표님, 저는 지미 씨 모시고 와인 저장고 보여드리고 오겠습니다."
 "아, 네. 그러세요."

두 사람은 저택 쪽으로 걷기 시작했다. 그곳의 지하에는 제이의 할아버지가 수십 년에 걸쳐 만든 와인 저장고가 있었다. 물론 지금은 빈티지 와인들만 일부 저장하고 있지만, 꽤 규모가 컸다. 제이 가족의 역사가 담긴 공간이었다.

"내려오실 때 조심하세요. 계단이 좀 미끄러워서요."

"네, 감사합니다. 역시 지하 저장고만이 가지는 묘한 분위기는 대단하네요. 마치 약탈당하고 싶지 않아서 꼭꼭 숨겨둔 보물이 있을 것만 같아요."

"보물들이 가득하죠. 누군가에겐 그냥 오래된 와인이니까 값어치가 비싸겠다. 정도만 생각할 수도 있지만, 이 가문의 모든 것이 담긴 곳이에요. 특히 대표님이 여길 좋아하시죠. 할아버지를 아주 좋아하시거든요. 대표님이 태어나기도 전에 돌아가셔서 직접 만나보지는 못했지만, 늘 가슴 한편에 품고 사셨던 것 같아요. 자기 할아버지는 어떤 분이셨을까? 하고요."

"어떤 마음일지 알 것 같네요. 누군가가 너무 그리워지면 시간을 돌려서라도 만나고 오고 싶어지니까요. 좋으신 분 같아요. 대표님. 누구보다 따뜻한 마음씨를 가지고 사는 것 같고."

"그렇죠. 저도 그게 아니었으면 이곳에서 오랫동안 일하지 않았을 테니까요. 그리고 충분히 믿고 따를 만큼 강한 신념을 가지고 계시고요. 그냥 보고 있으면 경이로워요. 가끔 고집부리실 때가 있는데 오래 보다 보니 그것마저 다 이유가 있더라고요. 세상의 모든 짐을 혼자 둘러업으려고 하는 것 같아서 안쓰럽기도 하고요. 그래서 다른 와이너리에서 더 많은 돈을 준다는 스카우트 제의가 와도 갈 생각을 못 하는 이유죠. 아무리 그들의 명성이 더 높다고 해도 그것을 이끌어갈 사람의 기세가 없으면 금방 무너지니까요. 회사도, 집안도, 브랜드 가치도. 대표님은 그걸 잘 아시는 분이에요."
"항상 리더라는 자리는 쉽지 않은 법이죠. 저도 아직 저 자신 말고는 무언가를 이끌고 갈 대상이 없지만, 대표님이 대단하다는 생각이 드네요. 과연 제가 해도 같은 결과를 만들 수 있을까 싶기도 하고요. 그래서 부럽고 시기도 하게 되지만 깎아내리고 싶은 말은 할 수가 없네요."
"지미 씨도 당연히 그런 자질이 있다고 보여요. 그러니 자신을 믿고 자신의 선택에 확신하세요. 그렇지 않으면 시간의 흐름이 무서워질 것에요. 여기까지 오셨으니 빈티지 와인 맛 좀 볼까요?"
"좋죠, 그런 기회는 흔치 않으니까요."
두 사람은 스포일러로 빨아올린 와인을 천천히 음미했다. 시간이 축적한 깊은 풍미를 왜 사람들이 그렇게 칭송하는지 이해가 됐다. 그리고 왜 제이가 이 공간을 그토록 좋아하고 아끼는지 느껴졌다. 지하 속에 마련된 그 공간은 자신의 내면을 보게 했다. 나의 지하에는 어떤 보물이 있을까?

실컷 그네를 탄 소니와 제이는 전망대로 돌아와 자리에 앉아 있다. 둘 사이에 어떤 대화가 오갔는지 모르겠지만 부쩍 가까워진 듯하다. 알렉스가 의도적으로 둘만의 시간을 만들어 주려고 했는지도 모른다. 만약 그랬다면 성공적이다.
"지하 저장고는 어땠어요? 지미 씨." 제이가 나에게 말했다.
"대단하더라고요. 괜히 와이너리들이 동굴이나 땅을 파서 와인 저장고를 만드는 게 아니구나 싶었어요."

"할아버지가 고생을 많이 하셨다고 들었어요. 자식들까지 동원해서 돌과 흙을 옮겨서 만든 공간이죠. 고모들은 지금도 그때 이야기를 하세요. 넌 정말 편하게 와이너리 운영한다고요. 예전에는 그런 말들이 듣기 싫기도 했는데 이제는 이해도 돼요. 아무래도 아들들이 가업을 물려받는 경우가 많으니까요. 지금도 추수철이 되면 고모들은 이곳에 와서 포도밭을 가꾸고 가세요. 그분들이 일을 좋아하신다기보다 할아버지와의 추억을 만나러 오는 것 같아요. 고생하셨던 기억들은 점점 희미해지고 애틋함이 대신 차올랐나 봐요."

"다들 그런 공간들이 있죠. 하나의 기억과 감정으로는 설명되지 않는 공간이요. 어쩌면 도시 전체가 그렇게 느껴질 수도 있고요. 누군가와 함께 온 도시를 누볐다면요."

"지미 씨도 그런 공간이 있나 보죠?"

"음, 물론이죠. 언제 돌아갈 수 있을지는 모르겠지만 저에게도 그런 공간이 있어요."

가만히 듣고만 있던 소니는 그 답을 안다는 듯이 화제를 돌리고 싶어 했다.

"자, 다시 알렉스 씨와 지미도 왔으니 잔도 채우고 건배도 하죠. 언제 또 이렇게 마음껏 와인 마셔보겠어요." 소니가 말했다.

"하하, 이러다가 이번 해에 나온 와인들은 소니씨가 다 마시겠네요. 벌써 몇 병째인지 모르겠어요. 하몽 좀 더 만들어올까요?" 알렉스도 소니의 의도를 파악하고 거들기 시작했다.

"알렉스씨, 제가 갔다 올게요. 지미야, 같이 가자. 멜론 잘 자르잖아." 소니는 지미를 데리고 간이 주방으로 향했다.

"와인 저장고는 어땠어? 좋았어?" 소니는 뒤늦게 나를 챙기는 게 신경이 쓰인 듯 말했다.

"응, 멋지더라. 거대한 산을 보는 것만 같았어. 의지를 가진 수많은 사람의 시간이 쌓이면 이렇게 멋지게 되는구나 싶었어."

"그렇지. 나도 그게 멋진 것 같아. 3대에 걸쳐서 뭔가를 유지하고 이뤄 나가는 사람들이 있다는 게. 어쩌면 거기에 반한 것 같아. 지미야. 나 대표님이 좋아. 이제는 말해야 할 것 같아서. 물론 너도 눈치 빠르니까 알고 있겠지만."

"그래, 네 마음 알고도 있었고 나도 뭔가를 바꿔보려고도 했는데 그게 쉽지 않더라. 사람 마음이라는 게 물과 같아서 계속 흘러야 하니까. 아니면 고이게 되고 그렇게 만든 것들에 탓을 하게 되니까. 나도 그게 제일 고민이었어. 지금의 나는 너에게 방해물처럼 느껴져서. 나 혼자만 좋자고 너를 가둬두려고 하는 건 아닌가 싶어져서. 그게 내내 마음에 걸렸어."

"네가 싫다는 것도 아니고 너랑 함께한 추억들이 소중하지 않다는 것도 아니야. 그건 그거대로 남겨두고 싶은 게 내 욕심이란 것도 알지만, 지금은 내 마음이 다른 곳을 향해."

"그러면 내가 그냥 사라져 줄까?"

"무슨 말을 그렇게 해. 그냥 지금까지 그래왔던 것처럼 친구로 지냈으면 하는 거지."

"뻔히 사람 마음 알면서 서로 불편하지 않겠어? 언젠가는 이 병이 낫겠지? 라는 희망을 품고 사는 시한부 인생처럼 느껴지는데. 그리고 소니야. 말이 나온 김에... 나 그냥 너랑 친구만 하려고 네 곁에 머문 거 아니야. 분위기 망치기 싫어서 여기 있는 내내 참아왔는데 먼저 멜버른으로 돌아갈게. 더는 여기 못 있겠다."

"하... 대표님한테는 뭐라고 하게. 기껏 여기까지 우리 초대해 주셨는데 네 기분 안 좋다고 갑자기 간다고 하면 이상하게 생각하지 않으시겠어?"

"너 너무 이기적이다. 내가 알던 사람이 맞나 싶을 정도로. 그동안 뭘 위해서 이렇게 했는지 모르겠다. 이제."

"후... 나도 너무 머리 아프다. 그냥 널 보고만 있으면 계속 내가 미안해지기만 해서. 그게 나는 싫어. 너랑 연인이 되는 걸 생각해 보지 않은 것도 아닌데 네 마음도 알겠는데 어쩔 수가 없잖아. 나 말고 다른 사람 만나. 너 충분히 좋은 사람이니까."

"그게 더 상처 주는 말이야. 충분히 좋다는 말. 그러니까 다른 사람 만나라는 말. 가야겠다. 소니야."

 기나긴 감정의 표류는 그 끝을 만난 것 같다. 늘 소니의 파란 공의 위치가 정해지면 나의 빨간 공의 위치가 정해졌다. 양자역학의 핵심 개념인 양자얽힘 때문에 벌어지는 일이었다. 서로 얽힌 입자 쌍 중 한 입자에서 무슨 일이 생기면 다른 입자가 설령 아주 떨어져 있대도 그 입자의 운명을 짓는다. 보통 남녀의 연애 관계에서 운명을 결정짓는 쪽은 여자였다. 그리고 아주 극소수의 남자만이 공의 색깔을 먼저 정할 수 있었다. 나는 아직 그런 남자가 아니었다. 소니는 공의 색깔을 먼저 정할 수 있는 제이에게 마음이 갔다. 아주 오래된 자연스러운 일이었다.

*

　알렌 할아버지는 의자에 가만히 앉아 있다. 평소처럼 일찍 일어나서 화분들에 물을 주지 않고 시간을 그냥 흘려보내고 있다. 언젠가는 맞이하리라 생각한 적막으로 가득한 날이었다. 알렌 할아버지는 그날이 오면 무엇을 해야 할지 오랫동안 생각해 왔다. 더 이상 갈 곳이 없어진다는 것은 암담한 일이다. 물론 직장을 다녀서 진즉에 은퇴한 또래 친구들에 비하면 그 시간을 더 연장할 수 있었다. 나이가 들면 갈 곳이 있다는 것만으로도 자랑이 된다. 자주는 아니라도 가끔 만나서 와인을 마시는 오래된 친구들은 그런 알렌 할아버지를 부러워했다. 자기들도 소일거리를 만들어둬야 했다고 하면서. 물론 연금으로 생활할 수 없는 것은 아니었지만 몸이 늙어도 젊은 날의 정신으로 살아가는 인간들은 움직임이 필요했다. 그들은 동네 마실마저도 나가지 못하게 되면 회복할 수 없는 상실감에 빠지곤 했다. 알렌 할아버지는 그런 부분에서 자부심을 가져왔다. 마지막 남은 포토부스를 포기하기 어려웠던 것도 그런 이유에서였다. 집에서 역까지 가는 동안 마주하는 사람들로부터 오늘도 잘 다녀오라는 말을 듣는 게 좋았다. 이제는 그럴 날도 얼마 남지 않았다. 마치 죽는 날을 알게 되고 나니 모든 것이 서글퍼지고 몸에 힘이 쭉 빠지는 느낌이었다. 아팠던 관절들이 더 섬세하게 아파져 왔다. 그래도 나가야 한다. 주어진 시간을 채우기 위해서.
　코트를 챙겨입은 알렌 할아버지는 겨울바람에 손을 대본다. 다행히 생각했던 것보다는 차갑지 않다. 그렇게 천천히 발을 내디뎠다. 자신이 있어야 할 곳을 향해 걸었다. 수만 번도 더 갔던 길이다. 어느 약속된 날을 향해서 걷고 또 걸었던 길이다. 때때로 그 이유가 희미해지기도 했지만 분명 의미가 있을 거로 생각해서 걸어갔다. 그리고 신문을 펼치고 몇 시간을 보내다가 왔다. 그러면 마음이 편했다. 젊은 청년들이 자신의 포토부스에 와서 포즈를 취하고 사진이 잘 나왔는지 깔깔거리며 웃는 모습이 좋았다. 이 도시에 자그만 온기를 만드는 것 같아서 좋았다. 봄, 여름, 가을, 겨울이 바뀌어도 그런 웃음이 할아버지는 좋았다. 다들 바쁘게 사는 것 같아도 시간이 잠시 멈춰서는 포토부스 안에 들어가 사진 몇 장을 가져간다는 사실에 행복했다. 터무니없게도 첫사랑이 방사선학과에 다녀서 시작한 포토부스였지만 세월이 흘러감에 따라 다른 행복이 찾아왔다. 그렇게 알렌 할아버지는 얼마 남지 않은 행복의 시간을 얻으러 간다.

"알렌 할아버지, 온 도시가 할아버지 이야기로 가득해요." 엘리스가 기차역에 나온 할아버지를 보자마자 먼저 운을 띄웠다.

"그런가? 기분이 좋구먼. 그래, 마지막 인사는 언제로 하는 게 좋을까?"

"글쎄요. 포토부스를 치우는 시간도 필요할 테니까 다음 주 중에는 하는 게 어떨까요? 제가 역에 있는 다른 사람들이랑도 이야기해 봤는데 다들 도와주신다네요. 쿠키 가게, 과일주스 가게, 청소원들, 역무원들이요. 우리 멋진 송별회를 만들어요."

"다들 고맙구먼 그래. 누가 나를 위해서 이렇게 자리를 만들어준 기억이 많지는 않아서 조금 쑥스럽기도 하고. 늘 앨리스한테 큰 신세를 지는구먼."

"할아버지가 평소에 잘하신 덕분이죠. 다들 그리워할 것에요. 이

역에서 가장 오랫동안 계셨던 사람이니까요. 멜버른의 많은 사람도 그렇게 기억할 거고요. 소중한 추억을 만들어 주신 분이니까. 그러면 다음 주 수요일 어때요? 그날 제가 쉬는 날이라서 도와드릴 수 있어요."

"그렇게 하지. 앨리스가 없으면 나 혼자는 할 수가 없잖아."

"좋아요. 다른 가게에도 그렇게 전달하고 공지도 올릴게요. 그날은 꼭 멋지게 차려입고 오세요. 사람들이랑 사진도 많이 찍어야 할 테니까요."

"하하, 이 나이에 뭐 멋질 게 있나. 그냥 늘 입던 대로 입는 거지."

"약속해요. 꼭 멋지게 입고 나오신다고요."

"노력해 보지. 앨리스."

하루쯤은 평범한 차림이 아니라 세상에서 가장 멋진 모습으로 나타나고 싶어졌다. 자신을 만나려고 오는 사람들이 있다는 생각이 할아버지를 설레게 했다. 어느 약속된 날이 주는 감정이었다.

소니와 격한 대화를 나눈 나는 자리로 돌아와 앉았다. 잠시 생각할 시간이 필요했다. 상기된 표정으로 자리에 앉아 있는 나를 제이와 알렉스가 쳐다보고 있다.

"소니 씨는 같이 안 오시고요?" 알렉스가 먼저 말을 꺼냈다.

"아, 곧 나올 거예요. 음... 대표님 죄송하지만 급하게 멜버른에서 해결해야 할 일이 있어서 그런데 저는 내일 아침에 먼저 돌아가도 될까요?"

"무슨 일이라도 생기셨나요? 돌아가려면 꽤 시간이 걸릴 텐데요. 정 급하신 게 아니면 일요일에 소니 씨와 같이 가시지 그러세요."

"저도 예의에 벗어나는 일인 줄 잘 알지만 여기 오기 전부터 계속 신경이 쓰이던 일이 있어서요. 지금 상황이 조금 안 좋게 변해서 편하게 즐기지를 못하겠네요. 정말 죄송합니다."

"지미 씨도 사정이 있으실 테니 굳이 설명해 주시지 않아도 됩니다. 급한 일부터 해결하셔야죠. 알렉스, 번거롭겠지만 내일 지미 씨를 멜버른까지 좀 모셔다드려요."

"아, 아닙니다. 생각도 할 겸 버스를 타고 가도 되니까 에들레이드까지만 부탁드립니다. 거기서부터는 혼자 갈 수 있습니다. 괜히 저 때문에 알렉스 씨 고생시키는 것 같아서 마음도 편하지 않고요. 시간도 늦었는데 짐도 챙길 겸 먼저 일어나보겠습니다. 다시 한번 죄송합니다."

"괜찮습니다. 그럼 편히 쉬세요." 내가 먼저 자리를 뜨고 뒤이어 소니가 테이블로 돌아왔다.

"좀 오래 걸렸죠? 자, 하몽 드세요."

"감사합니다. 지미 씨는 급한 일이 생겨서 내일 먼저 돌아간다고 하네요. 혹시 무슨 일인지 아시나요?"

"아... 글쎄요. 여기 오기 전부터 기차역에 계시는 어떤 할아버지 이야기를 계속하기는 했는데 아무래도 그것 때문이지 않나 싶네요. 저도 가끔 어디로 튈지 모르는 지미 때문에 머리가 아파서요. 평소에는 조용한데 저렇게 예상 밖의 행동을 보일 때가 있어서요. 제가 멜버른으로 돌아가면 잘 말해봐야죠. 너무 걱정하지 마세요. 괜히 분위기 망친 것 같아서 제가 다 죄송하네요."

"아니 뭐. 그냥 저희가 실수했나 해서요."

"전혀요. 대표님이 얼마나 잘해주셨는데요. 지미가 그것도 모르고 자기 고집부려서 그런 거죠. 자, 이제 새로운 안주도 왔고 건배해요. 우리."

 애써 웃어보고 싶은 소니였지만 소니의 입꼬리는 크게 벌어지지 않았다. 마음이 편하지 않았다. 이 상황까지 오게 만든 자신의 욕망이 조금 미웠다. 복잡한 생각을 지우고 싶어서 와인을 더 빠르게 자주 마셨다. 아무리 그래도 그렇지! 자리를 박차고 나간 지미가 미웠다. 굳이 여기까지 와서 이런 상황을 만들어야 했을까? 이해가 되지 않았다. 대표님과 알렉스가 다 지켜보는 자리에서 어색한 기류를 만들고 떠나야 했는지 원망스러웠다.

 방으로 돌아온 나도 침대에 걸터앉아 한동안 멍하니 창밖을 바라봤다. 어둠이 내려앉은 포도밭에 반짝이는 별만 가득하다. 태양이 지구 반대편에서 누른 스위치는 별들을 밝히고 있다. 별자리는 길을 찾는 데 유용하지만 오늘은 별자리를 아무리 봐도 길을 찾지 못하겠다. 나침반이 고장 나면 당황스러워진다. 지금의 나는 너무 당황스럽다. 모든 것이 다 부서져서 어느 부품부터 주워 담아야 할지 모르겠다. 천국을 떠받치던 네 개의 기둥이 산산이 조각났다. 그 위에 정성스럽게 하나하나 심었던 꽃들이 다 뽑혀 나와 사방에 흩뿌려졌다. 내가 5년 동안 만든 천국의 몰락이었다. 그리고 그 자리는 곧바로 지옥으로 바뀌었다. 사랑이라는 감정은 모든 것을 가능하게 했다가 모든 것을 불가능하게 만들기도 한다. 부서진 조각들을 주워 담는 일은 얼마간의 시간이 흘러야 다 마칠 수 있을지 가늠하기 힘들다. 어떤 사람은 6개월 만에 그 일을 끝내고 또 다른 천국을 짓기 시작하고, 어떤 사람은 50년 내내 주워 담기도 한다. 종종 자신의 부서진 천국을 그냥 내버려두고 다른 사람이 만든 천국에 올라가는 쪽을 택하는 사람들이 있다. 그러나 정말 위대한 천국을 만든 사람들은 부서진 천국을 가진 사람들을 쉽게 알아본다. 그들이 가진 낮은 자존감은 온몸에서 역한 냄새를 풍기며 뿜어져 나오니까.

19장.

Golden Hour

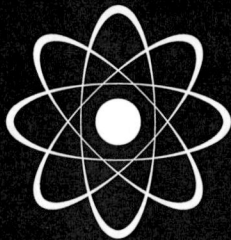

◇

 "약속해요. 꼭 멋지게 입고 나오신다고요."

 한동안 엘리스의 말이 알렌 할아버지의 귓가를 맴돌았다. 집에 돌아온 알렌 할아버지는 옷장에 걸린 옷들을 모조리 다 펼쳐보았다. 대부분 비슷한 색깔과 촉감을 가진 옷들만 남아 있다. 나이가 들어간다는 것은 통속에 가득한 무지개색 공들을 온 사방에 던졌다가 하나씩 주워 담는 것이다. 알렌 할아버지도 젊었을 때는 다양한 색깔의 옷에 많은 관심을 가졌다. 엘비스 프레슬리처럼 딱 붙는 옷에 구레나룻을 길러보기도 하고, 애비로드를 걸어가는 비틀스처럼 자유로움에 취해보기도 했다. 아주 우연히 친구들과 길을 걸어가다 찍힌 사진이 패션잡지에 실렸던 날은 가만히 있기만 해도 기분이 좋았다. 수십 년이 지나고 나서 현재 옷장에 비슷한 옷만 남았다고 해서 알렌 할아버지의 과거까지 비슷한 시간으로 가득했던 것은 아니다. 단지 어느 기점을 지나면서 멋짐이란 가치는 다른 가치들에 의해 밀려났을 뿐이다. 아주 오랫동안 잊고 살아서 엘리스가 멋짐이란 말을 했을 때 조금 생소하기까지 했다. 언제가 가장 멋졌던 순간일까? 그렇게 한참을 찾아 헤매야 했다.

 지금으로부터 50년도 더 된 일이다. 첫사랑과 이별하고 나서 알렌 할아버지는 파리로 친구를 만나러 갔던 적이 있다. 이미 그녀의 손길이 닿은 곳이 너무 많아서 더 이상 그 집에 있기 싫었다. 그래서 전혀 다른 곳으로 가고 싶었다. 그 당시 파리는 전 세계에서 가장 멋진 곳이었으니까 그곳이라면 멋짐에 취해서 전혀 잡생각이 들지 않을 게 분명했다. 파리에 도착하자마자 친구와 알렌 할아버지는 몇 병인지도 모를 와인을 마셨다. 그리고 예술학교에 다니고 있던 친구의 집에는 기괴한 복장과 행동을 하는 사람들이 끊임없이 오고 갔다. 파리라서 가능한 일이었다. 다들 미치광이 분장을 하고 더 튀어 보이려고 하는 세상에서 알렌 할아버지는 너무 평범해 보였다.

"알렌, 왜 그렇게 평범하게 입고 다녀? 이리 와 봐. 지금 자네가 입고 있는 옷을 조금 더 멋지게 만들어 주지."

 어디선가 가위를 들고 온 파올로라는 이탈리아 출신 신인 디자이너는 알렌 할아버지의 린넨 셔츠를 갈기갈기 찢고 바느질하기 시작했다. 이미 팔 부분은 다 잘린 뒤였다. 그 위로 붉은 색실이 일정한 간격을 두고 한땀 한땀 수놓아졌다. 그 상황을 알렌 할아버지의 친구는 흐뭇하게 바라보고 있었다. 긴장한 모습이 역력한 알렌 할아버지와는 달랐다. 이런 상황이 이 집에서는 흔하게 일어나는 모양이었다. 오히려 기괴한 일이 아니면 허락하지 않겠다는 광기로 가득했다. 그런 사람들이 모여서 사는 곳이 파리였다. 시간이 얼마나 흘렀을까? 파올로는 만족스러운 표정으로 알렌 할아버지에게 새로운 옷을 건네주었다.

"자! 이제 입어봐. 아까보다 훨씬 멋질 테니까."

 평범한 린넨 셔츠가 록스타들이 무대에서 입을 법한 의상으로 변해있었다. 사람이 많은 곳에 서는 것을 그다지 좋아하지 않는 성격의 알렌 할아버지였지만 이 옷이라면 한 번쯤 무대 위를 걸어볼 수도 있을 것만 같았다. 멋진 옷이란 사람에게 그런 생각을 가지게 하기도 했다.

"어때? 파리에서 사는 사람이 된 기분이?"

"뭐…. 나쁘지만은 않네. 아랫부분에 묶은 매듭 때문에 조금 불편하긴 하지만."

"거기가 바로 포인트라고. 매듭 사이로 살짝 보이는 옆구리를 보여주기 위한 옷이지. 그냥 펑퍼짐하게 떨어지는 라인을 나는 도저히 바라보고만 있을 수가 없어."

 구멍이 숭숭 뚫린 옷으로 가득한 그의 룩북이 말해주듯 파올로는 이탈리아 특유의 자유분방함을 내세운 옷을 만드는 사람이었다. 그렇게 몇 년 뒤 파올로는 첫 번째 패션쇼를 파리에서 열었다는 소식을 전해왔다.

알렌 할아버지가 멋짐이라는 단어를 들었을 때 그 순간이 가장 먼저 떠오른 것은 우연도 아니었다. 가장 화려한 도시에서 화려함을 추구하는 사람들과 함께했던 시간이야말로 가장 멋졌으니까. 지나온 모든 순간을 다 기억해 봐도 그때가 가장 황금기였다. 시간이 아무리 흘러도 그런 순간들은 또렷이 기억난다.

 우중충하고 평범한 옷으로 가득한 자신의 옷장에 다시 꺼내둔 옷을 모조리 넣어두고 알렌 할아버지는 새로운 옷을 사러 가기로 마음을 먹었다. 멜버른에서 가장 멋진 옷을 파는 곳, Eastern Market 으로.

콜로네이드 빅토리아 양식을 충실히 따른 멜버른 의회 건물 근처, 콜린스 스트리트 옆을 파고든 작은 골목 끝에는 아는 사람들만 아는 작은 부티크가 있다. Eastern Market. 알렌 할아버지가 그곳을 어떻게 아는지는 잘 모르겠다. 단지 지역신문을 읽는 것이 오래된 습관인지라 멜버른에 새로 생기는 특이한 가게들에 대한 정보는 많이 가지고 있었다. 아마도 알렌 할아버지는 수없이 읽은 신문에 나왔던 장소를 기억하는 것 같다. 오랫동안 옷을 사지 않았던 알렌 할아버지였지만 어쩌면 마지막으로 살지도 모를 옷이라는 생각에 익숙하지 않은 장소로 가보고 싶어졌다. 또한 Eastern Market을 소개하는 기사와 함께 실린 매장 내부 사진이 강렬했기 때문에 저런 곳에서는 어떤 옷을 파는지도 이번 기회에 알아보고 싶었다. 나이가 많이 들었다고 해서 사람의 호기심까지 같이 늘어가는 것은 아니니까. 여전히 알렌 할아버지는 새로운 와인, 음식, 사람에 대한 호기심을 가지고 있었다. 단지 먼저 다가가기보다는 멀리서 지켜보는 것을 더 선호했다. 조용히 그것을 바라보면 직접 마시고 맛보지 않아도 어떤 맛인지 알 수도 있다고 생각했다. 매번 알렌 할아버지의 유추가 맞아떨어진 것은 아니지만 높은 확률로 할아버지의 예상은 적중했다. Eastern Market은 분명 비싼 옷을 파는 곳이었다. 그것을 알면서도 다른 가게가 아니라 Eastern Market으로 제일 먼저 발걸음을 옮기는 중이다. 멋지게 보이고 싶었으니까.

 붉은 벽돌로 지어진 오래된 빌딩과 빌딩 사이, 검은색 간판에 적힌 상호가 없었다면 이 비밀스러운 부티크를 도저히 찾지도 못했을 것이다. 누가 이런 곳에 옷 가게가 있을 거로 생각했을까? 골목을 걸어가면서도 제대로 가고 있는 것이 맞을까? 라는 생각이 여러 번 들었다. 기다란 창문 앞에 서고 나서야 찾던 곳이 실제로 존재했음을 깨달았다. 멜버른에도 이런 옷을 파는 곳이 있었다. 그리고 사람이 있었다.

"어서 오세요. 할아버지. 뭐 찾는 거라도 있어요?" 점원이 말했다.
"아, 그게... 옷을 좀 사려고 하는 데 아주 멋지게 보이고 싶어요. 혹시 저랑 어울릴 옷도 팔까요?"

"그럼요. 제대로 찾아오셨네요. 저희만큼 멋진 옷을 파는 곳도 없죠. 들어오셔서 천천히 구경하세요."

가게에 들어서자마자 특유의 향이 났다. 보통의 옷 가게와는 전혀 다른 향이 났다. 어딘가 모르게 무겁고 인생의 고독이 묻어나는 향이었다.

"이 가게에서 나는 향은 도대체 뭐죠? 지금까지 맡아보지 못한 냄새네요."

"아, MAD ET LEN에서 만든 양초 냄새에요. 프랑스 남부에 있는 아틀리에서 최고의 품질로 소량 생산을 하죠. 보시다시피 저희는 흔하지 않은 수공예품만을 취급한답니다. 멜버른에서 이런 가게는 저희밖에 없을걸요?."

"그렇군요. 멜버른에서 태어나고 오랫동안 살았지만, 이런 곳이 있는지는 몰랐어요. 아무리 둘러봐도 처음 보는 브랜드의 옷들이라 실례가 안 된다면 추천을 해주실 수 있는지요?"

"물론이죠. 그것만큼 저에게 즐거운 일도 없는걸요? 혹시 어떤 스타일의 옷을 찾으시나요?"

"글쎄요. 저 같은 할아버지에게 스타일이란 말도 이제는 어색하네요. 그냥 시간이 아무리 흘러도 변하지 않는 옷이면 좋겠어요. 이제는 그런 것들이 귀하니까요."

"흠... 시간이 지나도 변하지 않는 옷이라. 마침, 거기에 딱 어울리는 옷이 있죠. 잠시만 기다리세요."

옷걸이에 걸린 수많은 옷 사이에서 몇 개를 집어 온 점원은 알렌 할아버지 앞에 펼쳐 보였다.

"세상에서 가장 신비롭고 비밀스러운 디자이너가 만든 옷이에요. 런던 남부에 있는 브라이턴이라는 도시에 산다고만 알려져 있어요. 실제로 만나본 사람은 극히 드물죠. 빠르게 변하는 패션 시장에서 옛날 방식을 고수하는 몇 안 되는 디자이너이기도 하고요."
"그래서 그의 이름이 무엇인가요?"
"Paul Harnden이요. 할아버지가 찾으시는 옷에 가장 적합할 것에요. 물론 이 옷이 할아버지를 멋지게 만들 것은 분명하고요. 한번 입어 보세요."

시간이 지나도 변하지 않는 옷을 만드는 Paul Harnden의 재킷, 셔츠, 바지, 신발로 알렌 할아버지는 온몸을 감쌌다. 아주 오랜만에 느껴보는 감정이었다. 파리에서 파올로가 만들어 준 옷을 입었을 때처럼 멋진 모습이었다. 이런 모습으로 나타난다면 분명히 앨리스가 너무 멋지다고 말할 거란 확신이 들었다. 50년을 지켜온 자신의 포토부스를 보내주기에 더할 나위 없이 멋진 모습이었다. 거의 중고차 한 대 가격의 영수증을 받아들었지만 알렌 할아버지는 시간을 산다고 생각했다. 시간을 사는 데 필요한 가격이 얼마가 됐든 큰 의미가 없다고 생각했다. Paul Harnden은 그런 옷을 만드는 사람이었다.

"어떠신가요? 마음에 드시나요?"
"아주 마음에 드네요. 이렇게 멋지게 입고 밖에 나갈 생각을 언제 했었는지 기억이 나지 않을 정도로요. 세상에 이렇게 멋진 순간이 있다는 것을 진즉에 알았다면 좋았겠어요. 그동안 뭘 기다리기만 했었거든요. 시간이 흐르면 자연스럽게 다 해결이 될 줄만 알았던 거죠. 그런데 이 옷을 입어 보니 꼭 그렇지만도 않다는 걸 이제야 알게 된 것 같아요."

"그럼요. 할아버지. 언제든 멋져질 수 있다는 사실을 잊지 마세요. 시간은 흐르지만 멋짐은 영원하니까요. 누가 뭐라고 하겠어요. Paul Harnden을 입은 할아버지가 세상에서 제일 멋진데."

 Eastern Market 점원의 말이 상술인지 진심인지는 중요하지 않았다. 지금 알렌 할아버지에게 그 어떠한 것들보다 앨리스와의 약속을 지킬 수 있겠다는 생각이 더 중요했다. 그냥 이 모습으로 나타났을 때 앨리스가 환하게 웃는다면 만족했다. 알렌 할아버지에게 중요한 것은 그런 것들이었다.

*

 방으로 돌아온 나는 짐을 싸기 시작했다. 사실 짐이라고 할 것도 별로 없었다. 오히려 제이의 와이너리로 주말여행을 오면서 짐이 더 많았던 쪽은 소니였으니까. 며칠뿐인 이번 여행에 뭐가 그렇게 많이 필요한지 모르겠지만 나의 가방 속까지 그녀의 물건은 들어와 앉아 있다. 해변에 깔아두기 위한 담요, 자외선차단제, '나의 프랑스식 요리'라는 책. 그 이외에도 몇 가지 이유 모를 물건이 나의 손가방에 있다. '나의 프랑스식 요리' 이 책은 도대체 왜 필요하다고 생각했을까? 물론 소니가 밑반찬 정도는 금방 만들 요리 실력은 갖추고 있었지만, 프랑스 요리까지 도전하려고 했던 적이 있었나? 라는 생각이 들었다. 프랑스 요리는 생긴 것과 다르게 꽤 복잡한 요리 체계를 가지고 있기 때문이다. 그녀가 그 사실을 알고 프랑스 요리책을 가지고 왔는지는 별로 중요하지 않다. 겉면이 깨끗한 것을 봐서는 책이 마음에 들어서 사놓고 가장 예쁜 요리 사진을 골라 인스타그램에 올릴 용도로 썼을지도 모른다. 어쨌든 그녀만의 이유가 있었기에 이 책은 현재 나의 가방 속에 들어있다. 먼저 떠나기로 하고 나서 이 물건들을 어떻게 해야 할지 모르겠다. 소니의 방문을 열고 네 물건이니 놔두고 간다고 해야 할지 아니면 그냥 모르는 체하고 들고 가야 할지. 여간 고민스러운 일이 아니다. 그 결정을 내리는 데만 해도 한 시간이 지나갔다. 결국 소니의 물건을 들고 소니의 방으로 향했다. 복도는 고요했다. 소니가 방에 다시 들어왔는지 확인할 방법은 없었다. 제이의 집 구조상 각 방의 거리는 꽤 멀어서 누군가 방에 들어가는 소리를 듣기는 어려웠다. 그냥 직접 가보는 방법 말고는 다른 방법이 없었다.

'똑똑'

아무런 반응이 없다. 어쩌면 소니는 잠이 들었을지도 모른다. 내가 자리를 뜨기 전에도 다들 와인을 많이 마셨으니까. 소니가 술을 잘 마시는 편이긴 했지만, 주량은 분명히 있었다. 그건 소니와 술을 자주 마셔본 내가 더 잘 알고 있었다. 과거에 그녀를 업고 집까지 데려다줬던 적도 많았으니까. 몇 번은 나도 술에 취해서 소니의 침대에 같이 잤던 적도 있었다. 물론 그럴 때면 아침에 일어난 소니로부터 "홈스테이 가족들이 알면 어쩌려고 여기서 잤어."라고 꾸중을 듣기도 했지만, 그 이상의 다른 말은 하지 않고 눈을 말똥말똥 뜨기만 했다. 나는 그런 소니의 모습을 좋아했다. 어쩌면 남자가 여자에게 사랑을 확인받는 순간이었다. 현대의 사랑을 나누는 많은 젊은이는 과거 세대보다 더 많은 사랑을 갈구하지만, 어떤 순간이 사랑이라고 정의할 수 있는지 잘 알지 못하는 것 같다. 이 현상은 남녀

노소를 불문하고 광범위하게 일어나고 있다. 인문학을 멀리한 인간들에게 벌어지는 자연스러운 일이었다. 물론 자신들도 모르게 지나갔던 사랑의 순간을 잊어버린 지미와 소니도 세상의 변화가 주는 영향에서 벗어날 수는 없었다. 나이를 먹어가면서 달라지는 관계의 기준을 따라가지 못하면 사랑도 사랑이 아니게 된다는 사실을 아직 알지 못했다. 그건 남녀 모두에게 다 해당하는 일이었다. 사랑은 늘 유동적이다. 변하는 사랑을 잡아두고자 인간이 만든 결혼이라는 제도로도 그 유동성을 막지는 못한다. 만약 그게 가능했다면 세상의 모든 사랑 이야기는 수천 년 전에 다 사라졌을 것이다.
'똑똑'
 아무런 반응이 없다. 나는 굳이 소니의 방문을 열지 않았다. 그냥 문 앞에 소니의 짐을 가지런히 내려두고 다시 자신의 방으로 돌아갔다. 먼저 돌아가기로 마음먹은 사람의 태도였다.

 방에 있는 조명을 모두 껐다. 편안함의 대명사, 집이 만드는 모든 빛이 다 사라졌다. 방안의 어떤 것도 보이지 않았다. 그래서 나의 모든 감각은 바스락거리는 솜털 이불에 더욱 집중되었다. 맞닿은 두 발로 이불을 들췄다 덮기를 반복해 본다. 킹사이즈 침대는 이불을 감싸고 빙글빙글 돌기에도 충분했다. 나는 잠을 잘 때 이불을 덮기보다는 둘둘 말아서 껴안고 자는 버릇이 있었다. 이불을 그냥 덮기만 하면 몸과의 거리가 만드는 공기층 때문에 이불이 주는 따뜻함을 온전히 느끼지 못한다고 생각했다. 또한 웅크리고 자는 자세는 인간이 세상에 나오기 전부터 몇 달 동안 유지하는 자세이기도 했다. 그 공간이 좁아서이기도 했지만, 자신을 가장 잘 보호할 수 있는 자세이기도 해서다. 외부의 위협에 대한 경계심을 풀지 않는 기질은 모든 생명체가 미래로 나아가는 데 필요한 자질임이 틀림없다. 원시 시대부터 살아온 인간이 자신보다 더 큰 포식자들로부터 살아남을 수 있었던 이유는 그런 예민함과 지구력을 가졌기 때문이다. 동물의 세계에서 인간보다 더 빠르게 달릴 수 있는 동물은 수없이도 많지만, 끈기를 가지고 달릴 수 있는 동물은 그리 많지 않다. 인간은 위험으로부터 멀리 달아나는 능력에 있어서 다른 동물보다 더 탁월한 면이 있다. 문제는 위험을 자각하냐 마냐의 여부였다.

 방에 있는 조명이 모두 꺼졌다고 해서 세상의 모든 빛이 다 사라진 것은 아니다. 집 밖에서 희미하게 스며들어오는 미세한 빛들은 분명히 존재한다. 내가 평소에 신경을 쓰지 않았을 뿐 없던 빛이 새롭게 태어난 것은 아니다. 언제 그 빛이 생겼는지 아무도 모르지만, 시간이 흐르기 시작한 순간부터 빛은 늘 그 자리에 있었다. 이제는 집 안의 빛이 아니라 집 밖의 빛이 무엇인가를 고민해야 할 시간이었다. 집 밖의 빛은 집 안의 빛보다 가둬두기 어렵다. 예를 들어 별빛, 달빛과 같은 섬세하고 쉽게 사라지기 쉬운 빛을 나만의 세계로 끌어들여 온다는 것은 더 큰 노력과 고민을 쏟아부어야 했다. 누구나 꿈을 꿀 수는 있지만 실현하기는 어려운 일이었다. 집 안의 사람들은 굳이 집 밖의 빛까지 쫓아야 하는지 되묻곤 했다. 그냥 조명을 몇 개 더 켜줄 테니 이 정도로 만족할 수는 없겠냐고 했다. 그러나 나는 제이의 와이너리에 와서 느낀 것이 있었다. 특히, 지하 저장고에 들어갔을 때, 더 분명히 깨달았다. 제이는 별빛과 달빛을 이곳 지하까지 불러들여 왔구나. 그가 가진 특유의 여유는 자신의 지하까지 비추는 빛을 집 안이 아니라 집 밖에서 들여왔다고 하는 자신감으로부터 나오는 것이구나. 소니가 제이를 좋아하게 된 이유는 바로 그것이라고 분명히 느꼈다. 군데군데 곰팡이가 피고 오래된 와인병에 쌓인 먼지가 눌어붙어 만지기 꺼려지더라도 자신의 지하를 보여주는데 망설임이 없었던 이유는 그가 더 이상 그런 치부를 약점이라고 생각하지 않았기 때문이다. 오히려 유서 깊은 와이너리만이 가질 수 있는 역사의 흔적이라고 자부심을 느꼈기 때문이다. 지미가 제이에게 완전히 졌다고 인정할 수밖에 없는 부분이었다. 그 사실이 너무 쓰라렸지만, 거기에 멈춰 선다면 제이가 아니라 다른 사람에게도 똑같이 느낄 수밖에 없는 감정이었다. 그게 지미가 먼저 멜버른으로 돌아가기로 마음을 먹은 이유였다. 지미가 어디로 가야 할지 분명히 안 순간이었다. 집 안의 사람들이 집 밖으로 나가면 다친다고 뜯어말렸던 말들을 더 이상 신경을 쓰지 않게 된 장면이었다. 아무것도 지미를 다치게 하지 않을 것이니까.

20장.

기회의 부재

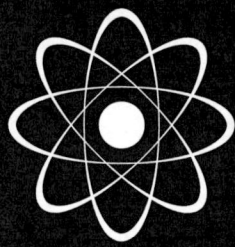

◇

 기회는 깨달음으로 가는 길이다. 물론 기회를 얻었다고 해서 기회를 얻은 사람들이 무언가를 깨닫는 것은 아니다. 때로는 자신보다 더 많은 기회를 얻었던 사람들이 더 큰 실수를 하기도 한다. 그것은 기회에서 얻을 수 있는 알맹이를 자세히 보지 않았기 때문이다. 알맹이를 자세히 보았던 사람들은 먼저 돌아가는 선택을 하면서 망설이지 않는다. 그것이 자신이 얻을 수 있는 단 하나의 기회가 아니란 것을 알기 때문이다.
아침이 밝고 나는 가장 먼저 거실로 나와 앉았다. 사람들에게 간다는 인사는 하고 가야 도리에 맞는다고 생각했다. 그리고 이 집에 언제 다시 오게 될지 모르기 때문에 작은 소품들까지 눈에 다 담아두기 시작했다. 오른쪽으로 천천히 고개를 돌리니 벽에 걸린 그림들이 보였다. 그중의 유독 가장 큰 하나의 그림, 맥스필드 패리쉬가 그린 The Lantern Bearers였다. 바로 알렌 할아버지의 집에서 봤던 그 그림이었다. 할아버지의 집에서 저 그림을 보고 나서 그림의 원본은 어디에 있을까? 하고 검색해 봤던 적이 있다. 현재 그림의 원본은 미국 아칸소주 벤턴빌이라는 작은 동네에 있다. 많은 사람이 익숙히 들어봤을 월마트가 처음 시작된 동네다. 그리고 그 그림은 월마트 창업자들이 만든 미술관에 전시되어 있다. 제이도 알렌 할아버지처럼 저 그림을 좋아하는 것 같다. 어디서 한번 본 것은 잘 잊지 않는 지미도 저 그림을 보자마자 알아볼 수 있었다. 그리고 그림 밑에 있는 서랍장 위에는 노란 호리병이 올려져 있다.

그렇게 하나씩 눈에 다 익혔을 즈음 알렉스가 거실로 나왔다.

"일찍 일어나셨네요. 아직 대표님이랑 소니 씨는 일어나려면 시간이 좀 걸릴 것 같은데. 커피라도 한잔할까요?"

"지금 당장 급하게 떠나야 하는 건 아니니까 그렇게 하죠. 알렉스 씨도 피곤하실 텐데 저 때문에 괜히 일찍 일어나게 한 건 아닌지 모르겠네요."

"저야 괜찮습니다. 멜버른까지 운전해야 했다면 조금 피곤하긴 했을 것 같네요. 하하하."

"아유, 그렇게는 저도 마음이 편하지 않아서 부탁 못 드리죠. 마침, 버스도 있고요."

"음... 혹시 먼저 떠나시려는 이유를 여쭤봐도 될까요? 불편하시다면 굳이 말해주지 않으셔도 됩니다."

"뭔가를 깨달았다고 해야 할까요? 저도 깨달음의 대가가 이렇게 크고 쓰릴 줄은 몰랐지만 비싼 걸 얻으려면 그만한 가격을 내야겠지요. 그 가격을 마련하려면 이렇게 시간을 흘려보낼 수는 없다는 생각이 들었어요."

"흠... 정확한 의미를 제가 다 이해할 수는 없지만, 더 나은 방향을 찾은 것으로 보이네요. 저희가 오래 본 사이는 아니지만, 항상 응원하겠습니다. 혹시 또 모르죠. 언제 어떻게 다시 만나게 될지는."

"그렇죠. 세상에서 와인이 계속 만들어지는 한 알렉스 씨와 다시 만나게 될지도 모르죠. 그런 기회가 주어진다면 정말 행복할 것 같아요."

"저도 같은 생각입니다. 아, 대표님 저기 나오시네요."

검은색 가운을 입은 제이가 머리를 만지며 계단을 내려왔다.

"지미 씨 벌써 갈 준비를 끝내셨나 보네요. 어제 과음을 했더니 숙취가 보통이 아니에요. 하마터면 지미 씨 가는 것도 못 보고 뻗어있을 뻔했어요. 아침이라도 같이 먹고 가지 그래요?"

"여기서 멜버른으로 돌아가는 버스가 그렇게 많지는 않아서요. 얼른 돌아가서 만나야 할 분도 있고요. 그나저나 저 벽에 걸린 그림. 대표님도 좋아하시나 보네요."

"아, 저 그림요. 미국에서 유학할 때 우연히 들렸던 미술관에서 봤던 그림인데 너무 인상 깊어서 복사본이라도 걸어두고 싶더라고요. 지미 씨도 저 그림 아시나 보네요?"

"저 그림을 좋아하는 사람이 또 있어서 그분의 집에 갔었을 때 처음 봤었어요. 어딘가 모르게 그림에서 깊은 슬픔이 느껴져서 잊을 수가 없더라고요. 그런데 여기도 저 그림이 걸려있네요."

"할아버지와 아버지가 살던 이 집을 부수고 다시 제 방식대로 만들 때 고려했었던 두 가지가 있었어요. 하나는 음악을 틀었을 때 소리가 거실 안에서 풍부하게 흐르는지. 그리고 저 그림이 가장 아름답게 보이는지. 그 정도로 저 그림이 저는 좋더라고요. 가능하다면 원본을 사고 싶을 정도로요. 하지만 현재 소유주인 월마트 가족이 저 그림을 팔지는 않을 것에요. 그래서 가장 큰 사이즈의 복사본을 가져온 거죠. 물론 만족은 안 돼요. 원본이 있다는 걸 아니까."

"어떤 마음인지 알 것 같아요. 세상에 하나뿐이라고 생각하는 것이 생기면 처음에는 그것을 가져야겠다고 마음을 먹다가 현실의 벽에 부딪히고 그것의 그림자라도 가지고 싶어지죠. 그런데 어딘가 모르게 허무함을 느끼게 돼요. 어쩌면 내가 쫓던 무언가가 세상에 하나뿐이지 않을지도 모른다고 생각하게 되죠. 대표님의 지하 저장고를 가보고 그런 생각이 들었어요."

"오히려 제게 주어진 기회가 단 한 번뿐이지 않다고 생각하면 아이러니하게도 그 한 번의 기회가 우리를 더 쫓아오기도 하죠. 그걸 지미 씨가 깨달았다면 우리 집에서 얻을 건 다 얻은 것 같아요. 소니 씨는 아직 자고 있나 보네요. 가서 깨울까요?"

"아니요, 괜찮아요. 소니가 아침잠이 많은 걸 모르는 것도 아니고. 예전에 여행 가기로 해서 아침 9시에 갔더니 뭉그적거리다가 오후 5시나 돼서 출발했던 적도 있어요. 그리고 나중에 멜버른에 가서 다시 만날 텐데요 뭐. 그냥 먼저 갔다고만 전해주세요."

"그러죠. 그러면 우리도 다음에 다시 만나요. 알렉스, 지미 씨 버스 정류장까지 잘 모셔다드리고."

기회를 통해 결과를 만들어내야 하는 사람들의 대화였다. 그런 생각을 공유할 수 있는 소수의 사람에게는 더 이상 경쟁이란 단어가 무의미해진다. 모두 다 같은 선상에 서 있다는 것을 알기 때문이다. 내가 떠나는 모습을 제이는 발코니에 올라가서 바라봤다. 할아버지와 아버지가 서서 세상을 바라보던 그 자리에서 내가 떠나가는 모습을 바라봤다. 누군가를 도왔다는 생각이 들었다.

한껏 멋지게 차려입은 알렌 할아버지는 그냥 집으로 돌아가지 않았다. 찬 바람이 불고 경적이 울려대는 멜버른 시내를 하염없이 걸었다. 아주 오랫동안 느껴보지 못한 자유로움이었다. Paul Harnden을 머리부터 발끝까지 입은 사람만이 느낄 수 있는 뿌듯함이었다. 세상에는 수없이도 많은 패션 브랜드가 있지만, 사람을 가장 기품 있게 만드는 브랜드는 손에 꼽힌다. 알렌 할아버지는 그중 하나를 수년간 모은 동전의 합으로 교환했다. 그런데도 기분이 후련했다. 이 옷을 입고 못 갈 곳이라곤 없다고 생각했다. 멜버른 시내에 있는 길이란 길은 모조리 다 걷고 싶어졌다. 누가 봐주지 않더라도 늘 가던 길이 아니라 자신의 직관에 따라가 보고 싶어졌다. 그러다가 마주치는 몇몇 사람들이 할아버지 멋지네요 라는 말을 건네면 기분이 좋을 테니까. 기분이 좋아서 더 걷다 보면 이 도시 어딘가에서 알렌 할아버지가 보고 싶었던 사람을 만날지도 모르니까. 어쩌면 늘 가던 길을 걸어만 왔기 때문에 그 사람을 만나지 못했을지도 모르니까. 그래서 오늘 하루는 정처 없이 걸어보고 싶었다.

 아침 일찍 맥라렌 베일을 떠난 알렉스와 나는 아들레이드까지 차를 타고 갔다. 그곳에서 빅토리아주 벤디고까지 가는 버스가 있었기 때문이다. 그리고 또 한 번 버스를 갈아타야 멜버른으로 갈 수 있다. 굳이 사서 고생을 하면서까지 먼저 멜버른으로 돌아가려고 했다. 나에게 호주의 다른 도시들은 큰 의미가 없었다. 오직 멜버른만이 의미가 있었다. 이 모든 여정의 시작과 끝은 멜버른이었다. 장장 14시간이 걸리는 여정을 떠나서 저녁 늦게서야 멜버른의 서던 크로스 역에 도착했다. 멜버른을 떠나있는 내내 마음이 불편했던 나는 익숙한 도시의 불빛이 보이자 희미한 미소를 내비쳤다. 언제 이렇게도 이 도시가 마음속 깊이 들어와 있었던 것일까? 소니가 있다고 해서 무작정 찾아왔던 곳이 그 이상의 가치를 가진 도시가 되었다. 시간의 흐름은 그렇게 이 도시에 추억을 새겼다. 보고 싶었다. 이 도시에서 만났던 사람이 너무 보고 싶었다.
 호져 레인을 따라 플린더스 스트리트역을 지나서 계속 걸었다. 이민 박물관이 보이고 수족관이 보였다. 알렌 할아버지는 멜버른의 거리를 걸었다. 수십 년을 살았던 도시가 조금 다르게 보였다. "멜버른이 이렇게 아름다웠던 도시였던가?"라는 생각을 하면서 계속 걷다 보니 Southern Cross 역이 보였다. 물결을 닮은 지붕이 이 역의 독특한 특징이다. 멜버른을 향해 달려온 수많은 열차와 버스가 모이는 곳. 늦은 시간에도 사람들로 북적이는 이곳은 잠들지 않는다. 누가 누군지 알아보기도 힘든 이곳에서 마치 약속이라도 한 듯, 한 사람이 나타나 알렌 할아버지에게 말을 건넸다.

"알렌 할아버지, 보고 싶었어요."

 상자 속 공의 색깔이 정해졌다. 아직 어떤 색깔인지 알지는 못하지만, 이번엔 내가 먼저 공의 색깔을 정했다. 그것만으로도 이미 충분했다. 양자역학에서 가장 흥미로운 개념, 양자 중첩에서 내가 공의 색깔을 먼저 정했다는 것만으로도 이미 충분했다. 그것이 이 이야기의 시작과 끝이니까.

*

 멜버른에 있는 유레카 타워 88층에 올라가면 호주에서 가장 높은 곳에 있는 우체통을 만날 수 있다. 누군가에게 편지를 써서 하고 싶은 말을 한다는 것이 이제는 오래된 유물처럼 느껴지는 세상이다. 얼마든지 빠르고 쉽게 말을 전할 수 있기 때문이다. 그래서 유레카 타워에 있는 우체통도 그냥 상징적일지 모른다. 하지만 거기까지 올라가 보면 우체통이 필요하다는 생각이 들기도 한다. 지상에서 너무 떨어진 전망대에서는 생각보다 전파가 잘 터지지 않기 때문이다. 만약 그곳에서 누군가에게 너무 하고 싶은 말이 생긴다면 전송되지 않는 휴대폰 메시지보다 편지를 써서 우체통에 넣는 게 더 좋지 않을까? 라는 엉뚱한 생각이 들었다. 언제 도착할지 모르지만 일단 보내고 나면 만나게 되는 날이 있을 테니까. 그렇게 만나게 될 사람들은 다시 만나게 되니까.

서던 크로스 역에도 만남이 찾아왔다. 14시간을 달려온 지미는 알렌 할아버지에게 천천히 다가갔다. 그런 지미를 알렌 할아버지는 멀뚱멀뚱 쳐다만 보고 있다.

"자네가 무슨 일인가?"

"이제 어디로 가야 할지 알겠어요. 할아버지의 포토부스가 사라지기 전에 그곳으로 가려고요. 염치없지만 다시 보내주세요."

"저번에 말하지 않았나. 어떤 선택을 하던 그 선택은 또 다른 선택을 만들어낸다고. 아무리 과거로 돌아간다고 한들 그건 변하지 않는다고. 현재를 살라고 하지 않았나. 그런데도 나를 또 찾아와서 다시 보내달라고 하나?"

"맞아요. 다시 가도 또 다른 선택들이 기다리고 있겠죠. 어쩌면 닿을 수 없는 곳을 찾아가는지도 몰라요. 그런데도 가보고 싶어요."

"지금 자네는 자네밖에 모르는 게야. 지난번 자네를 과거로 보내고 나서 나는 거의 죽다가 살아났네. 그런 위험을 감수하기에는 지금 난 내 삶에 만족하거든. 얼마 만에 느껴보는 자유로움인데 그걸 포기할 수는 없네. 자네도 그냥 다 잊고 현실에 만족하고 살게나. 괜히 나처럼 누군가를 기다리다가 세월을 흘려보내지 말고."

"맞아요. 저도 누군가를 위해서 다시 가려는 게 아니에요. 할아버지처럼 뒤늦게 그걸 깨닫고 싶지 않아서예요. 이제야 할아버지도 과거의 무게를 내려놓은 모습을 봐서 저도 너무 기분이 좋고요. 그러니 제게도 마지막으로 기회를 주세요. 꼭 할아버지를 다시 찾아와서 어떤 선택을 했는지 보여줄게요. 분명 할아버지도 만족할 만한 결과를 만들어올 테니까."

"자네를 어떻게 믿고 또 그런 선택을 하란 말인가? 나는 못 하겠네. 그리고 포토부스가 철거될 날도 얼마 남지 않았네. 앨리스가 준비한 송별회를 마치고 나면 이제 나도 이 도시를 떠나고 싶고. 멜버른에서 너무 오래 살았다는 생각이 들어서 말이야. 그동안 무엇 때문에 여기에 매달려 있었는지도 모르겠구먼. 오래전에 친구를 만나러 갔었던 파리나 가보고 싶네. 아무튼 자네도 그냥 괜한 생각하지 말고 지금 할 수 있는 선에서 남은 인생을 즐기게나."

"그렇게 끝내면 할아버지는 정말로 괜찮으시겠어요? 저한테는 과거든 현재든 다 내려놓았다는 말로 들리네요. 할아버지가 그토록 기다려왔던 미래가 고작 이런 거였나요? 이제 다 모르겠다. 노력해 봐야 아무 의미도 없으니 남은 시간은 그저 흘러가는 대로 받아들이자. 그게 할아버지가 50년을 기다려서 얻은 결과인가요?"

"50년을 기다려도 만날 수 없었다면 애초에 만날 수 없었던 것은 아니었겠나? 나도 자네 나이쯤에는 어떤 열망이랄게 있었지. 5년만 기다려보자. 지금까지 기다린 게 아까우니까 다시 5년만 더 기다려보자. 그러면 두 사람이 나타나겠지…. 그렇게 50년이 흘렀네. 그런데 말이야 이제는 그 두 사람이 살아있는지도 모르겠네. 내가 나이를 먹은 만큼 이제 그들도 나이를 먹은 노인일 테니까. 그리고 설령 다시 만난다고 한들 그게 무슨 의미가 있겠나? 여기 멜버른에서 참 좋았던 한때를 보냈었다고 말하면 뭐가 달라지겠나. 다시 그때로 돌아갈 수도 없는걸. 말은 하지 않았지만, 자네를 과거로 보냈다는 건 나도 이미 여러 번 갔다 왔다는 뜻이야. 내가 언제 그걸 멈춘 줄 아나? 아무리 그때로 돌아가도 그 사람들은 나를 떠나가는 선택을 하게 될 거란걸 알았을 때야. 이게 잘못돼서 떠나갔겠지, 하고 다시 고쳐보니 잠시 더 머물기만 할 뿐 결국 떠나가더군. 자네도 이미 한번 겪지 않았나?"

"맞아요. 저도 할아버지처럼 그래봤죠. 그런데 우리가 놓친 게 있더라고요. 그 선택을 하면서 저와 할아버지의 만족은 늘 나중이었어요. 내가 그 사람들을 놓치기 싫으니까 그 사람들이 원하는 기준을 채우면 떠나가지 않을 거로 생각했던 거죠. 그런데 어떤 한 사람을 만나고 나서 깨달은 게 있어요. 어쩌면 그 사람도 우리처럼 수많은 편지를 우체통에 넣어봤을 거예요. 그런데 그 편지가 온전히 원하는 곳으로 가지 않아도 별로 신경 쓰지 않는 법을 알았던 것 같아요. 그냥 자신의 만족을 위해서 계속 편지를 쓰는 데 집중했던 거죠. 그렇게 쌓인 편지가 그가 사는 집의 지하 저장고에 한가득 있었어요. 쓰면 쓸수록 더 깊어지는 볼펜 자국을 보는 게 그냥 기분 좋았던 거예요. 마치 쓴 와인을 마시는 것처럼. 쓴 와인을 마시면 마실수록 혀는 더 예민해지죠. 그런데 나중에는 그 예민해진 혀로 세상의 모든 와인의 미세한 변화를 알아챌 수 있게 돼요. 고된 과정을 거친 사람들만 가질 수 있는 기술이죠. 저는 이제 오로지 저를 위해서 쓴 와인을 사랑해 보려고요. 그래서 다시 한번 가보고 싶어졌어요. 그러니 다시 보내주세요. 제가 가보고 다시 할아버지를 찾아와서 그 길이 맞았다는 걸 보여줄게요. 할아버지도 사실 그게 궁금하잖아요. 왜 그 사람들이 떠났었는지."

"흠... 꽤나 생각을 많이 해본 것 같구먼. 자네가 왜 다시 나를 찾아올 수밖에 없었는지 조금은 이해도 가고. 물론 여전히 나는 그 희박한 확률을 찾아가려는 자네가 나처럼 되지는 않을까 걱정되지만. 결국은 본인 선택이니 더 뜯어말리지는 않겠네. 단, 송별회가 끝나고 나서 자네가 원하는 대로 하든가 하게. 나를 위해서 이번 송별회를 준비해 준 앨리스의 웃는 모습은 보고 가고 싶네. 또 시간이 뒤틀려버리고 나면 그런 순간이 올지 오지 않을지는 장담할 수 없으니까."

"그러죠. 14시간 동안 버스를 타고 오느라 아침부터 아무것도 먹지를 못했는데 같이 샌드위치 먹으러 가실래요?"

"우리는 만날 때마다 샌드위치만 먹으러 가는가? 하하하. 뭐 자네가 그러고 싶다면 그러지. 나도 아직 저녁은 먹지 못해서 조금 출출하구먼."

두 사람은 그들의 인연을 이어준 Saluministi 샌드위치 가게로 향했다. 늘 그렇듯 알렌 할아버지는 연어 샐러드를 골랐고 나는 저번과 다르게 프로슈토 샌드위치를 골랐다. 그가 모로코에서 만났던 이탈리아 기자, 파올로가 프로슈토 샌드위치를 꼭 먹어보라고 했었기 때문이다.

연한 분홍색 빛깔 하늘이 지나가고 더 노르스름한 햇살이 제이의 방안으로 적당한 속도를 내서 들어왔다. 넓은 방 안을 조금씩 따뜻하게 만들면서 소니가 덮고 있는 이불 겉면을 간지럽혀왔다. 많은 생각과 몸짓으로 가득했던 지난밤에 지쳐서 소니는 겨우 두세 시간쯤 수면에 들었다. 머리는 복잡했지만, 몸은 어느 때보다 뜨거웠다. 마치 태양에 가까이 가는 것과 같았다. 가까이 갈수록 자신을 태울 것이란 사실이 두렵지만 하나뿐인 태양에 가까이 갈 수 있다는 것만으로 멈출 수가 없었다. 모든 안전장치가 무용지물처럼 느껴지고 규칙이란 더 이상 존재하지 않았다. 소니가 본능적으로 느낀 감정이었다. 제이는 지난밤 자신의 방 안에 있는 매킨토시 스피커를 통해서 라흐마니노프 피아노 협주곡 2번을 재생했다. 그리고 절정에 달했던 세 번의 순간에 맞춰 피아노 협주곡은 흘러나왔다. 제이가 집을 설계한 대로 음악은 방안에 구석구석 빈틈없이 채워졌다. 음악 소리의 무게감에 짓눌려서 몸이 내는 소리는 침대 안을 벗어나지 못했다. 그렇게 라흐마니노프의 음악처럼 사람의 혼을 모조리 빼놓았다. 역설적으로 그런 격정적인 몸짓이 오늘 아침 소니의 기분을 상쾌하게 만들었다. 햇살이 점점 이불 위로 올라왔다. 소니의 눈썹이 미묘하게 움직였다.

"잘 잤어요?" 제이가 말했다.

"네, 아침이 오는지도 모를 만큼 자버렸네요. 지금 몇 시예요?"

"11시쯤 된 것 같네요. 목마르죠? 물 떠왔는데 마실래요?"

"감사해요. 아침에 일어나자마자 꼭 물 마셔야 하는데... 역시 대표님은 제가 원하는 걸 잘 아시네요. 아, 그러고 보니 지미는요?"

"아침 일찍 일어나서 떠났어요. 여기서 멜버른까지 가는 버스가 그렇게 많지는 않거든요. 시간만 있었으면 같이 아침 먹고 갔으면 좋았을 텐데. 소니씨에게 멜버른에서 보자고 전해달라고 하더군요."

"하... 그랬군요. 사실 계속 신경이 쓰였어요. 어떻게 해야 할지도 잘 모르겠고. 그래도 언젠가는 해야 했을 말이었다고 생각해요. 과거는 다 잊고 이제 그냥 지미가 행복했으면 좋겠어요. 더 이상 저도 갈 곳이 없는 관계가 싫기도 하고요. 지금은 제 행복에 더 집중하고 싶네요."

"지미 씨도 소니 씨가 모르는 노력을 많이 했을 거예요. 단지 그 노력이 소니 씨의 마음을 충분히 움직이지 못했나 보죠. 뭐 어쨌든 이제 일어나서 아침 먹으러 가요. 여기 근처에 제 친구 피터가 메인 셰프로 있는 식당이 있거든요. 얼마 전에 호주판 미슐랭 가이드에서 우승하기도 했죠. 아무튼 천천히 준비하고 내려와요. 알렉스가 차를 들고 가버려서 저희는 할아버지가 예전에 타시던 올드카를 타고 가야 하거든요. 너무 오래된 차라서 미리 시동을 30분쯤은 걸어둬야 하니 저는 먼저 내려가 있을게요."

"네, 알겠어요. 금방 준비해서 내려갈게요."

제이의 차고에는 1958년식 빨간색 폰티악 보네빌이 있다. 그의 할아버지는 그 차로 30여 분 떨어진 곳에 있는 Myponga Beach에 자주 가곤 했다. 바다를 찾아가기에는 아주 적합한 차였다. 그리고 그곳에서 첫눈에 반한 여성과 만나 결혼했다. 나중에는 차의 부품을 구하기가 힘들어서 제이의 아버지가 차를 처분하려고 했던 적도 있었는데 제이의 어머니는 할아버지의 차가 마음에 든다며 계속 가지고 있자고 했다. 차에 별로 관심은 없었지만 제이의 어머니는 그 차를 보고 있으면 왠지 마음이 편해진다고 했다. 시아버지와 어떤 운명의 이끌림을 느꼈던 것 같다.

제이는 그런 집안의 이야기가 녹아있는 그 차가 좋았다. 무엇보다 강렬한 빨간색을 고른 할아버지의 안목이 마음에 들었다. 그래서 제이는 부모님에게 어릴 때부터 자신에게 그 차를 달라고 했다. 자신이 잘 지켜낼 테니까 어디 팔지 말고 굴러가게만 해달라고 했다.

그리고 오늘 제이는 처음으로 그 차를 가족 이외의 다른 사람과 타려고 한다. 할아버지와 아버지의 손때가 한가득 묻은 그 차는 제이의 자부심이었다.

잠시 뒤 소니가 하늘색 원피스를 입고 내려왔다. 평소에는 머리를 잘 묶지 않는 소니였지만 오늘은 수줍은 사과머리를 하고 왔다. 어제와 다른 변화를 주고 싶었던 모양이다. 여자는 그 남자가 좋으면 외모에 변화를 주는 데 많은 신경을 쓴다. 비슷한 모습을 계속 보이는 것은 자신에 관한 관심을 잃게 만든다는 것을 본능적으로 알기 때문이다. 그래서 상대적으로 여자가 남자보다 옷을 많이 사는 이유이기도 하다.

"대표님이 말한 차가 이 차에요?" 소니가 차를 가리키며 말했다.

"네, 오래된 차긴 한데 아직 굴러가기는 해요. 컹컹대는 엔진소리를 들으면 돼지가 우는 소리 같아서 더 배가 고파질걸요? 하하하."

"빨간 돼지를 타고 밥을 먹으러 가는 거네요. 하하하."

"같이 컹컹대면서 가보죠. 돼지 세 마리가 얼마나 많이 먹을 수 있는지 보여주자고요."

"아 미친. 하하하."

소니는 기분이 아주 좋거나 몹시 나쁠 때 "아 미친."이라고 말한다. 지금 소니는 제이에게 처음으로 그 말을 내뱉었다.

21장.

집이라는 공간, 그리고 그림

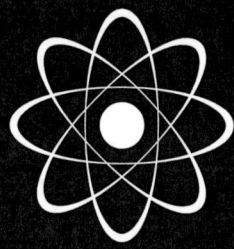

◇

　나와 알렌 할아버지는 샌드위치 가게에서 각자의 샌드위치를 연신 베어 물었다. 사람의 인연이란 아주 사소한 것으로부터 시작된다. 그리고 먼저 다가가려고 했던 사람과 그걸 거리낌 없이 받아준 사람이 있었다. 물론 그런 과정이 자연스럽게만 흘러가는 것은 아니다. 수많은 변수가 도사리고 있어서 큰 노력이 수반되어야 그 인연의 고리는 끊어지지 않고 이어진다. 어느 한쪽이라도 책임감을 느끼지 않고 당연하게 받아들이기 시작하면 젖은 휴지처럼 뚝뚝 끊어지는 것이 인연이다.
"우리 집에 가서 와인이나 한잔할까?"
"좋죠. 마침, 제가 마케팅에 참여한 와인도 몇 병 얻어와서요. 할아버지한테 진작에 보여드려야 했는데 이제야 보여드리네요."
"궁금하구먼. 자네가 이곳에 와서 처음으로 만든 것이 무엇인지."
"그러면 어서 가요. 빨리 와인 따서 디켄팅 해두게. 이번에 새로 배운 디켄팅 방법도 자랑하고 싶어요."
"가보자고 자네가 뭘 또 배워왔는지 하하하."
　역에서 출발한 열차는 할아버지의 집이 있는 하기스데일 역으로 향했다. 그동안 많이 그리웠던 곳이다. 다른 사람의 집에 가는 것을 그다지 좋아하는 편은 아니지만 알렌 할아버지의 집은 왠지 모르게 편했다. 집집마다 각기 다른 향을 가지고 있지만, 특유의 무거운 향기로 가득한 그 집이 마냥 낯설지 않아서였다. 노인이 혼자 사는 집이라고 해서 무조건 가기 꺼려지는 것은 아니다. 그곳에 있는 오래된 물건들이 좋게 느껴지는 사람도 있기 때문이다.

"할아버지 와인 오프너랑 잔 좀 먼저 주세요."

"어지간히도 급하구먼. 자, 여기 있네."

"보통 잠이 든 와인을 깨울 때 병을 열어두고 한 두시간 기다리거나 디켄터를 쓰잖아요. 그런데 잔 디켄팅이라는 것이 있더라고요. 미리 다음 잔에 따라두고 기다리는 거죠."

"오, 그런 방법도 있구먼. 그냥 디켄터를 쓰는 것보다 더 나은가?"

"미세한 차이가 있죠. 사실 그런 걸 신경 쓰지 않는 사람들도 많고요. 디켄터는 급하게 나가야 하니까 잠이 든 아이를 둘러업어서 깨우는 방법이라고 할까요? 그러면 아이는 잠투정을 부리면서 울기 시작하겠죠. 잔 디켄팅은 잠이 든 아이의 이불만 걷어두는 거로 생각해요. 조금씩 온기가 사라지면 아이는 자연스럽게 눈을 뜨겠죠. 그때 일어났니? 라고 물어보며 안아주는 차이 정도라고 말할 수 있겠네요."

"그렇게 설명해 주니 이해가 잘 되구먼. 그러면 잠시 앉아서 기다리자고. 아이가 깰 때까지."

4개의 잘토 와인잔에 우르사네 와이너리의 새로운 로제 와인이 채워졌다. 알렌 할아버지가 잘토 와인잔을 가지고 있다는 것은 평소에 와인에 대해서 많은 관심이 있었다는 뜻이다.

"아, 할아버지 집에 있는 그림이요. 저 그림을 좋아하는 사람이 또 있더라고요. 엄청 큰 그림이 거실 한복판에 떡하니 걸려있었어요. 그리고 이 와인을 만들고 잔 디켄팅을 가르쳐준 사람이기도 하고."

"그런가? 보통 사람은 아닌가 보구먼. 저 그림을 아는 사람은 그리 흔하지 않은데. 자네는 그 흔하지 않은 두 명의 사람을 만났구먼.

더군다나 저 그림을 집에 걸어두기까지 한 사람들이니까."

"그런 셈이죠. 마치 저 그림처럼 깜깜한 밤을 걷는 저에게 노란 랜턴을 들고 찾아온 사람들이라고 할까요? 아무튼 이제 와인이 잠에서 깬 것 같은데 건배하시죠."

"어디 한번 맛을 보자고. 어떤 와인인지." 알렌 할아버지가 잔을 들며 말했다.

*

제이의 집에서 차로 5분 거리에는 친구 피터가 메인 셰프로 있는 d'Arry's Verandah Restaurant이 있다. 바다와 가까이 있는 탓에 신선한 해산물 요리를 항상 즐길 수 있는 곳이다. 그리고 주변보다 살짝 높은 구릉 지역에 있어서 식당의 베란다에 앉으면 제이의 넓은 포도밭이 훤히 보였다. 다행히도 할아버지의 오래된 차는 컹컹거리는 소리를 내기는 했지만 3.4km 정도는 별문제 없이 달릴 수 있다. 소니가 붉은 돼지라고 이름 붙인 이 차를 타기에는 어쩌면 지금이 적당한 때일지도 모른다. 와인에도 시음 적기라는 것이 있는 것처럼. 가장 빠르게 달릴 수 있었던 이 차의 젊은 시절은 지나갔지만 이제 쉽게 찾아보기 힘든 1958년식 폰티악 보네빌은 그 존재 자체만으로도 거리에 색다름을 선사했다. 색다름, 제이는 그게 좋아서 이 차를 가지고 싶었는지도 모른다.

"제이, 어서 와. 어떻게 지냈어? 포도 수확 철이라 바쁘지?" 피터가 말했다.

"평소보다 조금 바쁘게 지내지. 새로운 와인도 출시되고 해서. 얼마 전에 왔더니 휴가 갔다던데 잘 다녀왔어?"

"아, 케이먼 제도에 갈 일이 있어서 잠시 자리를 좀 비웠었어. 거기 좋은 럼을 만드는 양조장이 있다고 들었거든. 알잖나? 그 동네가 사탕수수가 많아서 럼을 만들기 좋다는 걸. 괜찮으면 우리 가게에도 들여올까 해서 몇 병 가져왔는데 맛볼래? 자네 의견도 궁금하고 해서."

"그러지, 아, 그리고 여기는 소니 씨. 이번에 새로 출시한 와인의 마케팅을 담당해 주신 분."

"처음 뵙겠습니다. 피터라고 합니다. 이 지역에서 랍스터의 왕이라고 불리죠. 해산물 알레르기 있는 건 아니죠? 하하하."

"반가워요. 전혀요. 랍스터라면 없어서 못 먹을 정도인걸요? 케이먼 제도 다녀오셨어요? 예전에 쿠바는 가봤었는데 케이먼 제도는 비자 승인 때문에 가보지 못해서 아쉬웠거든요. 어때요? 쿠바랑 많이 달라요?" 소니가 말했다.

"가깝기는 한데 분명 다른 매력이 있죠. 사는 사람들의 모습도 다르고요. 훨씬 휴양지 느낌이 많이 나는 동네에요. 거기가 또 페이퍼 컴퍼니가 많기로 유명하니까요. 수상한 돈 냄새가 풀풀 난달까? 하하하. 아무튼 어서 앉아요. 제이, 식전주는 어떤 걸로?"

"음, 랍스터 먹을 거면 샤도네이로 하지. 2018년산 The Lucky Lizard로 할게." 제이가 말했다.

"그래, 오늘 조개도 좋은데 초리조 올라간 조개로 애피타이저는 시작할까?"

"나는 좋은데. 소니씨는 어때요?"

"저도요. 이런데 오면 셰프님 말씀 잘 따라야죠. 하하."

햇볕이 잘 드는 테라스 아래에 두 사람은 자리를 잡았다. 피터의 식당은 카리브해에 하나쯤 있을 법한 곳이었다. 자유와 낭만으로 가득한 그곳에 가면 아무런 걱정 없이 해변에 앉아서 스킨 스쿠버 다이빙으로 하루를 보낼 수가 있다. 그런 환상을 채우기 위해 그 섬이 존재하는 것처럼. 케이먼 제도는 인간의 물질적 욕망이 어떻게 발현되는지 여실히 보여주는 동네였다.

"자자, 기다리던 요리 나갑니다. 이번에 케이먼 제도에서 맛본 랍스터 라비올리도 한번 만들어봤는데 어떨지 모르겠네."

"피터가 만든 이탈리아 요리는 믿고 먹는 거지. 내가 굳이 친구 식당이라고 오는 사람은 아니잖아."

"그럼 그럼. 너 너무 까탈스러워서 내가 미국에서 요리 만들 때마다 얼마나 긴장했었는데. 독설을 밥 먹듯이 내뱉을 때마다 프라이팬으로 머리 내려치고 싶었다니까. 하하하."

"네가 그런 눈빛을 보이면 조용히 포크 내리고 도망갔지."

"하하하, 두 분이 엄청 친해 보이네요. 대표님이 이렇게 농담하는 걸 처음 봐요. 어떻게 만나게 되셨어요?"

"아주 우연한 기회였죠. 같은 나라 출신들끼리 정보를 공유하던 커뮤니티가 있었는데 거기서 알게 됐어요. 어느 날 나파밸리에 있던 제이가 뉴욕으로 찾아오더군요. 그렇게 몇 번 뉴욕에서 만나면서 가까워졌고요. 아무래도 만날 운명이었던가 봐요. 온다고 했던 사람들은 많았는데 실제로 찾아온 사람은 제이뿐이었으니까. 알고 보면 저 친구가 좀 독하거든요. 하하하."

"별소리를 다 한다. 너도 참."

"정말요? 항상 조용하고 배려심이 넘치셔서 전혀 그런 면이 있을 거라곤 생각해 본 적이 없는데요?"

"저 친구도 나이를 먹으면서 성격 많이 죽인 거죠. 예전에 와인 수입업자 사무실을 찾아가서 야구 배트로 와인 병들을 얼마나 깨버렸는지. 바닥에 와인이 흥건했죠. 그때 네가 왜 그랬더라?"

"아, 샤샤뉴 몽라셰 와인을 들여와서 팔았던 그곳. 거긴 뭐 끔찍했지. 안정화 작업도 안 하고 와인을 빨리 팔려고 하길래 몇 병이나 테이스팅 해봤냐고 물어봤거든. 그런데 샤샤뉴 몽라셰 이름만 내세워도 잘 팔리는데 굳이 몇 개월에 걸쳐서 마셔보고 시음 적기를 확인하면 창고물류비는 어떻게 감당하냐고 말이야. 그래서 와인에 대해서 알지도 못하면서 와인 수입하냐고 본보기를 보여줬던 거지. 물론 그때는 나도 치기 어린 나이였던 것 같고."

"헐, 진짜요? 거기서는 뭐라고 했어요?"

"엄청나게 황당해하죠. 족히 수만 달러는 될 와인을 다 부숴버리니까. 그것도 인턴사원이 말이에요."

"그래서 어떻게 됐어요? 돈은 물려드렸어요?"

"케이먼 제도로 도망갔어요. 하하하. 웃긴 게 거기는 돈만 세탁하는 게 아니라 사람 신분도 세탁이 되더라고요. 그러고는 다시 호주로 돌아왔죠. 갑자기 집에 돌아와서 부모님에게는 대충 다른 이유를 둘러댔더니 등짝을 몇 대 때리시곤 아무 말이 없더라고요. 뭔가 큰 사고를 쳤다는 걸 아셨던 것 같아요. 그리고 스스로 뉘우치길 바라신 것 같고. 그래서 몇 년 뒤에 와인 값을 갚아주려고 연락해 보니 이미 회사가 망했더라고요. FDA에 뭐가 걸려서 크게 문제가 됐다나. 사실 지금도 사과하려고 그 사장님을 찾고는 있어요. 저처럼 케이먼 제도로 가버렸는지 알 길은 없지만."

"대표님에게 그런 시절이 있었다니 믿기지 않네요."

"그래서 제가 캘리포니아에 가서 제이의 짐을 호주로 보냈다니까요. 저도 어찌나 어이가 없던지."

"그때 이 친구한테 큰 신세를 졌죠. 그 뒤로는 피터가 하자는 거면 별말 안 하고 다 도와주려고 해요. 졸업 후에 식당을 열고 싶다길래 맥라렌 베일로 오면 도와주겠다고 했더니 아주 총알같이 오더라고요. 하하하."

"어려울 때 서로 도움을 주고받는 게 친구 아니겠어요? 케이먼 제도처럼. 변명같이 들리겠지만 그 뒤로는 제이가 속죄하는 마음으로 다른 사람들을 많이 도우려고 하더라고요. 원래는 다른 사람 일에 크게 신경을 쓰지 않았거든요. 다들 그렇게 아이에서 어른이 되는 시점이 있는 거죠."

"그럼요. 다들 잘못을 저지르는 시기가 있고 변화를 만들어내는 사람이 있죠. 그래도 대표님은 좋은 쪽으로 변하신 것 같아요. 마음처럼 그러기가 쉽지는 않으니까."

"그렇게 말해주면 고맙고요. 음식은 어때요? 입에 맞아요?"

"네, 맛있어요. 대표님은 어떤 친구가 있는지 궁금했는데 이런 멋지고 요리를 잘하는 친구가 있었네요. 원래 친한 친구를 보면 그 사람을 알 수 있다는 말이 있잖아요. 사실 겉으로 보기에는 조금 차갑고 다가가기 어려운 사람인 줄만 알았는데 장난기 가득한 면도 있다는 게 조금 놀랍기도 하고요."

"알고 보면 장난 잘 쳐요. 가끔 같이 여행 가서 피터가 먼저 샤워하러 가면 불 다 꺼버리고 옷 들고 도망가기도 하고요. 하하하"

"어휴, 그건 이제 질릴 때도 되지 않았냐? 이제는 그냥 다 벗고 나와요. 그러고는 거품을 온몸에 묻히고 달려들죠. 제이가 제일 싫어하는 행동이니까. 하하하."
"아 미친. 무슨 나이 든 사람들이 꼬마 애들처럼 놀아요."
"원래 애들처럼 노는 게 제일 재밌잖아요. 하하하."
"밥 먹고 같이 수영이나 하러 갈까? 피터, 널 바다에 내다 꽂고 싶어져서 말이야. 나의 과거를 마구 떠들어 대다니 하하하."
"이제 곧 생선 손질하려고 하는데 비린내 나는 손을 네 코에다가 문질러버릴 거야."
"너는 하는 행동이 너무 저질이야 진짜. 이야기 다 했으면 가서 일이나 하라고."

케이먼 제도에 갔다 오면 사람들은 아이처럼 되곤 한다. 지구상에서 피터팬이 살았던 동네와 가장 닮았기 때문이다. 후크 선장처럼 해적들의 역사도 많이 간직한 곳이다. 아이의 순수한 모습과 인간의 욕망이 맞닿아 있는 케이먼 제도는 늘 그렇게 신비로운 곳으로 남았으면 한다.

공의 색깔이 정해지면 항상 궁금했던 것이 있었다. 우리는 어디서 어떻게 다시 만나게 될까? 모두 각자의 염원을 담은 공을 가지고 무한한 시간여행을 떠나고 있었다. 얼핏 보기에는 그 여행의 끝이 존재하기는 할까? 라는 생각이 들기도 했지만, 중력이 작용하는 지구라면 공이 어느 지점에서 속도를 줄이기 시작할 거란 믿음이 있었다. 영원할 것만 같던 첫사랑의 풋풋함도 누군가를 잃은 슬픔도 점차 잦아들 거란 믿음이 있었다. 나와 알렌 할아버지는 예측하기 힘들지만, 시간의 흐름이란 항상 이어질 것이란 추측에 따라 그 틈 사이로 들어가 보고 싶었다. 다중우주론이 존재한다면 가능한 일일지도 모르니까. 기다렸다. 공이 속도를 줄이는 모습을 보기 위해서. 그러면 기적이란 실제로 있다고 받아들일 수 있을 테니까.

며칠간 4개의 공들은 각자 어디로 향하는지 레이더에 잡히지 않았다. 그전까지 1인치의 오차도 놓치지 않았던 레이더의 성능에 과부하가 걸렸나 보다. 관측이란 너무 많은 에너지를 써버리는 일이라서 그럴지도 모른다. 그리고 레이더를 점검하기 위해 꺼둔 시간 동안 우리는 무엇이 일어나고 무엇이 바뀌었는지 도저히 알 길이 없었다. 사랑처럼 눈에 보이지 않으면 증명할 길이 없었다. 그냥 잘 가고 있겠지, 시작점과 도착점은 정해졌으니 그 경로를 따라서 가고 있겠지, 그러고 말 뿐이었다. 위치추적 장치가 꺼진 비행기가 때때로 구름의 흐름을 따라서 유영하는 것처럼. 대기권에서 바람은 한동안 같은 방향으로 불 테니까.

4개의 공들 중 가장 그 모습을 나타낸 낸 것은 알렌 할아버지였다. 가장 오래 기다린 사람이기 때문이다. 알렌 할아버지는 앨리스가 바랬던 대로 가장 멋진 모습으로 플린더스 스트리트역에 나타났다. 역 안에는 이미 수많은 사람으로 채워져 있었다. 오늘의 주인공이 나타나기만을 바라면서.

"알렌 할아버지, 우와. 오늘 엄청 멋지시네요. 완전히 딴 사람 같아요."

"그런가? 허허. 자네가 멋지게 입고 오라고 해서 옷도 새로 사고 미용실도 가서 머리도 잘라봤는데."

"진짜 영화배우 하셔도 되겠어요. 로버트 드니로라고 해도 믿겠는데요? 자, 오늘의 주인공 관객들을 만나러 가실 준비가 되셨나요?"

"조금 긴장되는구먼. 허허."

"그러면 제 손을 잡으세요. 같이 걸어가요. 미소 짓는 거 잊지 마시고요. 할아버지의 포토부스를 배경으로 포토월까지 제가 만들어뒀으니까요."

사람들이 웅성대기 시작했다. 수십 년을 한자리에 머물렀던 알렌 할아버지를 보내주기 위한 자리였다. 다들 어떤 이유로 알렌 할아버지가 플린더스 스트리트역을 지켜왔는지는 잘 몰랐지만, 할아버지의 포토부스를 거쳐 갔던 사람들이었다. 어릴 때 부모님의 손을 잡고 사진을 찍었던 사람들은 이제 어엿한 성인이 되었고, 출근길에 손을 흔들어주던 청년은 이제 중년이 되었다. 시간은 그렇게 또 다른 시간을 만들어왔다.

"여러분들, 알렌 할아버지가 오셨어요. 다들 아시죠? 오늘이 포토부스가 마지막으로 역 안에 서 있는 날이에요. 이렇게 모여주신 분들에게 알렌 할아버지가 감사의 말씀을 하실 거예요. 많은 박수와 환호를 보내주세요."

앨리스는 긴장한 할아버지를 위해서 훌륭한 사회자 역할을 하고 자리를 비켜주었다.

"안녕하세요. 저와 포토부스의 마지막을 함께 해주기 위해서 이곳에 모여주신 여러분께 진심 어린 감사를 전합니다. 벌써 50년이 흘렀네요. 우리에게 익숙한 이 역에서 포토부스를 처음 열었을 때는 이렇게 오랫동안 할 줄은 몰랐어요. 누군가를 기다리기 위해서 시작한 일이었으니까요. 50년이 걸릴 줄 꿈에도 생각하지 못했었고요. 어느 순간부터는 기다림이 제 삶의 일부분이 되더군요. 여러분들이 사진을 찍고 현상되기까지 5분 정도를 기다려야 했던 것처럼요. 자연스럽게 받아들인 그 시간이 흐르고 나면 생각했던 것보다 사진이 잘 나오기도 하고 잘 나오지 않기도 했을 거예요. 그래서 실망스러웠던 적도 있었을 테고. 그래도 잊을만하면 저의 포토부스를 찾아와서 기대를 품고 사진을 찍어준 여러분이 있었기 때문에 지난 시간이 행복했었어요. 마치 저의 기다림과 기대를 함께해주는 것만 같았거든요. 어떤 사람들을 다시 만날 수 있을 거라고 믿어 왔거든요. 여러분 덕분에 길다면 긴 그 시간이 조금이나마 의미 있었습니다. 아주 작은 포토부스를 그동안 기억해 주고 찾아주셔서 감사했었습니다."

할아버지의 말이 끝나고 나서 사람들은 포토부스 옆에서 선 할아버지와 기념사진을 찍거나 주변의 상인들이 준비한 음료와 음식들을 나눠 먹었다.

다음으로 자신의 위치를 드러낸 것은 지미였다. 그리고 지미는 두 노인과 함께 알렌 할아버지의 마지막 모습을 조용히 바라보고 있었다.

22장.

만남과
이별

◇

레이더가 지지직거리는 소리를 내고 있다. 서서히 좌표를 잃어가는 점들은 반짝이고 있다. 그렇게 저 멀리 별에서 날아온 빛은 희미하게 자신의 위치를 알려주고 있다. 이별의 시간이 다가오는 것을 알려주듯이.

아침 일찍 떠날 채비를 마친 나는 마중을 나온 제이에게 살며시 다가갔다. 작은 부탁을 하기 위해서다.

"대표님, 멜버른으로 돌아가기 전에 뭐 하나만 부탁드려도 될까요?"

"그럼요, 지미 씨. 도와드릴 수 있다면 도와드리죠. 어떤 부탁이죠?"

"다름이 아니라 사람을 좀 찾고 싶어요. 아주 오랫동안 누군가를 기다린 사람이 있는데, 그분에게 도움을 주고 싶어서요. 제가 호주를 잘 모르기도 하고 설령 안다고 해도 찾을 만한 능력이 없으니까요. 시간이 얼마 남지 않았지만, 대표님이라면 찾으실 수 있지 않을까 해서요. 꼭 좀 부탁드리겠습니다."

"음... 알렉스에게 한번 찾아보라고 해볼게요. 찾아드린다고 장담은 못 하겠지만요. 다른 부탁은 없으신가요?"

"그것만 들어주셔도 감사해요. 나머지는 이제 제가 스스로 해결해 봐야죠. 그러면 인제 그만 가볼게요. 감사했습니다."

"조심히 가세요. 어디로 가던 행운을 빕니다." 제이가 손을 흔들며 말했다.

그게 나와 제이가 마지막으로 나눈 대화였다. 친구는 가까이, 적은 더 가까이 둬야 한다는 말처럼, 그 시작은 소니를 사이에 둔 경쟁이었을지 몰라도 시간의 흐름은 두 사람의 관계를 다르게 만들었다. 위계질서에 더 특화된 남자들의 관계에서는 종종 일어나는 일이었다. 경쟁상대와의 압도적인 격차가 느껴지면 남자들은 쉽게 복종관계를 형성하니까. 무언가를 증명해야 하는 남자들은 그 뒤에 어떤 노력과 투쟁이 있었다는 것을 알기 때문에 상대방의 권위를 올려주면서 관계의 깊이를 더해간다. 그리고 자신의 권위가 유지된다는 것을 알면 따뜻함으로 사람들을 보살핀다. 그렇지 못하면 결국 남는 것은 전쟁이기 때문이다.

짧은 시간이었지만 제이는 내가 찾던 사람들을 금방 찾아냈다. 제이가 지난날, 케이먼 제도로 도망을 쳐보기도 했고, 자신이 저지른 문제를 수습해 보려는 노력도 해봤으므로 사람을 찾는 것이 더 쉽게 느껴졌다. 원래 한번 제대로 해본 것은 시간이 흘러도 그리 어렵게 느껴지지 않기 때문이다. 또한, 누군가를 그리워해 본 사람들만 아는 순수한 감정이 있다. 그런 사람들에게는 따뜻한 손을 내밀어 주고 싶다. 이별과 만남이 주는 묘한 감정을 대리만족하고 싶어서. 그렇게 알렌 할아버지가 오래 기다려온 만남의 시간에 마침표가 찍혔다.

"두 분 기억 나세요? 저기 서 있는 알렌 할아버지가." 내가 말했다.

"그럼, 기억하고말고. 수십 년 전 일이긴 하지만 마치 어제처럼 기억하지. 알렌이 나랑은 조금 달랐거든. 사람이 참 착했어. 어쩌면 내가 일찍 순수함을 잊은 것일지도 모르지만. 그래서 저 친구가 수잔나를 좋아한다는 것을 알았을 때, 더 도와주고 싶었고. 그런데 저 친구가 그때의 기억을 50년이 지난 지금까지도 간직하고 있을 줄은 생각하지 못했던 거지. 사실 조금 놀랐네. 저기서 50년 동안이나 기다리고 있다는 전화를 받았을 때. 그렇지 수잔나?" 장 자크 아노가 말했다.

"당연히 그랬죠. 누가 상상이나 했겠어요. 더군다나 제가 대학 시절 방사선학과를 다녀서 포토부스를 열었다는데. 저 사람이 나를 그 정도로 좋아했는지도 몰랐어요. 평소에 표현을 잘 안 했던 사람이니까. 마냥 수줍어하기만 했잖아요. 그리고 장 자크 아노 씨를 이렇게 다시 만날 줄도 몰랐고. 이제는 한 여자한테만 정착해서 살아요? 하하하. 아직도 그때처럼 이 여자 저 여자 만나는 건 아니죠?" 수잔나가 웃으며 말했다.

"뭐? 나를 그런 카사노바로 기억하고 있었나? 충격이구먼. 하하하."

"온 동네 사람들이 다 그렇게 생각했었을걸요? 당신 특유의 능글맞은 웃음과 말솜씨에 넘어가지 않은 여자들이 없었으니까. 같이 있으면 재밌잖아요. 뭔가 위험하다는 걸 알면서도 자꾸만 말하고 싶어서 다가가게 되고."

"내가 그런 블랙홀 같은 사람인 줄은 몰랐구먼. 뭐 어쨌든 이제 알렌에게 가볼까?"

"그러시죠. 사람들도 얼추 알렌 할아버지와 사진을 다 찍은 것으로 보이니."

세 사람은 조용히 알렌 할아버지에게 걸어갔다. 이유야 어쨌든 자신들을 기다려준 사람에게 오늘만큼은 먼저 다가가야 한다고 생각했다. 각자의 궤도를 따라 공전을 하고 나면 언젠가는 한 번쯤 만나게 된다는 것을 보여주고 싶었다. 그리고 내가 가장 바라는 바이기도 했다. 서로를 만나게 하지 못하는 모든 법칙이 무너지는 순간이 왔을 때, 끝까지 믿고 기다렸던 사람들에게는 만남으로 이어지길 바랐다. 그런 틈이 생겼을 때 자신도 조용히 끼어들고 싶었다. 수억 광년 떨어진 추억의 잔상이 머릿속에서 떠나가지 않는다면 말이다. 그 찰나의 만남을 위해서 얼마든지 기다릴 수 있다고. 알렌 할아버지의 기다림의 끝을 보고 나면 자신의 기다림도 끝이 보일 거라고 믿었다.

*

　거대하고 두꺼운 벽이 우리 앞을 가로막고 있다. 5년 전, 저 벽을 처음 봤을 때는 그저 도망가고 싶었다. 도저히 넘을 방법이 보이지 않았기 때문이다. 그렇게 5년을 기다렸다. 벽 아래쪽에 짙게 머물고 있던 검은 안개가 서서히 사라지자, 무엇인가 보였다. 아주 작은 터널이 있었다. 유일하게 벽을 넘어갈 수 있는 터널이었다. 누군가는 길이 있으니, 벽을 향해 전속력으로 달려보라고 했던 그 터널이 보였다. 사람들은 추돌사고가 날지도 모르는데 어떻게 저런 강력해 보이는 벽을 향해 달려갈 수 있냐고 했다. 그러고는 그냥 운전대를 놓고 저 벽을 넘어봤자 별것이 없다고 믿었다. 결국 벽 너머의 세상은 전혀 다른 세상이 존재할 것이라고 믿는 자만의 것이었다. 이제 나는 혼자서 터널을 향해 전속력으로 돌진할 준비가 된 것이다. 저 작은 터널을 넘으면 전혀 다른 세상이 있다고 믿으니까.
　"알렌 할아버지. 오래 기다리셨네요. 할아버지가 기다리던 두 사람이 왔어요."
　"알렌, 여기서 혼자 뭘 하고 있었나? 그래, 우리를 50년이나 기다렸다고?" 장 자크 아노가 특유의 능글맞음을 보이며 말했다.

"아... 장 자크 아노. 살아있었구먼. 그래. 어떻게 알고 찾아왔나? 이거 원 참... 자네를 다시 만나고 싶어서 오래 기다려왔지만, 막상 자네를 만나게 되니 영 당황스럽구먼." 알렌 할아버지는 얼굴이 새빨개져서 말했다.

"여기 이 청년이 어떻게 수소문해서 나에게 연락이 왔더군. 꼭 와달라고 사정 사정을 하길래. 알렌이 나를 기다리고 있다고 해서 기분이 좋아서 달려왔지. 내가 달리기 하나는 잘하잖나. 하하하."

"그랬지. 어디로 꽁무니 빼는 것 하나는 내가 자네를 이길 수가 없었지. 늘 그렇듯 저 멀리 가버린 다음 뒤를 돌아보고 천천히 걸어가는 나를 데리러 왔었으니까. 이번에도 자네는 그래 줬구먼."

"자네처럼 느리게 한쪽 길만 걸어갈 줄 아는 사람은 잘 없으니까. 실컷 놀고 돌아와도 여기 있겠지 하고 가보면 정말 거기에 있더군. 그런데 그걸 50년 동안이나 하고 있을 줄은 몰랐지. 자네도 참 변하지 않는구먼. 아, 여기 수잔나도 같이 왔네. 어쩌면 나보다 수잔나를 더 기다린 거겠지만. 그렇지?"

"알렌, 오랜만이네요. 잘 지냈죠?" 수잔나가 부드럽게 웃으며 말했다.

"수잔나... 그러게. 정말 오랜만이네요. 무슨 말을 어떻게 해야 할지..."

"이렇게 오래 기다릴 거였으면 내가 떠난다고 할 때 가지 말라고 하지 그랬어요. 나는 알렌이 나를 그렇게까지 생각하는지는 몰랐거든요. 내가 뭐라고 말하던 늘 무표정으로 알겠다고만 했었으니까."

"그냥 제가 기다리는 편이 더 쉬웠으니까요. 당신을 좋아하는 마음이 변하지 않을 거란 사실 말고는 내가 아는 것이 없었어요. 나는 다른 선택을 하기에는 너무 아는 것이 없는 사람이었으니까. 그래서 기다릴 수밖에 없었어요. 시간이 흐르면 아는 것이 더 많아질 거라는 생각이 들기도 했었는데 딱히 그렇지도 않더라고요. 내가 아는 것이 이것뿐이라면 나는 이것을 해야겠구나 싶었던 거죠. 오늘에서야 느낀 건데 저는 인생에서 당신을 기다리는 것이 가장 쉬웠던 일 같아요."

"알렌, 쉬워 보이는 일이 어쩌면 가장 어려운 일이기도 해요. 때론 그 쉬워 보이는 일도 하지 못하는 사람들이 있으니까요. 알렌은 절대 쉬운 일을 한 게 아니에요. 나는 그걸 아니까 알렌을 만나러 온 거에요. 잘했다고는 말할 수 없지만 고맙다고는 꼭 말해주고 싶어서. 진심으로 고마워요. 알렌."

"나도요. 수잔나. 당신이 나의 인생에 들어오지 않았었다면 무엇을 기다려야 했을지 몰랐을 거니까요. 50년이 지나 보니까 알게 되네요. 그걸 알기 위해서 기다렸던 것 같아요."

터널을 지나 사랑의 종착역에 도착했다. 목적지를 전혀 알지 못하는 기차를 타고 가본 사람만이 아는 장소였다. 대부분의 사람은 그 기차가 완전히 멈추기 전에 다른 역에 내리거나 다른 교통수단으로 갈아탔다. 그러나 알렌 할아버지는 그저 창밖을 바라보며 가만히 앉아 있었다. 언젠가는 이 기차의 최종목적지에 다다르게 되지 않을까? 하는 두려운 희망을 품고서.

양자역학은 고전역학에서 설명할 수 없는 여러 현상을 설명한다. 그중 하나가 바로 양자 터널 효과다. 보통 사람의 눈으로 봐서는 보기 힘든 그 현상이 이곳, 플린더스 스트리트역에서 일어났다. 그리고 알렌 할아버지는 지미에게 눈짓을 보냈다.

'네 말이 맞았다고. 이제 네 차례라고. 그리고 고맙다고.'

약속된 시간이 다가왔다. 생성과 소멸의 시간, 무지와 깨달음의 시간. 수많은 기차가 오고 가는 이곳, 플린더스 스트리트역에는 여전히 사람들로 가득하다. 이제 구름의 방향이 남동쪽으로 흘러가고 있다. 그리고 두 남자가 서로를 바라보고 있다.

"이제 갈 준비가 되었나?" 알렌 할아버지가 말했다.

"그래야죠. 구름의 방향이 바뀌었으니까요. 할아버지도 이제 후련하시죠?"

"그렇다네. 기다림의 끝을 봤으니까. 자네가 없었다면 그게 끝이 나지 않았을 거야. 평생을 기다리기만 하다가 끝이 났을 테니까. 고맙네. 이곳에 나를 찾아와줘서."

"할아버지가 이곳에서 계속 기다려주셨기 때문에 가능했던 일이죠. 약속의 끝에 서면 또 다른 약속이 지켜질 수 있으니까. 어느 기차역을 가던 사람들이 시계를 먼저 찾는 이유는 약속을 지키려고 하기 때문이죠. 사랑하는 사람과의 약속을 지키지 못하는 것만큼 우리의 마음을 아프게 하는 일은 없으니까. 정해진 시간에 그 사람이 나타나지 않아도 우리는 기다려요. 너무 그 사람을 사랑해서요. 그리고 달려오고 있을 그 사람과의 재회를 사랑해서요. 설령 그 사람이 나타나지 않아도 약속을 지켰던 나를 사랑해서요. 그렇게 이 모든 과정을 사랑해서요. 사랑이 없었다면 일어나지 않았을 일이니까요. 그 사람을 만나지 않았다면 불가능한 일이었으니까요."

"그러면 이제 가볼까? 자네의 약속을 지키러."

나는 할아버지의 포토부스에 앉았다. 그리고 알렌 할아버지는 포토부스에 동전을 넣고 커튼을 달아주었다.

"잘 가게나. 언제 어떻게 어떤 모습으로 다시 만나게 될지 모르지만."
'정면을 바라보세요.'라는 문구와 함께 눈앞의 플래시가 터지고 지미는 사라졌다. 그리고 그는 아주 좁은 터널을 통해 어딘가를 향해 달리고 있다. 한동안은 아무런 빛도 들어오지 않았다. 내가 선택한 이 길이 맞다고 믿으니까, 해변이 보일 때까지 쉼 없이 달렸다. 그렇게 천천히 사카모토 류이치의 피아노 소리가 들리고 케이먼 제도의 태양 빛이 보이고 우르사네 와이너리에 비가 내릴 때, 나는 그레이트 오션 로드에 다다랐다. 여전히 그곳에는 12사도 바위가 남아 있다. 이제는 몇 개가 남아 있는지 중요하지 않았다. 해변에서 넘어지고 일어나기를 반복하면서도 달리고 있다.

제이와 소니는 할아버지가 주말이면 시간을 보내던 Myponga Beach에서 수영을 마치고 앉아 있다.
"같이 멜버른으로 갈까요?" 제이가 말했다.
"에이 괜히 저 때문에 같이 안 가셔도 돼요. 대표님 요즘 포도 수확철이라 바쁘실 텐데."
"어차피 알렉스는 소니 씨를 데려다주러 멜버른으로 가야 하니까. 뭐 가는 길이라면 제가 오랜만에 보고 싶은 것이 있어요."
"어떤 건데요? 저야 같은 방향이라면 대표님이랑 같이 타고 가면 좋죠."
"음, 나중에 말해줄게요."
"아, 뭐에요. 괜히 궁금하게."
"슬슬 춥지 않아요? 이제 집으로 돌아가요. 배도 고프고. 저녁은 집에서 프랑스식 가정 요리 해볼까요? 아까 소니 씨가 요리해 주고 싶다고 했으니까."

"사실 요리를 잘하지는 못하지만, 대표님한테 꼭 해드리고 싶었어요. 그동안 너무 받은 게 많은 것 같아서요. 그래서 책도 가져왔어요."

"뭘 해도 맛이 없겠어요. 소니 씨가 저를 위해서 직접 요리를 해준다는데."

 우리가 매일 매일 먹는 음식이지만 누군가에게 맛있는 요리를 직접 해주고 싶다는 마음은 영원한 사랑의 표현이다. 더군다나 먹는 것에 관심이 많은 여자란 동물에게 있어서 그 행위는 더더욱 큰 의미가 있다. 자신이 관심 있어 하고 사랑하는 남자에게만 보여주는 속마음이다. 그럴 때 남자들이 종종 하는 실수는 그 마음을 읽지 못하고 음식의 맛을 너무 사실적으로 평가하는 것이다. 여자들은 자신들도 아는 맛의 유무를 떠나서 어렵게 꺼낸 자신의 마음을 짓밟는 행위라고 느끼기 때문이다. 그리고 이 생각은 나이가 들어서도 변하지 않는다. 그 대상이 자기 자식으로 갈 뿐.

 알렌 할아버지는 깊은 잠이 들었다. 분명 기분 좋은 꿈을 꾸고 있다. 그것은 차에 탄 한 아이가 장난감을 들고 까르르 웃는 꿈이었다. 그리고 그 웃음소리를 들은 아이의 부모가 뒤를 돌아보며 같이 웃어주는 꿈이었다. 그렇게 알렌 할아버지는 미소를 지으며 꿈속에서 서서히 정신을 잃어갔다. 며칠이 지나고 나서 역에 나오지 않는 알렌 할아버지를 이상하게 여긴 앨리스는 할아버지의 집으로 찾아갔다. 알렌 할아버지는 침대에 누운 채로 세상을 떠났다. 거실에 있던 노란 호리병을 손에 꼭 쥐고서. 앨리스는 조금 놀라긴 했지만 늘 그렇듯 차분하게 대처했다. 약속된 일처럼.

하늘이 유독 더 푸른 날이다. 겨울이라고 해서 하늘이 푸르지 말라는 법은 없다. 그리고 바닷가에서 보는 하늘은 더 푸르게 보인다. 제이와 소니는 멜버른으로 향하고 있다. 맥라렌 베일에서 8번 국도를 쭉 따라가기만 하면 멜버른이 나온다. 몇 시간쯤 달리고 나서 제이는 알렉스에게 말을 건넸다.

"알렉스, Keith에서 66번 국도로 빠져주세요."

"그냥 이대로 쭉 가면 멜버른인데요? 그쪽으로 가면 엄청나게 돌아서 가게 될 텐데요."

"오랜만에 보고 싶은 것이 있어서요. 그냥 그렇게 가주세요."

제이의 검은색 캐딜락은 방향을 틀어서 바다를 향해가고 있다. 그리고 그 길의 끝에는 어떤 해변이 기다리고 있다.

"알렉스, 여기서 잠시 허리 좀 펴고 갈까요? 계속 운전하느라 피곤할 텐데. 그리고 잠시만 기다리세요. 소니 씨에게 보여주고 싶은 게 있어서."

"여기요? 12사도 바위?"

"대표님이 보고 싶었던 것이 12사도 바위에요? 저 여기 엄청 좋아해요. 예전에 와봤기도 하고."

"저도요. 여기 좋아해요. 한동안 올 이유가 없었는데 오늘은 유독 보고 싶네요. 소니 씨랑 같이. 잠시 저랑 걷고 오죠."

"그래요. 그럼."

차에서 내린 두 사람은 익숙한 듯 12사도 바위를 향해 걸어갔다. 차가운 겨울바람이 불어와서 볼이 시리다. 대신 마음 한쪽은 따뜻함이 느껴진다. 누군가에게는 이곳에서만 느낄 수 있는 감정이 있기 때문이다. 전망대에 다다르자, 소니는 입을 열었다.

"오늘 하늘이 너무 파랗지 않아요. 대표님?"

그리고 그 말을 들은 제이는 한동안 아무런 말이 없었다. 그저 하늘을 쳐다볼 뿐이었다.

"음... 그러네요. 하늘은 파랗고 구름은 움직이네요."

"에이 당연히 구름은 움직이죠. 그런데 저 구름은 어디로 가는 걸까요?"

"아마도 약속을 지키러 가는 것이 아닐까요? 누군가는 기억하고 있을 그런 약속. 시간이 아무리 흘러도 변하지 않는 그런 약속을 지키러 구름은 움직이는 게 아닐까요?"

"그러면 저 구름에는 수많은 약속이 담겨 있겠네요."

"그렇겠죠. 크고 작은 약속들이 하늘을 떠다니고 있을 거예요. 우리 절대 변하지 않을 그런 약속 하나 할까요?"

"좋아요. 대표님은 어떤 약속을 하고 싶은데요?"

"나중에 기회가 되면 같이 케이먼 제도로 여행가요. 예전에 케이먼 제도로 도망갔을 때 우연히 찾은 장소가 있거든요. The Blowholes이란 곳이죠. 파도가 칠 때마다 물기둥이 치솟는데 그냥 그걸 보고 있으면 기분이 좋아져요. 내가 꿈꾸는 모든 일이 가능해질 것만 같거든요."

"우와 말만 들어도 궁금하네요. 대표님이 또 어떤 새로운 세상을 보여주실지."

양자럽학 제3법칙: 사랑의 모습이 어느 한 형태로 멈춰 서있는 순간부터 갈등의 구름은 천천히 하늘을 뒤덮는다. 유일한 사랑의 지속법은 계속해서 새로운 세상을 보여주는 것이다.

"아, 맞다. 소니 씨한테 주고 싶은 선물이 있어요." 제이가 말했다.
"선물이요? 갑자기?" 소니는 놀란 듯 물었다.
"제가 오랫동안 가지고 있던 건데 소니 씨가 잘 간직했으면 해서요."
 제이가 건넨 것은 세 명의 손때가 묻은 색이 바랜 노란 호리병이었다. 그리고 바로 이곳, 그레이트 오션 로드에서 긴 여정이 끝났다.

양자럽학

초판 1쇄 인쇄 2025년 10월 20일
초판 1쇄 발행 2025년 10월 20일

지은이　　　전진명

디자인　　　포레스트 웨일
펴낸이　　　포레스트 웨일
펴낸곳　　　포레스트 웨일
출판등록　　제2021-000014 호
주소　　　　충청남도 아산시 탕정면 용머리길 40 유니콘101 216호
전자우편　　forestwhalepublish@naver.com

종이책　　　979-11-94741-57-2

ⓒ 포레스트 웨일 | 2025

· 이 책은 저작권법에 의하여 보호받는 저작물이므로 무단 전재와 복제를 금합니다.
· 이 책 내용의 전부 또는 일부를 이용하려면 사전에 저작권자와 포레스트 웨일의 서면 동의를 얻어야 합니다.

작가님들과 함께 성장하는 출판사
포레스트 웨일입니다.
작가님들의 소중한 원고를 받고 있습니다.
forestwhalepublish@naver.com